AF304335

Seine ersten Kurzgeschichten veröffentlichte **Florian Hille-berg** als Jugendlicher in der JOHN SINCLAIR-Sammler-Edition. Jahre später folgten Publikationen für diverse Heftromanserien sowie das Taschenbuch *Brandmal,* das er gemeinsam mit Dr. Mark Benecke verfasste. Florian Hilleberg legt bei seinen Geschichten stets viel Wert auf die Charakterisierung seiner Protagonisten. Er lebt mit seiner Katze Krümel in der Nähe von Göttingen.

FLORIAN HILLEBERG

DAS
ERBE
VON
KINCAID
HALL

Das Erbe von Kincaid Hall

ISBN 978-3-96817-004-6
E-Book-ISBN 978-3-98778-650-1

VORWORT

Als ich mit dem Schreiben von Romanen anfing meinen Lebensunterhalt zu bestreiten, hätte ich mir nicht träumen lassen, dass ein Familiendrama über eine schottische Whisky-Dynastie dazugehören würde. Mein Metier waren eher plakative Horror-Geschichten beziehungsweise fantastisch angehauchte Science-Fiction-Romane mit einer ordentlichen Prise Action. Doch meine Agentin Alisha Bionda wurde nicht müde, mir nahezulegen, wie wichtig es für einen Autor ist, seine Komfortzone von Zeit zu Zeit zu verlassen, über den imaginären Tellerrand hinauszublicken und Erfahrungen in anderen Genres zu sammeln. Und ehe ich mich versah, fing es in meinem Hinterstübchen an zu arbeiten.

Ich würde gerne behaupten, dass mich mit Schottland eine jahrzehntelange Leidenschaft verbindet, aber Fakt ist, dass mir meine Agentin riet, die Geschichte in Großbritannien anzusiedeln, da diese Schauplätze am beliebtesten seien – *Downton Abbey* lässt grüßen. Und da es sich um ein Familiendrama handeln sollte, lag eine Dynastie von Whiskey-Brennern nahe. Dass die Geschichte in der Nähe von Edinburgh spielt, ist allerdings kein Zufall, denn hier wollte ich bewusst mit den Klischees brechen und habe Kincaid Hall daher in den Lowlands verortet.

Wichtiger als die Geschichte selbst, waren mir vor allem die Charaktere, die möglichst authentisch wirken sollten. Allen voran natürlich Shona Kincaid und Siobhan MacLeary sowie Cybill, Shonas Tochter, die Hauptfiguren der beiden Romane, deren Beziehungen ebenfalls eher ungewöhnlich für diese Art der Unterhaltungsliteratur sind. Obwohl in meinen Romanen überwiegend Frauen im Vordergrund stehen, habe ich mich als Mann ein wenig schwer damit getan, die gleichgeschlechtliche Beziehung zwischen den Protagonistinnen möglichst glaubwürdig und lebensnah zu beschreiben. Daher danke ich an dieser Stelle meinen Testleserinnen Ilka und ihrer Frau Marion für ihre Anmerkungen und Ratschläge, die geholfen haben, das Buch besser zu machen.

Darüber hinaus investierte ich viel Zeit in die Recherche über das Brennen von Whisky, wobei das Internet dahingehend eine schier unerschöpfliche Fundgrube an Informationen bietet. Hier bestand der Trick vor allem darin, die Spreu vom Weizen zu trennen. Der Rest ist, wie man so schön sagt, Geschichte, auch wenn ich letztendlich meine im Horror-Genre liegenden Wurzeln nicht ganz verhehlen konnte. In diesem Zusammenhang darf das Finale gerne als Hommage an die Gothic-Literatur betrachtet werden, aber auch an diverse Klassiker der englischen Kriminalliteratur, wie sie vor allem durch Sir Arthur Conan Doyle, Agatha Christie und Edgar Wallace geprägt wurde.

Abschließend kann ich festhalten, dass ich mich auf Kincaid Hall sehr wohlgefühlt habe. So wohl, dass ich sogar eine Fortsetzung unter dem Titel *Das Geheimnis von Kincaid Hall* geschrieben habe. Und wer weiß, vielleicht war es nicht das letzte Mal, dass ich dort eingekehrt bin. Jetzt aber wünsche ich Ihnen, liebe Leserinnen und Leser, viel Freude mit *Das Erbe von Kincaid Hall*. Ich hoffe, die Lektüre bereitet Ihnen ebenso großen Spaß wie mir das Schreiben.

Florian Hilleberg

PROLOG

Zum Brennen von Whisky braucht man vor allem zwei Tugenden: Sorgfalt und Geduld. Er wird schließlich nicht umsonst das flüssige Gold genannt. Es benötigt Jahrmillionen, um mithilfe von Druck und Hitze aus Kohlenstoff Diamanten zu formen. Und so wie ein Edelstein braucht auch der Whisky seine Zeit, um zu reifen. Wobei wir uns glücklich schätzen können, dass es keine Millionen Jahre dauert; uns reichen schon ein oder zwei Dekaden.

Sorgfalt hingegen ist bei der Auswahl der Zutaten unerlässlich. Die Qualität des Wassers ist nicht weniger von Bedeutung wie die der Gerste, der goldenen Verheißung. Nur kristallklares, naturreines Wasser aus den besten schottischen Quellen vermag das Bouquet eines fabelhaften Whiskys zu wecken.

Die Tropfen, die wir hier in den Lowlands brennen, sind bekannt für ihren milden Geschmack, der im Kontrast zu den fruchtig-würzigen Sorten der Highlands steht.

Es ist nicht nur eine Familientradition. Whisky zu brennen ist eine Leidenschaft, eine Berufung, auf die wir stolz sein können. Aber es ist auch ein Handwerk, das erlernt werden muss. Ich lernte es von meinem Vater, der mich mit in die Destillerie nahm, kaum dass ich laufen konnte.

Er zeigte mir nicht nur, wie man Whisky brennt, er lehrte mich auch, ihn zu lieben. Denn nur aus inniger Liebe zu dem, was wir tun, kann etwas wirklich Erhabenes entstehen. Ein vollkommener Whisky, intensiv im Geschmack, gebrannt aus den besten Zutaten.

Mein Vater war es, der das Stillhouse baute und die ersten kupfernen Brennblasen aufstellte. Damit begründete er nicht nur das Familienunternehmen, sondern vor allem unseren Wohlstand. Wir sind es ihm schuldig, sein Erbe in Ehren zu halten und die Tradition in seinem Sinne mit allem gebührenden Respekt fortzuführen. Auf dass noch in einhundert Jahren Menschen in der gesamten Welt unseren Whisky trinken können.

KAPITEL 1

Die Fassade von Kincaid Hall mochte auf sensible Gemüter einschüchternd wirken.

Besonders jetzt, wo die Sonne hinter den Spitzgiebeln und den mit Fresken und Ornamenten verzierten Türmchen gen Horizont sank.

Lady Morag Kincaid seufzte, als Graham den Rolls Royce in den Schatten des Gemäuers fuhr. Auch wenn sie einem Schwätzchen mit ihrem Chauffeur für gewöhnlich nicht abgeneigt war, so hatte sie dieses Mal kein einziges Wort mit ihm gesprochen und die gesamte Strecke von Edinburgh bis nach Hause in schwermütigem Schweigen verbracht.

So einschüchternd Kincaid Hall auch sein mochte, auf sie selbst hatte das dunkelgraue, mit Efeu bewachsene Mauerwerk stets eine beruhigende Wirkung gehabt. Bis heute.

Warum war ihr früher nie aufgefallen, wie trostlos das pompöse Familienanwesen aussah?

Wie es in der von grünen Hügeln umsäumten Senke, inmitten der schottischen Lowlands, vor dem Panorama der Pentland Hills ruhte. Schwarz und drohend. Eine dicke, steinerne Spinne. Unablässig auf Beute lauernd, um sie in ihren Schlund zu ziehen und ihr das Leben auszusaugen.

So wie es mir das Leben ausgesaugt hat, dachte Lady Morag, als Graham die Limousine vor der Freitreppe stoppte. Das Familienoberhaupt des Kincaid-Clans wandte den Blick von dem Eingangsportal ab, das in dräuenden Schatten lag, und betrachtete versonnen den Springbrunnen in der Mitte des kiesumsäumten Rondells.

Die Strahlen der tiefstehenden Sonne, die sich ihren Weg kraftvoll zwischen den Giebeln und Zinnen hindurchbahnten, strichen sanft über das Haupt der bronzenen Nixe. Bäuchlings, mit durchgedrücktem Rücken, reckte sie ihr Gesicht gen Himmel und präsentierte dem Betrachter ihre wohlgerundeten Brüste. Ihr kupferfarbener Teint leuchtete im orangefarbenen Licht, in dem albernen Bestreben, der alternden Lady so etwas wie Hoffnung zu geben.

Ein Versuch, der von vornherein zum Scheitern verurteilt war.

Lady Morag erschrak, als der Wagenschlag geöffnet wurde. Graham Johnston stand stocksteif daneben und bedachte seine Dienstherrin, der er seit fünfundvierzig Jahren die Treue hielt, mit einem kummervollen Blick.

Müde schwang Lady Morag die Beine aus dem Rolls Royce. Er stammte noch aus dem Nachlass ihres verstorbenen Gatten Chester und hatte mehr als vierzig Jahre auf seinem chromblitzenden Buckel. Ein Zeichen für die Wertarbeit, die damals geleistet worden war. Dass er heute so tadellos in Schuss war wie am ersten Tag, verdankte er der gewissenhaften Pflege von Graham, dessen helfende Hand Lady Morag geflissentlich ignorierte.

Nicht, dass sie diese Geste nicht zu würdigen gewusst hätte, im Gegenteil, aber sie hatte sich noch nie beim Aussteigen helfen lassen und würde auch heute nicht damit anfangen.

Graham war das durchaus bewusst. Trotzdem erachtete er es als seine Pflicht, seiner Dienstherrin zu versichern, dass sie sich auf ihn verlassen konnte, komme was da wolle. Als ob sie das nicht gewusst hätte.

„Soll ich Sie ins Haus begleiten, Mylady?"

Lady Morag schnaubte. „Noch lebe ich und kann auf eigenen Beinen laufen."

Sie richtete sich auf und raffte den Saum des hochgeschlossenen Kleides, damit es nicht über den Boden schleifte. Um ihrem Chauffeur zu beweisen, dass ihre Worte keineswegs nur leere Hülsen waren, schritt sie die steinernen Stufen der Freitreppe zügig und erhobenen Hauptes empor.

„Sie können den Wagen in die Garage fahren", rief sie ihm vom oberen Absatz zu, als sie sah, dass er keine Anstalten traf einzusteigen. So als fürchtete er, dass sie, oben erst einmal angekommen, einen Ohnmachtsanfall erleiden und rücklings die Treppe hinunterstürzen könnte. Doch den Gefallen tat sie ihm nicht. Stattdessen öffnete sie das Eingangsportal und betrat das Vestibül, in dem sich die Düsternis und Tristheit der Fassade spiegelte, ausgelöst durch die hohen holzvertäfelten Wände.

Lady Morag eilte schnurstracks durch die Eingangshalle und begab sich schnellen Schrittes in das Arbeitszimmer.

Shona hob kaum den Blick, als ihre Mutter eintrat.

„Schon zurück?", fragte sie abwesend, bevor sie sich wieder dem Laptop widmete, vor dem sie förmlich zusammengesunken war.

Lady Morag nickte, obwohl Shona es nicht sehen konnte, da sie den Kopf gesenkt hielt, um sich ihrer ursprünglichen Tätigkeit zu widmen.

„Ich wusste, dass ich dich hier finde! Warum arbeitest du noch? Wir haben Wochenende."

„Wir haben Freitag, Mutter. Und diese Abrechnungen schreiben sich nun mal nicht von alleine."

„Sicher, mein Schatz. Weißt du, wo sich dein Bruder aufhält?"

Shona zuckte die Achseln. „Keine Ahnung. Wahrscheinlich zeigt er Annabelle sein Schlafzimmer."

Lady Morag entging die abfällige Betonung des Namens von Rowans neuester Eroberung keineswegs. Sie konnte es ihrer Tochter nicht einmal verübeln. Ihr Sohn, Shonas Zwillingsbruder, wechselte die Liebschaften so oft wie andere Leute die Unterwäsche.

Nichtsdestotrotz gab sie die Hoffnung nicht auf, dass es diesmal etwas Ernstes sein würde. Immerhin waren er und Annabelle seit mittlerweile zwei Monaten ein Paar. Ungeachtet der Tatsache, dass sie knapp zwanzig Jahre jünger war als er.

„Kannst du ihn bitte holen, Kind? Ich muss mit euch sprechen."

Shona seufzte und klappte den Laptop zu. „Sicher, Mutter."

Als sich ihre Tochter erhob, war es Lady Morag, als starre sie in einen Spiegel, der ein fünfundzwanzig Jahre jüngeres Abbild ihrer selbst zeigte. Ein schmales Gesicht mit einem blassen Teint, der typisch für ihre

Familie war, sodass sich Shona geradezu genötigt sah, mit ein wenig Rouge nachzuhelfen. Der Kontrast wurde durch das lackschwarze Haar, das ihre Tochter als Pagenschnitt trug, noch verstärkt. In Lady Morags Augen wirkte Shona dadurch viel zu maskulin. Ein Eindruck, der durch ihre Vorliebe für dunkle Hosenanzüge bestätigt wurde.

Aber offenbar war das ja auch Shonas Absicht. Selbst jetzt hatte sie den Blazer nicht abgelegt, unter dem sie eine weiße Bluse trug, auf dem das Collier mit dem in Gold gefassten Lapislazuli leuchtete.

Shona verließ das Arbeitszimmer und machte sich auf die Suche nach ihrem Zwillingsbruder.

Lady Morag trat ans Fenster und warf einen Blick in den weitläufigen Park. Mücken führten über dem Karpfenteich zuckende Tänze auf, während Schmetterlinge und Bienen von Blüte zu Blüte huschten und sich am Nektar der Stockrosen, Narzissen und Rhododendronsträucher labten.

Wie gerne hatte sie dort die lauen Sommerabende verbracht.

Sie konnte sich noch gut an die Zeiten erinnern, als dort rauschende Feste gefeiert wurden und der nächtliche Park von Lampions und Fackeln erhellt worden war.

Doch diese Zeiten waren vorbei und würden auch nicht mehr wiederkehren. Beinahe wütend schüttelte Lady Morag den Kopf. Es brachte nichts, in der Vergangenheit zu schwelgen und der guten alten Zeit hinterherzutrauern. Es galt, hocherhobenen Hauptes in die Zukunft zu blicken. So trüb sie dieser Tage auch erscheinen mochte.

Schritte näherten sich der Tür und kurz darauf kehrte Shona in Begleitung ihres Bruders zurück, dem man sein Alter ebenso wenig ansah wie seiner Schwester. Sein Haar war länger als das von Shona und fiel bis auf die Schultern. Die Augen lagen tief in den Höhlen und verrieten, wie wenig Schlaf er letzte Nacht bekommen hatte, die er vermutlich mit Annabelle in irgendeinem Club in Edinburgh verbracht hatte.

„Was ist denn so dringend, dass es nicht bis zum Abendessen Zeit hat?", wollte er wissen und versuchte gar nicht erst, aus seiner Langeweile einen Hehl zu machen.

„Setzt euch!" Lady Morag spürte, dass sie ärgerlich wurde. Rowans offensichtliches Desinteresse machte ihr die folgende Ansprache weiß Gott nicht einfacher.

Herrisch deutete sie auf das lederbezogene Sofa zu ihrer Rechten unterhalb eines schmalen Fensters, hinter dem der Niedergang zum Keller lag. Sie selbst blieb vor der Panoramascheibe stehen, der sie den Rücken zuwandte, während sie die Hände auf die Lehne des halbhohen Schreibtischstuhls legte.

Ihr Blick streifte die deckenhohe Vitrine mit den dutzenden Whisky-Flaschen. Jede einzelne besaß ein anderes Etikett. Bei manchen waren die Unterschiede offensichtlicher als bei anderen, doch wer genau hinsah, der stellte fest, dass sie eine chronologische Abfolge der Firmen- und damit auch der Familiengeschichte darstellten. Angefangen bei den ersten bauchigen Flaschen aus dem Jahr 1884 bis zu den schlanken Ausführungen, wie sie heutzutage bevorzugt wurden. Das lag hauptsächlich daran, dass ein nicht geringer Anteil des Umsatzes aus Exportgeschäften stammte. Die Kincaid-Destillerie verkaufte ihre edlen Tropfen in die ganze Welt und eine schmale, längliche Flasche ließ sich sicherer und vor allen Dingen kostengünstiger transportieren.

Das war zumindest die Meinung ihrer Tochter und der Vertriebsangestellten, denen Lady Morag bedingungslos vertraute. Zu behaupten, dass die Globalisierung und der Siegeszug des Internets, inklusive der damit einhergehenden Veränderungen des weltweiten Handels, an ihr vorbeigegangen wären, wäre übertrieben gewesen. Allerdings nur geringfügig.

Ein Grund mehr, der ihr die folgende Entscheidung leichter machte.

Nach vorne schauen, Morag, ermahnte sich die Lady. Immer nur nach vorne schauen ...

„Es ist an der Zeit, dass wir über die Zukunft der Kincaid-Destillerie sprechen!"

Sie legte eine Pause ein, in der sie ihre Worte wirken ließ. Sie genoss den kurzen Augenblick angespannter Erwartung. Immerhin hatte sie die Aufmerksamkeit ihrer Kinder erregt. Rowan beobachtete seine Mutter neugierig, während Shonas Gesichtsausdruck zwischen Hoffen und Bangen wechselte. Der Blick ihrer dunklen Augen flackerte leicht.

Oh mein armes Kind, es tut mir leid, dachte Lady Morag Kincaid und holte tief Luft, bevor sie weitersprach.

„Ich bin nun siebenundsechzig Jahre alt und es ist an der Zeit, dass ich zurücktrete und der nächsten Generation das Feld überlasse, in der Hoffnung, dass ihr euch der Verantwortung bewusst seid und das Unternehmen gleichermaßen mit Herz und Verstand in eine glorreiche Zukunft führen werdet."

Obwohl sie versuchte, beide Kinder anzuschauen, konnte sie nicht verhindern, dass ihr Blick deutlich länger auf Rowan verharrte. Vor allem bei dem Wort „Verantwortung".

„Du willst in den Ruhestand gehen?", fragte Shona verblüfft.

Lady Morag nickte langsam. „Ja, was überrascht dich daran?"

Ihre Tochter schüttelte den Kopf. „Nichts, ich … ich hätte nur nicht so plötzlich damit gerechnet. Ist etwas vorgefallen? Ich meine …"

„Nein!", erwiderte Lady Morag schärfer als beabsichtigt und biss sich sogleich auf die Unterlippe. „Ich werde euch natürlich auch weiterhin mit Rat und Tat zur Seite stehen", schob sie rasch hinterher. „Auch wenn das vermutlich nicht nötig sein wird."

Zumindest nicht, was dich betrifft, fügte sie in Gedanken hinzu und schluckte den Kloß in ihrem Hals herunter, denn jetzt folgte der unangenehme Part.

„Obwohl ihr beide zu gleichen Teilen erbberechtigt seid, werde ich das Unternehmen auf Rowans Namen überschreiben lassen. Der …"

„Was?", platzte Shona heraus, deren Kopf puterrot anlief, während Rowan aussah wie eine Katze, der der Kanarienvogel gerade von selbst in den aufgesperrten Rachen geflogen war.

„Bitte lass mich ausreden, mein Kind!"

Shona sprang von dem Ledersofa auf, als habe sie eben festgestellt, dass es vor Ungeziefer nur so wimmelte. Dazu passte auch ihre Miene, die Fassungslosigkeit und Empörung widerspiegelte. Fast hätte Lady Morag geschmunzelt. Nein, Shona war nie ein Kind gewesen, das schnell in Tränen ausgebrochen war. Sie besaß eine Kämpfernatur, die sie für den Posten der Geschäftsführung der Kincaid-Destillerie prädestinierte. Weitaus mehr als Rowan. So viel stand fest. Doch leider ging es nur in den seltensten Fällen darum, ob jemand für einen bestimmten Posten qualifiziert war oder nicht. Oft genug spielten andere Faktoren eine Rolle.

Shona würde das verstehen, sobald sie sich beruhigt hatte.

„Warum? Du hast doch schon alles gesagt! Ich reiß mir hier den Arsch auf, während unser Goldjüngelchen hier den Playboy spielt, und das ist der Dank?"

Nun erhob sich auch Rowan und trat auf die Vitrine zu. „Jetzt beruhig dich erst einmal, Schwesterherz." Er griff in eine der Auslagen und drehte sich mit einer Kincaid-Oak-Flasche um, die mit fünfzehn Jahren Reife zu den jüngeren Erzeugnissen zählte. Ob Shona das in der Kürze der Zeit, die sie benötigte, um herumzuwirbeln und ihm die Flasche aus der Hand zu schlagen, gesehen hatte oder es ihr schlicht und ergreifend egal war, konnte Lady Morag nicht mit Gewissheit sagen.

Die Flasche prallte mit einem dumpfen Laut auf den Teppich, blieb aber zum Glück unversehrt. Sie verfehlte Rowans Fuß nur um Haaresbreite, der mit einem kieksenden Schrei auf den Lippen zurückwich.

„Ich will mich nicht beruhigen!", rief Shona aggressiv, sodass ihre Mutter fürchten musste, dass sie Rowan jeden Moment an die Kehle ging.

Er hob beide Arme und wich zurück. „Schon gut! Schon gut! Flipp nicht aus, wir ..."

Lady Morag bezweifelte, dass Rowans jovialer Charme seine Schwester zu besänftigen vermochte. Eher würde das Gegenteil eintreten. Daher sah sie sich bemüßigt, einzugreifen.

„Es reicht!", rief sie so laut, dass es ihr in der Kehle schmerzte. Aber sie hatte Erfolg, denn sowohl Shona als auch Rowan zuckten zusammen und starrten ihre Mutter aus geweiteten Augen an. Es lag schon lange zurück, dass sie ihre Stimme hatte erheben müssen. Vermutlich zeigte ihr Ruf auch nur deshalb Wirkung.

„Ihr benehmt euch wie die Kinder. Rowan, lass uns allein!"

„Aber ..."

„Verschwinde!", zischte Lady Morag und trat auf ihn zu.

Rowan verschwand so hastig, als hätte sich seine Mutter gerade vor seinen Augen in eine Walküre verwandelt, die mit blankem Schwert auf ihn loszugehen gedachte.

„Mutter, ich ...", begann Shona, wurde aber ebenso unterbrochen wie kurz zuvor ihr Bruder.

„Setz dich!", verlangte Lady Morag, ging in die Knie und hob die Flasche auf. Saubere Gläser standen stets auf einem Sideboard für etwaige Verkostungen bereit. Sie nahm zwei davon mit zum Schreibtisch und registrierte zufrieden, dass Shona ihren Befehl befolgte. Halb hatte sie damit gerechnet, dass ihre Tochter wutschnaubend aus dem Büro stürmen würde. Aber sie war eben doch keine vierzehn mehr.

Lady Morag goss drei Fingerbreit der goldbraunen Flüssigkeit ein, stellte die Flasche ab und reichte Shona eines der Gläser.

„Trink!“

„Mutter …“

„Trink!“, beharrte diese, stieß mit ihrem eigenen Glas gegen das ihrer Tochter, sodass ein leises Klingeln den Raum erfüllte. Sekundenlang war es das einzige Geräusch. Bevor sie selbst einen Schluck von dem Whisky trank, umrundete sie den Schreibtisch und nahm auf dem Sessel Platz, auf dem Shona noch vor wenigen Minuten gesessen hatte.

Erst dann kostete sie von dem Whisky und genoss das milde, nach Getreide schmeckende Aroma, das im Nachgang eine leicht nussige Note besaß, als es über die Zunge in den Rachen floss.

„Sag mir, dass das eben nur ein Scherz war, bitte!“, flüsterte Shona und in ihren Augen glitzerte es verräterisch.

Lady Morag leerte das Glas und stellte es geräuschvoll neben den zugeklappten Laptop.

„Du machst es mir wahrhaft nicht leicht, Tochter.“

„Ich dir?“

„Ich muss an die Firma denken.“

„Und ich nicht, oder was? Was glaubst du denn, was ich hier jeden gottverdammten Tag mache? Solitär spielen?“

„Mir ist bewusst, was du für das Unternehmen geleistet hast. Und immer noch tust. Aber die Konkurrenz ist groß und in der heutigen Zeit schauen die Leute mehr denn je auf das Image der Firma. Hast du mir das nicht selbst vor einiger Zeit noch gepredigt? Dass wir unser Marketing auch auf die sozialen Netzwerke ausweiten müssen?“

Shona schüttelte den Kopf. „Worauf willst du eigentlich hinaus?"

Versonnen strich Lady Morag über den glatten Kunststoff des Laptops, als wäre er ein wertvoller Schrein, in dem sich sämtliche Antworten auf ihre Fragen befänden. Ach, wenn es doch nur so einfach wäre. „Ich denke, dass die Destillerie eine größere Chance hat zu überleben, wenn ein Mann an der Spitze steht."

„Bitte was?"

„Ich weiß, dass du das nicht gerne hörst, aber Whisky wird nun einmal mit Männlichkeit assoziiert. Auch heute noch. Und …"

„Was redest du da für einen Bullshit? Du selbst leitest diesen Laden schon seit vierzig Jahren!"

„Ich bin Einzelkind. Und Witwe."

„Oh, ich kann Rowan umbringen, wenn du willst."

„Hör auf", donnerte Lady Morag und schlug mit der Faust auf den Tisch. „Was glaubst du, warum dein Großvater darauf bestanden hat, dass ich Chester heirate? Weil ich ihn so sehr geliebt habe?"

„Was soll das bedeuten?"

„Das bedeutet, dass Whisky von Männern gekauft wird. Und wenn er nicht von Männern gekauft wird, wird er von ihnen getrunken. Warum macht Mira Kuni sonst wohl Werbung für Johnny Walker?"

„Mila Kunis. Und es war Jim Beam."

„Wie auch immer."

„Rowan wird die Firma in den Ruin treiben!"

„Nicht, wenn du ihm hilfst."

„Er wird sich nicht helfen lassen."

„Natürlich wird er das. Er weiß, dass du dich mit den Geschäften besser auskennst als er."

„Mag sein. Bei Annabelle bin ich mir da nicht so sicher."

„Was hat die denn damit zu tun?"

Shona lachte auf. „Muss ich dir das wirklich noch erklären? Was glaubst du denn, warum sie sich ihm an den Hals geworfen hat? Weil er so gut im Bett ist?"

„Shona, bitte!"

„Vermutlich erzählt er ihr jetzt schon die tollen Neuigkeiten. Und unsere liebe kleine Annabelle wird sich mächtig ins Zeug legen, damit sie auch etwas von dem Kuchen abbekommt."

„Unsinn. Sie ist nur eines seiner Betthäschen. Ein Wunder, dass du dir ihren Namen gemerkt hast."

„Immerhin sind sie schon zwei Monate zusammen. Sie muss wirklich gut sein."

„Schluss damit. Ich verlasse mich darauf, dass du Rowan mit Rat und Tat zur Seite stehst. Du weißt selbst, dass unsere Verkäufe rückläufig sind. In den letzten Jahren haben allein in den Lowlands drei weitere Brennereien ihren Betrieb aufgenommen. Das heißt, in ein paar Jahren wird sich die Konkurrenz verdoppeln. Hättest du dich nicht von Morgan scheiden lassen, dann ..."

„Das kann nicht dein Ernst sein, Mutter. Morgan hatte es von Anfang an auf die Destillerie abgesehen und du willst sie ihm in den Rachen werfen?"

„Das allein ist es nicht. Auch als Geschwisterpaar könntet ihr die Brennerei vertreten. Wenn jedoch rauskommt, dass du am anderen Ufer ..."

Sie bereute die Worte, kaum, dass sie ihr über die Lippen gekommen waren. Shonas Röte wich aus ihrem Gesicht, das eine aschfahle Farbe annahm.

Ruckartig stand sie auf, schritt auf den Schreibtisch zu und rammte das Glas wuchtig auf die Platte. „Du hast es nie akzeptieren können, stimmt's?"

Lady Morag fühlte sich wie ein Ballon, aus dem sämtliche Luft mit einem Schlag entwich. „Shona, darum geht's doch überhaupt nicht."

„Worum geht es dann?" Tränen standen in Shonas Augen. Sie war gekränkt und zutiefst verletzt.

„Shona, ich ..." Ein scharfer Schmerz zuckte durch Lady Morags Kopf.

„Es geht doch bloß darum, dass Rowan tun und lassen darf, was er will. Das durfte er doch schon immer. Egal wie viele Minderjährige er vögelt."

„Shona, ich bitte dich." Eine glühende Nadel bohrte sich durch Lady Morags Schädeldecke, geradewegs in ihr Gehirn.

„Aber er ist ja der heterosexuelle Kerl. Du kannst froh sein, dass er nicht schwul ist. Wem hättest du die Brennerei dann überschrieben? Graham?"

„Shona, so versteh doch ..." Ein kribbelndes Gefühl breitete sich in ihrem Kopf aus. Ihre Handflächen wurden feucht, die Finger zitterten.

„Hast du eigentlich je daran gedacht, wie es Cybill damit geht? Oder hoffst du ernsthaft, dass Rowan noch einen Sohn zur Welt bringt? Was ist, wenn er nur Töchter bekommt, die alle lesbisch werden?"

Lady Morag schloss die Augen und drängte die aufkeimende Panik erfolgreich zurück. Zum Glück hatte sich ausreichend Wut in ihr aufgestaut, die ihr dabei half.

„Shona!", sagte sie leise, aber mit genug Timbre in der Stimme, damit ihre Tochter zuhörte. Die Lider hielt sie weiterhin geschlossen. „Ich habe momentan nicht die Nerven, das mit dir auszudiskutieren. Mein Entschluss steht fest! Es bringt uns nicht weiter, wenn du überall Gespenster siehst und Intrigen witterst."

Als sie die Augen wieder öffnete, konnte sie gerade noch sehen, wie Shona wutschnaubend aus dem Arbeitszimmer stürmte. Sie schlug die Tür so heftig hinter sich zu, dass die Flaschen in der Vitrine klirrten.

Mit zitternden Fingern ergriff Lady Morag Kincaid die Whiskyflasche und füllte ihr Glas nach, das sie in einem Zug leerte. Der Anfall ging so rasch vorüber, wie er gekommen war.

Wenn sie nur nicht so müde gewesen wäre.

KAPITEL 2

Shona ballte die Hände zu Fäusten und versuchte, ihr heftig klopfendes Herz zu beruhigen, indem sie tief ein- und wieder ausatmete. Sie dachte an Siobhan, die sie in diesem Augenblick zu irgendeiner Yogaübung verdonnert hätte, und musste unwillkürlich schmunzeln.

Der Anflug von Heiterkeit verflog so schnell wie er gekommen war. Die Kränkung über die Brüskierung durch ihre Mutter wog einfach zu schwer.

Der Schlag der Standuhr verriet Shona, dass es bereits zwei Uhr nachmittags war. In spätestens einer Stunde würde Morgan auftauchen, um seine Tochter abzuholen. Dies war sein Wochenende.

„Mir bleibt auch nichts erspart", murmelte sie.

Die Aussicht, ihrem Ex-Mann zu begegnen, erstickte den kläglichen Rest an guter Laune, der ihr geblieben war. Statt sich zu beruhigen, legte ihr Herz gleich noch ein paar Takte obendrauf. Shona eilte die Treppe hinauf in den ersten Stock, wo ihr Cybill bereits auf dem Flur entgegenkam.

Ihre Tochter trug eng anliegende graue Reiterhosen, die an den Innenseiten der Schenkel mit Leder verstärkt waren. Der weit fallende Rollkragenpullover kaschierte ihre weiblichen Formen, die seit einigen Monaten deutlicher zutage traten.

Die dicken Strümpfe hatte sie über die Aufschläge der Hose gezogen, was Cybill nur dann tat, wenn sie vorhatte, ihre Reitstiefel anzuziehen. Im Gegensatz zu ihrer Mutter besaß sie blondes Haar, das im Licht der Sonne wie reifer Weizen leuchtete. An den Wangen sah man noch ein wenig kindlichen Speck, der ihr Gesicht runder machte als Cybill es gerne gehabt hätte. Sie mochte weder darauf angesprochen, geschweige denn dort berührt werden und reagierte auf Missachtung dieser ungeschriebenen Gesetze mit einer Hysterie, wie sie vierzehnjährigen Teenagern in der Pubertät vorbehalten war.

„Wo willst du hin?", fragte Shona wider besseren Wissens.

Cybill wich ihrem Blick aus und verdrehte dabei leicht die Augen.

„Zu Kendra", leierte sie und wollte an ihrer Mutter vorbei, die ihr jedoch mit einem schnellen Ausfallschritt den Weg abschnitt.

„Nicht so schnell, junges Fräulein. Du weißt genau, dass dein Vater in einer Stunde kommt, um dich abzuholen. Es ist sein Wochenende."

Der Teenager wich von ihr ab und schaute sie fassungslos an. In Cybills blauen Augen leuchtete die Wut. „Sein Wochenende? Ich bin doch kein kleines Kind mehr!"

Shona blinzelte irritiert. Vor vierzehn Tagen hatte sie ihr Schicksal noch stillschweigend hingenommen. Widerwillig zwar, wie man ihr deutlich angesehen hatte, aber ohne Protest. Was war bloß in sie gefahren?

Die Pubertät, hätte Siobhan vermutlich gesagt und damit recht gehabt. Doch Shona war nicht in der Stimmung, um die Launen ihrer halbwüchsigen Tochter zu tolerieren oder ihnen gar nachzugeben.

„Du bist aber auch noch nicht volljährig! Und Morgan hat ein Recht darauf ..."

„Ein Recht?", rief Cybill. „Ich bin deine Tochter und kein Fass voller Whisky."

„Ich diskutiere das hier bestimmt nicht mit dir aus", presste Shona mit mühsam unterdrückter Wut zwischen den Lippen hervor. „Geh auf dein Zimmer, zieh dich um und pack deine Sachen!"

„Nein!", rief Cybill regelrecht empört und mit schriller Stimme.

„Tu es!", brüllte Shona.

Sie sah, wie ihre Tochter zusammenzuckte. Ihr Blick begann zu flackern, die Unterlippe bebte und selbst Shona spürte, wie ihr die Knie zitterten.

„Cybill", flüsterte sie. „Es ... tut mir leid!"

Ruckartig drehte sich ihre Tochter um und rannte zurück in ihr Zimmer. Der Knall, mit dem sie die Tür ins Schloss warf, hörte sich an wie ein Gewehrschuss.

Shona wollte ihr folgen, um mit ihr in Ruhe darüber zu reden. Sie hasste sich selbst dafür, doch das Gesetz stand auf Morgans Seite. Es hatte ihm ein vierzehntägiges Besuchsrecht gewährt, das er nur allzu gerne in Anspruch nahm. Weniger aus Liebe zu seiner Tochter – Shona war sich sicher, dass der Dreckskerl zu solchen Gefühlen nicht in der Lage war – sondern allein, um ihr eins auszuwischen.

Sie wusste, dass er nur auf eine derartige Gelegenheit wartete, um sie mit seinen Anwälten unter Druck zu setzen und fertigzumachen.

„Was ist denn los?"

Shona schloss für die Dauer einer Sekunde die Augen und atmete tief durch, ehe sie sich umdrehte. Annabelle Forbes stand vor ihr. Zweiundzwanzig Jahre jung, womit sie weniger Jahre von Cybill trennten als von ihr. Oder von Rowan.

Verflixt, sie könnte seine Tochter sein!

Nicht, dass das heutzutage etwas zu bedeuten hätte. Dennoch brauchte Shona niemand mit der großen Liebe zu kommen. Was hatten sich denn solch ein Küken, das kaum flügge geworden war und noch niemals in ihrem Leben für ihren Unterhalt hatte aufkommen müssen, und ein zweiundvierzigjähriger Mann, der ein Familienunternehmen zu leiten hatte, schon zu sagen?

Nun ja, allzu viel mit Sicherheit nicht. Rowan hatte Annabelle bestimmt nicht ihrer rhetorischen Fertigkeiten wegen als Freundin auserwählt. Andererseits entsprach er auch nicht den Erwartungen, die Shona gegenüber einem Geschäftsführer hatte.

Sie spürte, wie ihr das Blut zu Kopfe stieg.

„Ich denke, das geht dich einen feuchten Dreck an!", zischte sie.

Annabelle hob die feingeschwungenen Augenbrauen und schüttelte leicht den Kopf, sodass ihr wasserstoffblondes Haar in Schwingungen geriet. Ihre Haut besaß die perfekte Bräune, die man sich nicht allein auf dem Sonnendeck der Aida holte.

„Sorry, hab nur gefragt."

„Und ich habe geantwortet. Und jetzt ..."

Shona unterbrach sich mitten im Satz, als es an der Tür schellte. Sie warf einen Blick über die Galerie hinweg ins Vestibül. Sie ahnte, wer vor der Tür stand und mit einem Mal fühlte sie sich unsagbar erschöpft.

Sie trat an das hölzerne Geländer und beobachtete, wie Emily, ihre Haushaltshilfe, auf die Tür zuschritt und öffnete. Es war tatsächlich Morgan Baxter, ihr geschiedener Gatte.

Er nickte Emily zu und schenkte ihr ein freundliches Lächeln, bei dessen Anblick sich Shona der Magen umdrehte. Es war so falsch wie das Schwarz seiner Haare. Die graumelierten Schläfen sollten vermutlich einen Eindruck von Weisheit vermitteln. Normalerweise würde er aussehen wie ein räudiger Straßenköter. Schmutzig-braun mit grauen Stellen. Doch das konnte er sich als Tanzlehrer, der die besten Jahre knapp hinter sich gelassen hatte, nun einmal nicht leisten.

Und der Erfolg gab ihm recht.

Die Pärchen rannten ihm zwar nicht die Tür ein, aber er hatte ein ordentliches Auskommen und sah gut genug aus, sodass es immer ein paar ledige Frauen gab, die sich unter seine Fittiche nehmen ließen. Wenn Morgan wollte, konnte er sehr charmant sein, zumal er ein wahrhaft begnadeter Tänzer war.

So hatte er letztendlich auch Shona herumgekriegt. Damals, kaum dass sie ihren sechsundzwanzigsten Geburtstag gefeiert hatte und dank ihrer Mutter bereits unter Torschlusspanik litt.

Danke Mum, schoss es ihr durch den Kopf. Sie leistete der alten Dame aber noch im selben Augenblick Abbitte. Sie war alt genug gewesen, um ihre eigenen Entscheidungen zu treffen.

„Shona!" Morgan hatte sie natürlich längst gesehen und breitete die Arme aus. „Willst du mich etwa einfach so hier stehen lassen?"

„Gott bewahre!", murmelte sie und ging die Treppe hinunter, dicht gefolgt von Annabelle, die sich nicht abschütteln ließ. Herrgott, wo war Rowan, wenn man ihn mal brauchte?

Emily schloss die Tür und zog sich auf Shonas Wink hin diskret zurück. Diese trat auf Morgan zu, die Arme demonstrativ vor der Brust verschränkt.

„Wo ist Cybill?", verlangte er zu wissen und sein Lächeln erlosch, als hätte er einen Schalter umgelegt.

„Du bist eine halbe Stunde zu früh, mein Lieber. Sie ist in ihrem Zimmer und zieht sich um."

„So? Dann wird es dir ja sicherlich nichts ausmachen, mich in der Zwischenzeit deiner neuen Freundin vorzustellen."

Er wandte den Kopf und warf Annabelle einen interessierten Blick zu. Und schon kehrte das Lächeln nicht nur zurück, es wurde auch erwidert. Shona hätte zu gerne die Augen verdreht und geseufzt, konnte sich aber beides erfolgreich verkneifen.

„Morgan, das ist Annabelle Forbes. Annabelle ist Rowans ... Freundin. Annabelle, darf ich dir Cybills Vater Morgan Baxter vorstellen?"

„Sehr erfreut", sagte dieser und ergriff Annabelles Hand. Er verbeugte sich sogar galant, was Rowans Liebchen mit einem mädchenhaften Kichern quittierte. Das wiederum veranlasste Shona nun doch, mit den Augen zu rollen.

„Ich werde Cybill holen“, sagte Shona und eilte die Treppe wieder hinauf, auf deren oberem Absatz sich endlich ihr Bruder blicken ließ.

„Beeil dich besser, bevor sich mein Ex an deine neue Spielkameradin heranschmeißt“, raunte sie ihm im Vorbeigehen zu. Ohne eine Antwort abzuwarten, ging sie zur Tür von Cybills Zimmer und klopfte.

„Hey Schatz! Bist du fertig?“

Sie seufzte, als sie keine Antwort erhielt. Offenbar schmollte Cybill noch. „Es tut mir leid, in Ordnung?“ Wie fast alle Teenager in diesem Alter, so reagierte auch Cybill empfindlich, wenn man unaufgefordert eintrat. „Ich komme jetzt rein.“ Shona öffnete und trat ein, während sie weitersprach. „Hör mal, ich weiß, wie schwer das für dich ist. Aber lass es uns einfach ...“

Sie stockte, als sie bemerkte, dass sie mit sich selbst sprach. Das Zimmer war leer, Cybill verschwunden. Shonas Gedanken überschlugen sich. Ihre Wut, die im Angesicht ihres verhassten Ex einer beinahe konspirativen Verbundenheit mit ihrer Tochter gewichen war, kehrte mit einem Schlag zurück.

Sie drehte sich auf dem Absatz um und riss die gegenüberliegende Badezimmertür auf. Auch auf die Gefahr hin, dass ihre Tochter gerade auf der Toilette saß und ihr eine Szene machte, die das ganze Haus unterhalten würde. Doch das Bad war ebenfalls leer.

Da wusste Shona, dass Cybill sich ihrer Anweisung widersetzt hatte. Sie brauchte gar nicht noch einmal in das Zimmer ihrer Tochter zurückzugehen, um zu wissen, dass sie sich keineswegs umgezogen hatte. Sie hatte lediglich abgewartet, bis die Luft rein war, um über den ehemaligen Dienstbotenaufgang am Ende des Flurs zu verschwinden.

In der Zwischenzeit hatte sie Devil vermutlich längst gesattelt und war auf dem Weg zu Kendra.

Shona knirschte vor Wut mit den Zähnen.

„Warte nur, bis du zurückkommst!“, murmelte sie und machte sich auf den Weg, um Morgan über die Flucht seiner Tochter in Kenntnis zu setzen.

„Sie ist ... was?“

Morgans Stimme klang leise, wenn auch keineswegs ruhig. Shona kannte den Vater ihrer Tochter gut genug, um das schwache Vibrieren zu bemerken, das anzeigte, wie zornig er war. Er stand kurz vor einem Wutausbruch und allein die Anwesenheit von Annabelle hielt ihn davon ab, komplett aus der Haut zu fahren.

„Du hast mich verstanden“, erwiderte Shona gelassen. „Deine Tochter hat es vorgezogen, das Wochenende hierzubleiben.“

„Das war aber nicht abgesprochen.“

„Das weiß ich selbst. Und Cybill ebenso.“

„Und wieso ist sie dann weg?“

„Weil sie ein Teenager ist, verdammt noch mal! Deshalb!“

Morgan Baxter verengte die Augen zu schmalen Schlitzen und warf Rowan und Annabelle einen abschätzigen Blick zu, bevor er auf Shona zutrat und ihr seinen nach Pfefferminz und Zigarettenrauch riechenden Atem ins Gesicht blies.

„Du hast sie nicht im Griff. Hattest du noch nie. Cybill fehlt die väterliche Strenge. Kein Wunder, dass sie so launisch ist. Also, wo steckt sie?“

Shona starrte ihren Ex-Mann für die Dauer mehrerer Herzschläge stumm an. Sie konnte sogar Rowan und Annabelle atmen hören. Morgan taxierte sie förmlich, doch Shona hielt seinem Blick stand.

„Ich – weiß – es – nicht!", sagte sie schließlich langsam und betont.

Morgan richtete sich auf. „Du weißt, was das bedeutet! Wenn ich nicht alle vierzehn Tage …"

Die Eingangstür öffnete sich. Cybill stand in der Tür, zusammen mit Graham, der hinter ihr aufragte wie ein fleischgewordener Golem.

„Cybill!" Morgan Baxter drehte sich um und rief den Namen seiner Tochter in einem Tonfall, mit dem er vermutlich sonst seine Schülerinnen zu empfangen pflegte. Cybill lächelte nicht, doch das tat sie eigentlich nie. Trotzig schaute sie an ihrem Vater vorbei auf Shona.

„Wo warst du?", schnauzte diese sie vor Wut kochend an. Cybill war klug genug, um zu schweigen, sodass Graham die Antwort übernahm.

„Ich habe die junge Lady im Stall ertappt, wie sie Devil satteln wollte. Offenbar hatte sie vergessen, dass heute Freitag ist, beziehungsweise dass Sie, Mister Baxter, kommen würden, um sie abzuholen."

„Ist das wahr?", fragte Morgan.

Cybill nickte.

„Geh rauf und pack deine Sachen!", zischte Shona ihr im Vorbeigehen zu. „Wir sprechen später darüber."

Cybill zeigte keine Reaktion und stampfte wutentbrannt die Treppe hinauf.

„Komm, Annabelle! Es ist wohl besser, wenn wir gehen", murmelte Rowan seiner Freundin zu, die ihm widerwillig gehorchte.

Sie folgten Cybill in das obere Stockwerk.

„Guter Mann", wandte sich Morgan an Graham. „Es freut mich zu sehen, dass wenigstens auf Sie Verlass ist." Er klopfte dem Bediensteten jovial auf die Schulter, was dieser mit einem leicht indignierten Blick quittierte. Morgan bemerkte ihn zwar, ignorierte ihn aber geflissentlich.

Stattdessen drehte er sich zu Shona um. „Glück gehabt, Liebes. Bedank dich bei Graham. Daran kannst du erkennen, wie wichtig es ist, einen Mann im Haus zu haben."

Shona schlug das Herz bis zum Hals. Sie presste die Kiefer aufeinander, im Geiste immer wieder dasselbe Mantra wiederholend: *Lass dich nicht provozieren. Spiel ihm nicht in die Hände. Lass dich nicht provozieren. Spiel ihm nicht in die Hände.*

„Ich warte im Wagen." Er grinste und schob sich an Graham vorbei nach draußen.

Shona warf dem Chauffeur einen kurzen Blick zu, dann stampfte sie wütend die Treppe hinauf und stürmte in Cybills Zimmer, die auf der Bettkante saß und das Handy verschwinden ließ.

„Verdammt, warum klopfst du ..."

„Ruhe!", schrie Shona und Cybill schrak zusammen. „Was sollte das werden?"

„Ich ... ich ..."

„Überlege dir gut, was du jetzt sagst."

„Ich habe keinen Bock, das ganze Wochenende in Edinburgh zu verbringen!"

Shona runzelte die Stirn. „Wie jetzt? Ein junges Mädchen, das keine Lust hat, zwei Tage in der Stadt zu verbringen?“, fragte sie spöttisch. „Was ist los, wirst du krank?“

„Sehr witzig, Mum.“

„Was ist dann dein Problem?“ Sie trat näher, streifte mit dem Blick die gerahmten Pferdefotografien. Die meisten davon zeigten Devil, Cybills ganzen Stolz. Er war ein Araber, den sie ritt, seit er ein junger Hengst war.

Mit einem Anflug von Wehmut dachte sie daran, wie sie früher, in Cybills Alter, für Richard Grieco, Johnny Depp, The Cure und David Bowie geschwärmt hatte. Doch bis auf ein Poster von Pink, das an der Tür hing, sah Cybills Zimmer viel zu erwachsen für ein vierzehnjähriges Mädchen aus.

„Ist es wegen Dad?“, fügte Shona hinzu, als ihre Tochter es vorzog zu schweigen.

„Was? Nein! Ich meine … ja, schon irgendwie.“

Shona schluckte. Sie war nie gut in diesen Mutter-Tochter-Dingen gewesen, fühlte sich dabei stets unbeholfen. Aber irgendetwas sagte ihr, dass Cybill ihr etwas sagen wollte. Shona ging auf das Bett zu, um sich neben ihre Tochter zu setzen, die aufsprang und wahllos Zeug in ihre dunkelgrüne Sporttasche stopfte.

„Ist mit Oma alles in Ordnung?“, fragte sie rasch, bevor Shona dazu kam, nachzuhaken. Die wurde von dem plötzlichen Themenwechsel völlig überrumpelt.

„Was? Ja, ja. Es … ist nichts. Sie … wollte mit uns nur über das Geschäft reden.“

„Ist es was Ernstes?“

„Nichts, worüber du dir den Kopf zerbrechen müsstest, junge Dame!", erwiderte Shona streng, aber auch mit einem Hauch Amüsement. Es war erschreckend, wie seriös Cybill bisweilen auftrat.

Sie wuchtete sich die Tasche über die Schulter und wollte gehen, als sie bemerkte, dass sie noch ihre Reithosen trug. Sie verdrehte die Augen, ließ die Tasche fallen und schaute ihre Mutter vorwurfsvoll an.

„Könntest du dann bitte gehen? Ich muss mich umziehen."

Shona nickte und erhob sich. „Es gab mal eine Zeit, da hat dir das nichts ausgemacht."

„Es gab auch eine Zeit, da hat es mir nichts ausgemacht, in die Hose zu pinkeln. Willst du, dass ich damit auch wieder anfange?"

„Schon gut, beruhig dich wieder. Ich will nur, dass du weißt, dass ich das nicht tue, um dich zu ärgern. Ich ..."

„Bye, Mum!"

„Na schön. Ich ... hab dich lieb!" Shona drehte sich um und verließ fluchtartig das Zimmer ihrer Tochter.

KAPITEL 3

„Du hast es ihnen nicht gesagt?"

Lady Morag Kincaid schreckte hoch.

„Graham!", stieß sie hervor, irritiert und auch ein wenig verlegen. Da war sie doch glatt am Schreibtisch eingeschlafen. Den Kopf auf die angewinkelten Arme gelegt. „Was ...?"

Sie schaute sich um. In der Zeit, die sie benötigte, um sich wieder im Hier und Jetzt zurechtzufinden, schloss Graham die Tür hinter sich. Er trat auf den Schreibtisch zu und nahm die Whiskyflasche zur Hand.

„Meinst du, das ist jetzt das Richtige für dich?"

Lady Morag zog die Augenbrauen über der Nasenwurzel zusammen. „Was erlaubst du dir, Graham? Ich bin alt genug und kann tun und lassen, was ich will."

Er stellte die Flasche zurück und nahm auf einem der Besucherstühle Platz. „Ich mache mir bloß Sorgen."

„Natürlich machst du dir Sorgen. Ich wäre enttäuscht, wenn es nicht so wäre." Sie lächelte schmallippig. „Doch du kannst dich beruhigen, noch lebe ich. Ich bin nur ... müde."

„Du solltest dich hinlegen."

„Und du solltest mit mir anstoßen!" Lady Morag griff nach der Whiskyflasche. „Es brechen neue Zeiten für die Kincaid-Destillerie an. Ich wünschte, ich könnte sie miterleben."

Graham hob eine Augenbraue, als er beobachtete, wie die Hausherrin ihr Glas zur Hälfte füllte und nach einem zweiten griff, das am Rand der Schreibtischplatte stand. Sie runzelte die Stirn, als sie den leichten Abdruck des dunkelroten Lippenstifts darauf erkannte.

Shona hatte aus diesem Glas getrunken.

„Verzeihung", murmelte sie und wollte aufstehen, um ein neues Glas zu holen, doch Graham kam ihr zuvor. Er hob die Hand und stand auf.

„Lass nur, ich mach das schon."

Er nahm ein sauberes Glas vom Sideboard und stellte es vor Lady Morag ab. Sie nickte dankbar und schenkte ein. Graham blieb stehen und prostete seiner Dienstherrin zu. „Auf Sie, Lady Morag Kincaid."

Sie beugte sich vor und stieß mit ihrem Glas leicht gegen das seine. Ein helles Klirren erklang und Lady Morag wartete, bis sich ihr Chauffeur und Butler wieder gesetzt hatte. Schweigend tranken sie einen Schluck, während sie den ziehenden Schmerz in ihrem Nacken zu ignorieren versuchte. Sicherlich nur eine Folge der verkrümmten Haltung, in der sie eingenickt war.

Graham war es schließlich, der die Stille unterbrach. „Warum hast du es ihnen nicht gesagt?"

Lady Morag stellte das Glas vor sich ab und betrachtete versonnen die goldbraune Flüssigkeit, die darin schwappte. „Ich weiß es nicht", erwiderte sie mit monotoner Stimme und leerem Blick. „Ich denke, ich hatte einfach Angst."

„Du und Angst? Ich kann es kaum glauben."

Böse schaute sie ihn an. „Ich bin auch nur ein Mensch, verflucht. Aber sei unbesorgt. Ich werde es ihnen sagen. Zum richtigen Zeitpunkt." Sie leerte ihr Glas, während sie Graham aus dem Augenwinkel beobachtete. Halb erwartete sie, dass er nachfragen würde, wann denn der richtige Zeitpunkt wäre, doch er hielt sich zurück und dafür war sie ihm dankbar.

Sie warf einen Blick auf die Uhr. Sie hatte kaum zwanzig Minuten geschlafen. Power-Napping nannte ihre Enkelin das. Lady Morag musste lächeln.

„Ist Cybill schon fort?"

„Ja, sie wurde gerade abgeholt. Sie hat sich noch schnell verabschiedet, doch du hast sie nicht gehört. Ich habe sie übrigens bei Devil gefunden. Sie wollte ihn gerade satteln und sich aus dem Staub machen."

Lady Morag drehte das Whiskyglas zwischen den Fingern. „Sie ist ein echter Wildfang, genau wie ihre Mutter."

„Nicht ansatzweise. Gegen Miss Shona ist die junge Lady ein Ausbund an Tugend und Rechtschaffenheit."

„So schlimm war sie auch wieder nicht."

„Alleine nicht, aber zusammen mit ihrem Bruder ..."

„Sonderbar, wie unterschiedlich sich beide entwickelt haben, nicht wahr? Vor dreißig Jahren hätte ich eine Wette darauf abgeschlossen, dass es einst Shona sein würde, um die wir uns Sorgen machen müssten."

Sie seufzte schwer und wollte sich erheben, doch ihre Arme und Beine fühlte sich an, als wären sie mit Blei gefüllt. Kraftlos sackte sie zurück, die Welt um sie herum begann sich zu drehen.

„Mori!", hörte sie ihren Namen. Ein Schatten erschien neben ihr und der Duft eines herben Rasierwassers kitzelte ihre Nase, ehe sich eine schwere Hand auf ihre Schulter legte.

„Nur … nur ein kleiner Anfall von Schwäche. Bitte, Chester. Hilf mir hoch, ja?“

Für einen kurzen Augenblick verharrte der Mann neben ihr. „Natürlich.“

Er griff unter ihre Achseln und half ihr, sich aufzurichten. Lady Morag schaute sich um und blinzelte verwirrt. Ihre Sicht, bis eben noch verschwommen, klärte sich. „Graham, es … es tut mir leid. Ich …“

„Schon gut. Ich bringe dich in dein Zimmer und verständige den Arzt.“

„Nein!“, rief sie hastig. „Nicht nötig. Ich brauche nur ein wenig Ruhe.“

„Du solltest etwas essen.“

„Nein!“, wiederholte sie schroff. „Ich sagte doch, es geht mir gut. Ich werde mich kurz hinlegen. Zum Abendessen bin ich wieder fit. Du wirst sehen.“

„Wie du meinst“, erwiderte Graham, doch der Klang seiner Stimme verriet ihr, dass er ihr kein Wort glaubte.

„Na, wie findest du es?“

Shona taxierte das Bild, das an der Stirnwand des schmalen Raumes hing und von zwei Punktstrahlern beleuchtet wurde, sodass der Betrachter jedes Detail erkennen konnte. Mit einer Mischung aus Unbehagen und offener Abscheu.

„Es ist … interessant.“

Siobhan McLeary fing schallend an zu lachen. „Interessant? Echt jetzt? Warum sagst du nicht gleich, dass du es nett findest?“

Ein Lächeln glitt über Shonas Lippen. „Dann hättest du mich gefragt, warum ich nicht gleich sage, dass ich es scheußlich finde."

Ihre Freundin riss in gespielter Überraschung die Augen auf und presste sich die Hand auf die Brust. „Du ... du findest es scheußlich?" Siobhan schüttelte den Kopf. „Das hätte ich niemals von dir gedacht." Sie tat so, als wischte sie eine Träne aus dem Augenwinkel. „Ich dachte, du würdest es mögen."

Für einen Moment war Shona verunsichert, ob ihre Freundin es nicht doch ernst meinte. Das Letzte, was sie wollte, war ihre Gefühle zu verletzen.

„Siobhan, ich ..."

Die quirlige Galeristin wirbelte herum, sodass ihre rotbraunen Locken flogen. „Ha, erwischt! Du wolltest dich gerade entschuldigen, stimmt's? Gib's zu!"

„Du bist eben eine zu gute Schauspielerin. Obwohl ich nicht weiß, ob ich das gut finden soll."

„Danke, Goldtröpfchen."

„Jetzt willst du mich ärgern."

„Nur ein bisschen." Siobhan zwinkerte ihrer Freundin zu. „Was genau missfällt dir denn an dem Bild?"

„Ach, das soll ein Bild sein? Ich dachte, da hätte jemand einem Kind einen Malkasten und einen Korken gegeben, damit es ein paar Stunden beschäftigt ist."

„Das ist Kunst!"

„Es ist ein Albtraum." Shona biss sich auf die Unterlippe. „Findest du es schlimm, dass ich es nicht mag?"

„Hauptsache den Kunden gefällt es." Siobhan zuckte mit den Achseln. Dann drehte sie den Kopf und hauchte Shona einen Kuss auf die Wange. „Schön, dass du doch noch gekommen bist."

„Unser freies Wochenende lass ich mir doch nicht nehmen."

Shona nahm ihre Freundin in den Arm und küsste sie zärtlich auf die Lippen.

Kaum war Cybill mit ihrem Vater verschwunden, da hatte sich Shona unter die Dusche begeben und den Hosenanzug gegen Jeans und einen weit fallenden Pullover getauscht. Nur die Kette mit dem Lapislazuli hatte sie umgehängt gelassen und dazu passende Ohrringe angelegt.

Um halb fünf hatte sie sich auf den Weg nach Edinburgh gemacht. Den Luxus eines Chauffeurs gönnte sich nur ihre Mutter und so hatte sie das Steuer ihres Vauxhall Insignia selbst in die Hand genommen. Sie würde ohnehin erst am Sonntag wieder zurückfahren.

Morgen stand eine Vernissage an, bei der sie Siobhan versprochen hatte zu helfen, beziehungsweise ihr seelischen Beistand zu leisten.

„Hier haben wir uns kennengelernt, weißt du noch?", hauchte ihr Siobhan ins Ohr, als sie sich voneinander lösten.

Shona nickte und schmunzelte. „Hättest du damals schon dieses Kunstwerk hier hängen gehabt, hätte ich vermutlich auf dem Absatz kehrtgemacht und die Flucht ergriffen."

„Kann es sein, dass du vielleicht eine Spur zu konservativ bist?" Siobhan musterte ihre Freundin prüfend, doch auch in ihren Augen blitzte der Schalk. „Dabei würde sich solch ein Meisterwerk bestimmt gut in deinem Arbeitszimmer machen."

„Mutter würde der Schlag treffen", rief Shona und fing an zu prusten.

„Das wollen wir natürlich nicht." Siobhan meinte das vollkommen ernst. Sie mochte Lady Morag Kincaid mit all ihrer verschrobenen Distinguiertheit, wie sie einmal ziemlich treffend bemerkt hatte.

Shona warf einen Blick auf die Uhr. „Sag, für wann hattest du einen Tisch gebucht?"

„Achtzehn Uhr", antwortete Siobhan und knipste die Punktstrahler aus.

„Dann sollten wir uns sputen, es ist bereits Viertel vor."

„Und das sagst du mir erst jetzt?"

„Ich hab selbst eben erst auf die Uhr geschaut. Wolltest du etwa noch mal nach Hause und dich umziehen?"

„Na, daraus wird wohl nichts mehr", seufzte die Galeristin, die zuvor Schauspielerin gewesen war, ehe sie sich entschlossen hatte, der brotlosen Kunst Lebewohl zu sagen und sich dem Kunstgeschäft zu widmen.

„Du siehst perfekt aus", stellte Shona fest.

„Ja", schnaubte ihre Freundin. „Für das *Pakora* vielleicht, aber nicht für das *Condita*."

„Worüber machst du dir Sorgen? Dass dich einer deiner Kunden dort entdeckt?"

„Man kann nie wissen, diese kunstvernarrte Bourgeoisie würde sich das Maul zerreißen."

„Deine kunstvernarrte Bourgeoisie würde sich das Maul zerreißen, wenn du in einem Kartoffelsack dort erscheinen würdest. Und selbst dann sähest du noch hinreißend aus."

Im gedämpften Schein der Deckenbeleuchtung konnte Shona sehen, wie ihre Freundin errötete.

Nur einer von vielen Gründen, warum sie sich in Siobhan verliebt hatte. Auf der einen Seite war sie so tough und selbstbewusst, um eine eigene Galerie im Herzen von Edinburgh zu eröffnen, auf der anderen so schüchtern wie ein frisch verknalltes Schulmädchen vor dem Abschlussball.

„Komm jetzt."

Das ließ Siobhan sich nicht zweimal sagen. Sie löschte das Licht und verriegelte die Galerie gewissenhaft. Es war zwar noch nie etwas passiert, aber sie wollte auch kein Risiko eingehen. Sie wusste, wie pingelig die Versicherungen waren, wenn sie erfuhren, dass man die Räumlichkeiten nicht sorgfältig abgesichert oder an der Alarmanlage gespart hatte.

Mit Shonas Vauxhall fuhren sie in die Innenstadt zum Salisbury Place, wo das Restaurant *Condita* lag, das nicht nur mit einer gehobenen Küche, sondern auch mit einem exzellenten Service warb.

Siobhan hatte darauf bestanden, ihre Freundin zur Feier des Tages zu einem Acht-Gänge-Degustationsmenü einzuladen. Shona hatte sich schon die ganze Woche darauf gefreut. Bis heute Mittag. Genau genommen, bis Mutter von ihrer Stippvisite nach Edinburgh zurückgekehrt war und ihr eröffnet hatte, dass Rowan demnächst die Geschicke der Kincaid-Destillerie lenken würde.

Bis eben hatte Shona jeglichen Gedanken daran erfolgreich verdrängen können, doch jetzt kehrte er mit der Wucht eines Fausthiebes zurück, der sich ihr in den

Magen bohrte. Ihr wurde übel und ihre Hände verkrampften sich um das Lenkrad.

Erst das laute Hupen der hinter ihr stehenden Fahrzeuge riss sie zurück in die Wirklichkeit.

„Grüner wird's nicht", konnte sich Siobhan eine entsprechende Bemerkung nicht verkneifen. Sorgenvoll musterte sie ihre Freundin, die vergeblich versuchte, sich nichts anmerken zu lassen.

„Ja doch", knurrte Shona und legte einen regelrechten Kavalierstart hin.

„Du musst uns ja nicht gleich um die Ecke bringen", murrte Siobhan leicht indigniert. Sie schwiegen den Rest der Fahrt über, bis Shona den Vauxhall auf dem restauranteigenen Parkplatz stoppte. Sie wollte bereits aussteigen, als ihr ihre Freundin die Hand auf den Unterarm legte.

„Was ist los?"

Verblüfft hielt Shona inne. „Was meinst du?"

„Komm schon, Shoni. Ich bin doch nicht blöd. Eben in der Galerie warst du noch vollkommen aufgekratzt und jetzt bist du …" Sie zögerte.

„Bin ich was?"

„Irgendwie verändert. Ich will nicht sagen, am Boden zerstört, aber nachdenklich. Als würde dich etwas bedrücken."

Sorgenvoll blickte Siobhan sie an, sodass Shona unwillkürlich schlucken musste. Im Schein der Innenbeleuchtung glänzten Siobhans grüne Katzenaugen wie Smaragde.

„Dir kann ich wirklich nichts vormachen, wie?" Shona verzog die Lippen. „Dabei wollte ich nur, dass wir einen schönen, unbeschwerten Abend zu zweit verbringen. Das kommt selten genug vor."

„Mag sein. Aber wir sind auch keine Teenager mehr, sondern erwachsene Menschen. Wie lange sind wir jetzt zusammen? Ein Jahr?"

„Fast." Shona nickte.

„Ich spüre doch, wenn du etwas vor mir verbirgst. Und ja, wir kommen selten dazu auszugehen, aber gerade dann sollten wir doch die Gelegenheit nutzen, um miteinander zu sprechen, findest du nicht?"

„Auch auf die Gefahr hin, uns die Stimmung kaputtzumachen?"

Siobhan zog die Augenbrauen zusammen, sodass sich über ihrer Nase eine steile Falte bildete. „Unsere Stimmung machen wir höchstens kaputt, indem wir nicht über den Elefanten sprechen, der irgendwo unterwegs eingestiegen sein muss."

„Irrtum. Er ist nicht eingestiegen, er verfolgt mich schon die ganze Zeit."

„Geht es um uns?" Siobhans Augen weiteten sich erschrocken, selbst ihre Unterlippe begann zu zittern.

„Was? Quatsch, nein!"

„Was ist es dann?"

Shona biss sich auf die Unterlippe. „Lass uns drinnen darüber reden, ja?"

„Versprochen?"

„Versprochen."

„Ah, Madam Kincaid. Welch unerwartete Freude, Sie hier zu sehen!"

Der Maître de Cuisine nahm seine Gäste in Empfang und würde auch persönlich die Verkostung des Acht-

Gänge-Menüs beaufsichtigen. Er war ein Mann Mitte fünfzig, mit graumelierten Haaren und einem sorgfältig gestutzten Oberlippenbart.

Shona lächelte. „Die Überraschung ist mir offenbar gelungen, Mister Dunn.“

„Adair, bitte.“

„Sehr gerne.“

„Ich konnte doch nicht ahnen, dass Sie in Begleitung einer ebenso entzückenden wie charmanten Dame kommen. Bitte legen Sie ab, dann führe ich Sie persönlich an Ihren Tisch.“ Er gab der Garderobiere einen Wink.

Siobhan und Shona übergaben ihr ihre Mäntel, danach geleitete der Maître sie zu einem Separee, in dem ein runder Tisch mit blütenweißer Decke stand. Adair ließ es sich nicht nehmen, den Frauen persönlich die Stühle zurechtzurücken.

„Ich lasse Sie kurz allein, damit Sie sich in Ruhe akklimatisieren können, bevor wir mit dem ersten Gang beginnen. Hier können Sie derweil einsehen, was Sie heute Abend erwartet.“ Der Maître deutete auf die beiden Papierstreifen, die vor den Frauen auf ledernen Platzdecken ruhten. „Jedes dieser Piktogramme steht für eines der Gerichte, das Sie heute Abend genießen dürfen.“

Adair verbeugte sich und huschte lautlos davon, während der Oberkellner die weiße Kerze, die aus einem silbernen Ständer ragte, entzündete und sich dann gleichfalls diskret zurückzog.

„Du kennst den Küchenchef des *Condita* persönlich?“, fragte Siobhan, ohne aus ihrer Verblüffung einen Hehl zu machen.

Shona lächelte, während sie mit den Fingerkuppen über die Tischkante strich. „Wundert dich das? Wir haben bereits kurz nach der Eröffnung Anfragen für eine Whisky-Degustation bekommen. Seitdem gehört das *Condita* zu unseren Stammkunden."

„Oh", machte Siobhan und wirkte ein wenig enttäuscht. „Dabei wollte ich dich doch überraschen."

„Aber das hast du doch! Ehrlich, ich hätte nie gedacht, dass du hier einen Tisch bekommst."

Sie machte eine kreisende Armbewegung, die das gesamte Etablissement umfasste. Es erstreckte sich auf zwei Ebenen, auf die sich die insgesamt sieben Tische verteilten. Die Einrichtung dagegen war erstaunlich innovativ und konnte ruhigen Gewissens als Vintage bezeichnet werden. Viele Möbel und Einrichtungsgegenstände, angefangen von den Stühlen bis hin zur Deckenbeleuchtung, atmeten das Flair der 60er und 70er Jahre des vergangenen Jahrhunderts.

„Hoppla", rief der Maître, der zwei Kelche, in denen Champagner prickelte, auf einem Tablett balancierte. „Da hätten Sie mich doch beinahe um diesen köstlichen Aperitif erleichtert." Adair lächelte, ehe er den Schaumwein galant vor den Damen platzierte.

„Zum Auftakt ein Glas Champagner und Muscheln. Und keine Bange, meine Damen. Die Schale dürfen Sie getrost mitessen." Der Kellner, ein sportlicher junger Mann, dem Hemd und Weste wie angegossen saßen, servierte ihnen den ersten Gang.

„Muscheln?", fragte Shona entzückt. Dann runzelte sie die Stirn und schaute auf Siobhans Teller. „Und was bekommst du?"

„Madam McLeary informierte mich vorab, dass sie Vegetarierin ist. Daher habe ich mir für sie etwas Besonderes einfallen lassen“, erklärte der Maître. „Lasagne mit Auberginenscheiben statt Nudeln, gebratenen Pilzen, Zucchini und Tomate. Garniert mit Rucola.“

Shona lief bei dem Anblick des liebevoll arrangierten kulinarischen Genusses das Wasser im Munde zusammen. Obwohl sie für gewöhnlich der vegetarischen Küche kaum etwas abgewinnen konnte.

„Guten Appetit und wohl bekomms!“

Auch dieses Mal verzichtete Adair nicht auf seinen obligatorischen Bückling, als er sich entfernte.

Die Frauen hoben ihre Gläser. „Auf dich! Und eine erfolgreiche Vernissage“, sagte Shona.

„Auf uns!“, erwiderte Siobhan, bevor sie ihr Glas gegen das ihrer Freundin stieß.

Nach dem ersten Schluck widmeten sie sich ihren Speisen und obwohl Siobhan dankend auf eine Kostprobe der Muscheln verzichtete, probierte Shona ein wenig von der vegetarischen Lasagne. Sie kam nicht umhin, anerkennend zu nicken. „Das hätte mir auch gefallen.“

„Beim nächsten Mal“, entgegnete Siobhan und warf ihrer Gefährtin einen langen Blick zu. „Willst du mir erzählen, was los ist?“

„Puh, um ehrlich zu sein, habe ich gar keine rechte Lust dazu.“

„Aber vielleicht tut es dir gut, bevor es dich auffrisst und du alt und verbittert wirst.“

„Bin ich doch längst.“

„Zumindest an der Verbitterung können wir noch arbeiten“, antwortete Siobhan grinsend und schob sich den letzten Bissen in den Mund.

Shona war noch mit den Muscheln beschäftigt und wusste es zu schätzen, dass das Personal des *Condita* so feinfühlig war, um zu erkennen, wann die Gäste ungestört sein wollten. Auch Siobhan drang nicht weiter in ihre Freundin, die nach dem dritten Gang von selbst auf das Thema zu sprechen kam.

Siobhan hörte aufmerksam zu und unterbrach ihre Partnerin mit keiner einzigen Silbe. Je länger Shona sprach, desto betroffener wurde die Miene ihrer Freundin.

„Das tut mir leid“, sagte Siobhan abschließend und griff nach der Hand ihrer Geliebten. Shona spürte den wachsenden Druck hinter den Augen. Heute Nachmittag war sie einfach nur zornig gewesen, jetzt fühlte sie die grenzenlose Enttäuschung, die damit einherging. Trotzdem würde sie nicht anfangen zu weinen. Nicht hier.

Sie sah, wie der Blick ihrer Freundin über ihre Schulter glitt. „Ich glaube, Adair möchte uns den vierten Gang kredenzen“, flüsterte sie verschwörerisch.

„Dann wollen wir ihn nicht warten lassen.“

Shona bekam Hähnchenfilet mit Zitrone und Rosmarin und Siobhan durfte sich über eine exzellent zubereitete Zucchini-Quiche freuen. Beide Gerichte harmonierten perfekt mit dem trockenen Rotwein aus der Toskana.

„Weißt du, es ist einfach unfair. Rowan rührt nicht mal den kleinen Finger für das Familienunternehmen.

Oh, er ist gewiss ein exzellenter und charmanter Gastgeber. Wenn es darum geht, unsere Geschäftspartner um den Finger zu wickeln, kann er bemerkenswert eloquent sein."

„Aber die Destillerie wird doch euch beiden gehören, oder nicht?"

„Auf dem Papier schon. Aber die Geschäftsführung, die Liegenschaften sowie der Name Kincaid werden Rowan zufallen."

„Das bedeutet …?"

„Das bedeutet, sollte ich jemals auf den Gedanken kommen, mich aus dem Familienunternehmen zu lösen, um meine eigene Destillerie zu eröffnen, dürfte ich den Whisky nicht unter meinem Namen verkaufen."

„Aber das steht doch auch nicht zur Debatte, oder?"

Shona schüttelte den Kopf. „Nein, nicht wirklich."

„Und Rowan wäre schön blöd, wenn er nicht weiterhin auf deinen Rat hören würde."

„Um Rowan mache ich mir dabei die geringsten Sorgen. Obwohl er einen beunruhigenden Hang zum Größenwahn hat und dazu neigt, das Geld mit beiden Händen zum Fenster hinauszuschmeißen. Das könnte man vielleicht noch per Beschluss zum Wohle des Familienunternehmens unterbinden. Keine Ahnung, das müsste ich mit Mister Borthwick besprechen."

„Du willst Rowan deinen Anwalt auf den Hals hetzen?" Siobhan riss die Augen auf.

„Nur um uns vor dem Bankrott zu bewahren. Ich muss auch an Cybill denken. Und wie gesagt, es geht weniger um Rowan als vielmehr um Annabelle."

„Ist das …?"

„Seine neue Flamme, ja. Kaum zehn Jahre älter als Cybill, nur mit deutlich weniger Grips.“

„Sei doch froh. Besser so, als anders herum.“

„Du meinst, wenn Cybill jetzt zweiundzwanzig wäre und so dämlich wie eine Scheibe Weißbrot?“

„Ja, zum Beispiel.“

„Dann wäre sie wenigstens aus dem Gröbsten heraus und könnte sich einen eigenen, wohlhabenden Geschäftsmann angeln.“

„Das ist doch nicht dein Ernst!“

„Hm, genau genommen wäre es mir vielleicht lieber, sie würde sich eine reiche Geschäftsfrau angeln.“

„Shona!“

„Ja, schon gut.“

„Du unterstellst dieser Annabelle also, dass sie es auf Rowans Vermögen abgesehen hat?“

„Ich bitte dich, Siobhan. Wieso sollte sie sich sonst einen zwanzig Jahre älteren Kerl schnappen?“

„Weil sie ihn liebt?“

Shona schnaubte verächtlich. „Ja klar.“

„Findest du das denn wirklich so abwegig? Zwischen uns liegen fast zehn Jahre, vergiss das nicht. Oder glaubst du, ich hätte es auch auf dein Geld abgesehen?“

„Wie bitte?“ Shona furchte die Stirn. „Das ist doch Unsinn.“

„Du magst das vielleicht so sehen. Ob das für deinen Bruder ebenfalls gilt, wage ich zu bezweifeln.“ Siobhan senkte den Kopf und stocherte in den Resten der Quiche herum. „Oder für deine Mutter“, fügte sie nach einer kurzen Pause hinzu.

„Du glaubst doch nicht wirklich, dass Mutter diese Entscheidung gefällt hat, weil sie dir misstraut? Sie ...“

„… hat dir deutlich zu verstehen gegeben, dass du als lesbische Geschäftsführerin des Familienunternehmens nicht infrage kommst."

„Außerdem bin ich geschieden und alleinerziehend", fügte Shona hinzu.

„Mag sein. Aber es könnte genauso gut ein vorgeschobener Grund sein. Ich unterstelle deiner Mutter ja keine bösen Absichten. Manchmal reicht schon ein Funke Misstrauen." Siobhan blickte ihre Partnerin scharf an.

„Ich habe durchaus verstanden, worauf du hinauswillst. Aber bei Annabelle ist das was gänzlich anderes. Sie hat überhaupt nichts vorzuweisen. Das Einzige, was sie mit meinem Bruder verbindet, ist ihr Geltungsbedürfnis und ihre Affinität zu oberflächlichen Vergnügungen."

„Als da wären?", erkundigte sich Siobhan mit Unschuldsmiene, bevor sie sich den letzten Bissen Quiche in den Mund schob und die Gabel mit einem verführerischen Augenaufschlag zwischen den feucht glänzenden Lippen hervorzog.

„Das zeige ich dir nachher, wenn wir zu Hause sind …"

„Ich hatte gehofft, dass du das sagst. Aber ernsthaft, glaubst du wirklich, deine Mutter hat so entschieden, um dich zu verletzen?"

„Nein, gewiss nicht. Ihr geht es um die Zukunft der Destillerie, aber sie wäre nicht die Erste, die ein Unternehmen mit guten Absichten in den Ruin führt. Es heißt nicht umsonst, dass der Weg zur Hölle damit gepflastert ist."

Der Oberkellner erschien, um abzuräumen, dicht gefolgt vom Maître mit dem fünften Gang: einem leichten

Salat mit Walnüssen, Roter Bete, Fetakäse und einem Dressing zum Niederknien. Auch hierzu gab es Wein. Dieses Mal einen weißen Riesling aus Deutschland. Adair ließ noch ein charmantes Bonmot fallen und zog sich danach wieder diskret zurück.

Siobhan entschuldigte sich, um die Toilette aufzusuchen.

„Soll ich mitkommen?", fragte Shona schmunzelnd.

„Danke, das schaffe ich schon alleine", erwiderte Siobhan und hauchte ihr einen Kuss auf die Wange.

„Das meinte ich eigentlich nicht."

„Ich weiß", flüsterte ihre Freundin mit leicht kratziger Stimme. Ihre Augen glänzten. Siobhan vertrug keinen Alkohol, sodass Shona froh war, dass nur noch drei Gerichte vor ihnen lagen, inklusive des Desserts. Wenn sie nicht aufpasste, würde Siobhan bereits auf dem Heimweg einschlafen. Und das wäre gewiss nicht in ihrem Sinne.

Shona wartete der Höflichkeit halber auf ihre Freundin und checkte derweil ihr Handy. Cybill hatte ihr in der Zwischenzeit geschrieben.

Sry wg vorhin. HDL. Gehen morgen zum Springreiten.

„Na, das ist ja wundervoll", murmelte Shona und schrieb zurück.

Wünsche dir viel Spaß. Hab dich auch lieb.

„Na, ist die Dynastie schon gestürzt?", fragte Siobhan und setzte sich.

„Nein, das war Cybill."

„Hat sie sich schon einen reichen Geschäftsmann, oh pardon, ich meinte eine reiche Geschäftsfrau, geangelt?“

„Viel schlimmer. Sie ist bei Morgan und er will mit ihr zum Springreiten.“

„Das ist doch nett.“

„Das ist ja der springende Punkt. Morgan tut nie etwas aus reiner Nettigkeit.“

„Shona, Herrgott, entspann dich endlich und hör auf, überall Gespenster zu sehen.“

„Gespenster? Du hättest ihn heute mal sehen sollen, als ... ach, vergiss es. Das verstehst du ohnehin nicht.“

Im selben Moment, in dem sie das sagte, wusste sie, dass sie es bereuen würde. Sie konnte es Siobhan ansehen, wie tief sie diese Worte verletzt hatten.

„Weißt du, nicht alle Menschen in deiner Umgebung wollen dir Böses. Im Gegenteil, die meisten meinen es gut. Denk mal drüber nach.“

Shona schwieg.

KAPITEL 4

„Nun, Annabelle, wie gefällt es Ihnen auf Kincaid-Hall?"

Lady Morag saß am Kopfende der langen Tafel, von der üblicherweise nur das erste Drittel eingedeckt wurde, und kostete einen Löffel von der Rindersuppe. Spontan hätte sie nicht zu sagen gewusst, wann zuletzt jeder Platz besetzt gewesen war.

„Oh, ganz ausgezeichnet, Lady Morag", rief Annabelle mit schriller Stimme, als hätte sie nur darauf gewartet, angesprochen zu werden. „Rowie hat mir ja schon so viel davon erzählt", plapperte sie weiter und legte dem neben ihr sitzenden Rowan eine Hand auf den Arm. „Aber es live zu erleben, ist ja noch mal was ganz anderes. Als ob man durch ein Museum spazieren würde."

Lady Morag hegte ernsthafte Zweifel daran, dass Annabelle jemals ein Museum von innen gesehen hatte, dennoch lächelte sie. „Was sind Sie eigentlich von Beruf, Annabelle?"

Sie richtete sich auf und drehte sich auf ihrem Stuhl von einer Seite zur anderen, als würde sie für ein Hochglanzmagazin posieren. „Ich bin Schauspielerin und Fotomodell."

Die Hausherrin seufzte lautlos. Na ja, dachte sie, wenigstens hat sie nicht Go-go-Girl oder Striptease-Tänzerin gesagt. Für Rowans Verhältnisse war das ein erheblicher Fortschritt. Sein Geschmack in puncto Frauen ließ sehr zu wünschen übrig.

Doch Lady Morag wollte Annabelle nicht Unrecht tun und sich kein vorschnelles Urteil bilden.

„Wo kann man Sie denn bewundern?"

„Hauptsächlich in Modekatalogen oder Reiseprospekten. Daher kann ich mir ja auch eine Kreuzfahrt auf der Aida leisten."

Annabelle lächelte entwaffnend und Lady Morag begriff, dass die Kleine es faustdick hinter den Ohren hatte. Bislang vermochte sie jedoch nicht einzuschätzen, ob sie das begrüßenswert finden sollte oder nicht.

„Annie hat außerdem in einem Werbespot mitgespielt", meldete sich Rowan zu Wort.

„Tatsächlich? Auch für die Kreuzfahrtgesellschaft?"

„Für die und für Hundefutter. Glänzendes Fell, gesunde Zähne, Sie wissen schon", antwortete Annabelle.

Nein, eigentlich nicht, schoss es Lady Morag durch den Kopf, doch sie hütete sich davor, es laut auszusprechen, aus Furcht, Annabelle könnte sich dazu genötigt fühlen, ihr schauspielerisches Talent am Essenstisch vorzuführen. Rowan sah das offenbar ähnlich, hoffte sie zumindest. Jedenfalls beeilte er sich, hinzuzufügen: „Annie liebt Hunde. Nicht wahr, Annie?"

„O ja, je größer desto besser. Obwohl ein kleiner Mops auch irgendwie niedlich ist."

Auf diesem Niveau ging es munter weiter. Spätestens als Annabelle vorschlug, die langen, mit Bordüren verzierten Vorhänge gegen eine kanariengelbe Variante auszutauschen, um das Raumklima aufzuhellen, kam

Lady Morag nicht umhin, die Sorgen ihrer Tochter, bezogen auf Annabelles geistigen Horizont zu teilen.

Zumal es anscheinend tatsächlich etwas Ernstes war, denn viele von Rowans Eroberungen setzten nicht mal einen Fuß in Kincaid-Hall und Annabelle führte sich bereits auf, als ginge sie hier ein und aus.

Obwohl es zu keinem wirklichen Eklat gekommen war, war Lady Morag erleichtert, als sich Rowan und Annabelle nach dem Schokoladensoufflé empfahlen. Fraglos würden sie sich in das Edinburgher Nachtleben stürzen, was der Hausherrin nur recht sein konnte. Sie wollte die Zeit nutzen, um sich einer Pflicht zu widmen, die sie bereits viel zu lange vor sich hergeschoben hatte.

Der kurze Nachmittagsschlaf hatte eine erholsame Wirkung gehabt. Fast hätte Lady Morag glauben können, das Erlebte vom Vormittag sei nichts weiter als ein böser Traum gewesen.

Graham und Belinda, Emilys Gehilfin, erschienen auf ihr Läuten hin, um abzuräumen.

„Richten Sie Emily bitte mein Lob aus. Das Essen war wieder einmal vorzüglich.“

„Sehr wohl, Madam. Haben Sie noch einen Wunsch?“

„Ja, ich nehme einen Sherry. Aber bitte servieren Sie ihn mir in der Bibliothek, ich habe noch zu tun.“

„Selbstverständlich“, erwiderte Graham und gab dem Dienstmädchen einen Wink. Es machte einen Knicks und schob den Servierwagen hinaus.

„Schau mich nicht so mürrisch an, Graham..“

„Solltest du meinen Gesichtsausdruck als mürrisch empfunden haben, so vergewissere ich dir, dass das nicht in meiner Absicht lag. Ich bin besorgt.“

„Mein Gott, Graham. Du schaffst es noch, dass ich mir Annabelles Gesellschaft zurücksehne. Sie scheint die Einzige zu sein, die sich über gar nichts Sorgen macht."

„In diesem Fall ziehe ich es vor zu schweigen." Er reichte ihr den Arm, um Lady Morag beim Aufstehen zu helfen. Sie ignorierte die Geste, wie immer.

„Wenn du schon mal hier bist, dann könntest du mir ja gleich mal den Weg zur Bibliothek zeigen."

Verwundert richtete er sich auf und hob die Augenbrauen. „Zur Bibliothek?"

„Ja, ich bin mir nicht mehr sicher. Liegt sie im Ost- oder im Westflügel?"

„Du machst dich lustig über mich."

„Du merkst auch alles." Lady Morag schmunzelte. „Und nun kümmere dich um meinen Sherry. Ich fürchte, Belinda könnte in Versuchung kommen, sich selbst einen Schluck zu genehmigen."

„Mori, ich glaube kaum, dass ..."

„Ein Scherz, Graham. Nur ein Scherz. Gott gib, dass ich noch lange genug durchhalte, um dir noch ein klein wenig Sinn für Humor beizubringen."

Die Bibliothek befand sich im Westflügel und stellte für jeden Büchernarren ein wahres Eldorado dar. Nun ja, für fast alle jedenfalls. Cybill konnte mit dem Gros der alten Schinken nichts anfangen, was Lady Morag nur bis zu einem gewissen Grad bedauerte.

Es war ihr Großvater gewesen, der einen erheblichen Teil des Bibliotheksbestandes erworben hatte. Weniger weil ihn der Inhalt interessiert hatte, sondern allein des Ambientes wegen. Das wiederum konnte Lady Morag nur zu gut verstehen.

Sie liebte es, hier zu sitzen, umgeben von den alten, staubigen Folianten und ihre Korrespondenz zu erledigen. Shona dagegen hatte sich schon als Kind von den meterhohen, dunkelbraun gebeizten Regalen regelrecht erdrückt gefühlt.

Zwei Ohrensessel mit einem Beistelltisch dazwischen, ein kleiner Kamin sowie ein Sekretär nebst Stehpult bildeten die übrige Einrichtung, die tatsächlich etwas Museales hatte. Insofern musste Lady Morag Annabelle zustimmen.

Die Herrin von Kincaid Hall saß im Schein der Buchhalterlampe am Sekretär vor einem Stapel des feinen Büttenbriefpapiers, das sie sich extra hatte anfertigen lassen. Die Sonne war längst untergegangen und von den Pentland Hills kroch dichter Nebel ins Tal hinunter, wo er in Deckung der Bäume und Büsche des Parks auf das Anwesen zukroch, um es mit seinen geisterhaften Schleiern zu umfangen.

Lady Morags bleiches, eingefallenes Gesicht spiegelte sich in der Fensterscheibe. Die obere Hälfte lag im Schatten, die untere glich der einer Mumie. Es sah aus, als würde ihr Antlitz inmitten des Dunstes schweben. Ein Schauer rieselte ihr über den Rücken.

Die Finger ihrer rechten Hand krampften sich um den Füllfederhalter. Ihr Blick fiel auf die gerahmte Fotografie, auf der sie zusammen mit ihren beiden Kindern Shona und Rowan zu sehen war. Chester war kurz vor ihrer Geburt gestorben. Neben dem Foto stand ein schwarzweißes Bild, das einen jungen Mann in Uniform zeigte.

„Ach Dad, du kannst froh sein, dass du das alles nicht mehr mitansehen musst."

Sie blinzelte gegen die aufsteigenden Tränen an. Hastig wischte sie sich über die Augen.

Das Klopfen an der Tür klang leise und zaghaft, dennoch schrak die ältere Frau zusammen. Für eine Sekunde schloss sie die Augen, dann rief sie mit lauter Stimme: „Herein!"

Ohne sich umzudrehen, lauschte sie den näherkommenden Schritten. Unendlich langsam hob sie den Kopf, sah eine Gestalt in der Fensterscheibe an sie herantreten, in den Händen ein Tablett mit einem Glas Sherry. Lady Morag erstarrte. Sie kannte diese Art der Bewegung.

„Das ist unmöglich", hauchte sie.

Ihr Herz schlug unwillkürlich schneller, sie begann zu schwitzen. Das Gesicht des Neuankömmlings lag im Schatten und doch wusste sie genau, wer gekommen war, um sie zu besuchen.

„Chester!", rief sie aufgebracht und fuhr auf dem Stuhl herum.

„Mori, um Himmels willen! Ist alles in Ordnung? Du siehst aus, als hättest du ein Gespenst gesehen!"

Lady Morag erwachte wie aus einem tiefen Traum und starrte Graham verständnislos an.

„Du? Aber ..."

Sein Magen zog sich schmerzhaft zusammen, als er in die angstvoll geweiteten Augen der Herrin von Kincaid Hall blickte. Blankes Entsetzen spiegelte sich darin. Und das machte ihm Angst. Mehr noch, als er ihre geröteten Augen sah.

„Oh Graham, es ... es ist schwerer als ich dachte."

Er stellte das Tablett auf den Schreibtisch und reichte ihr das Glas mit dem Sherry. „Hier, trink!"

Lady Morag tat, wie ihr geheißen und stürzte ihn in einem Zug hinunter.

„Sehr gut", sagte Graham. „Und jetzt komm. Es war ein langer Tag. Ich bring dich zu Bett."

„Aber das ..." Sie deutete auf den Sekretär.

„Das hat bis morgen Zeit."

„Und wenn nicht?" Lady Morags Augen schwammen in Tränen. „Graham, ich ... ich hab solche Angst." Sie lehnte sich an ihn. Zärtlich strich er über ihre Schulter, während er auf den Stapel Briefpapier schaute. Das oberste Blatt war leer.

Bis auf drei Worte, die mit schwungvoller Handschrift an den oberen Rand geschrieben waren:

Mein letzter Wille.

KAPITEL 5

„Na sieh mal einer an.“

Siobhan stand mit ihrer Gehilfin Pia am Eingang. Die Studentin hakte die Gästeliste ab und kassierte das Eintrittsgeld. Sie trug ihr blau gefärbtes Haar kurz. Im Nacken, wo es zum Fasson geschnitten war, hatte sie es gebleicht.

Als Siobhan die Stimme in ihrem Rücken vernahm, unterhielt sie sich gerade mit einem Dozenten ihrer Schauspielschule. Sie entschuldigte sich, wünschte dem älteren Herrn nebst Gattin einen angenehmen Aufenthalt, dann drehte sie sich langsam um. Nicht, ohne zuvor nach Shona Ausschau gehalten zu haben, die sie aber auf die Schnelle nirgends finden konnte.

Sie würde ausflippen, wenn sie sah, wer hier eben in Begleitung einer jungen, attraktiven Frau seine Aufwartung machte.

„Rowan! Was …“ Sie räusperte sich und setzte ihr strahlendstes Lächeln auf, für das sie ihr Dozent an der Schauspielschule stets gelobt hatte. Und den konnte sie unmöglich enttäuschen. „Welch eine unerwartete Freude.“

„Nicht wahr?“, erwiderte Shonas Bruder jovial. „Die Überraschung ist mir offenbar gelungen.“

„Das kannst du laut sagen. Willst du mir nicht deine charmante Begleitung vorstellen?" Siobhan reichte Rowan ein Glas Champagner.

„Aber sicher. Das hier ist Annabelle. Annabelle Forbes. Sie ist ebenfalls Schauspielerin."

„Wirklich? Warst du auch an der MGA?"

„Äh nein, ich war in Glasgow."

„Sag jetzt nicht, an der RCS."

„Nein, an der Vivace Theatre School."

„Oh, das ist sehr interessant. Ähm, Champagner oder Orangensaft?"

„Champagner bitte", erwiderte Annabelle und bleckte ihre perlweißen Zähne. „Schließlich haben wir etwas zu feiern. Stimmt's, Rowie?"

„Genau, mein Schatz." Er schob sich an Siobhan vorbei, schnappte sich einen zweiten Sektkelch und reichte ihn der Gastgeberin. Siobhan reagierte mehr aus Reflex. Wenn sie mit jedem Gast ein Glas Champagner tränke, wäre sie nach einer Stunde hackedicht, was bei einer Vernissage nicht gerade im Sinne des Erfinders war. Deshalb hielt sie sich meistens an Orangensaft und später an Wasser.

Hinzu kam, dass sie immer noch die Nachwirkungen des gestrigen Abends spürte. Dabei hatte sie die meisten Gläser nicht mal gänzlich geleert, so vorzüglich die einzelnen Weinsorten auch gewesen sein mochten.

Sie stießen zusammen an und während Siobhan und Annabelle die Kelche an ihre Lippen führten, hielt Rowan inne und sagte: „Vor dir siehst du die zukünftige Lady Rowan Kincaid."

Um den Alkohol brauchte sich Siobhan keine weiteren Sorgen mehr zu machen. Der Champagner kam ihr zur Nase wieder heraus, als sie sich verschluckte.

„Rowan!“, zischte Shona, die durch Siobhans Hustenanfall auf die Szene aufmerksam geworden war. „Was zum Teufel tust du denn hier?“

„Wir besuchen eine Vernissage“, antwortete Annabelle anstelle ihres Begleiters.

„Offenkundig“, bemerkte Shona. „Seit wann interessierst du dich denn für moderne Kunst, Brüderchen?“

„Seit Annie mich auf den Geschmack gebracht hat.“

„So so, hat Annie das, ja?“

„Außerdem möchte ich doch wissen, mit wem meine zukünftige Schwägerin so verkehrt“, rief diese und brachte Shona damit aus der Fassung.

„Bitte was?“

„Shona, sei so gut und empfange doch bitte die Gäste“, würgte Siobhan unter tränenden Augen hervor. Sie zog sich auf die Toilette zurück, um ihr Make-up zu richten.

„Du wirst doch sicherlich zum Dinner morgen Abend zu Hause sein?“, fragte Rowan.

„Was soll das werden?“, fragte Shona verärgert.

„Das wirst du spätestens morgen erfahren. Jetzt solltest du dich um die Gäste kümmern.“

Rowan zwinkerte seiner Schwester zu und verschwand mit Annabelle im Getümmel. Shona gesellte sich zu Pia, dankbar über die Zerstreuung und in der Annahme, dass sich ihr Bruder und seine neue Flamme nur einen schlechten Scherz erlaubt hatten. So dämlich konnte doch nicht mal *er* sein.

Fünf Minuten später tauchte Siobhan wieder auf und entband sie von ihren Pflichten. Es wurde ein langer, anstrengender, aber auch erfolgreicher Tag. Zumindest für Siobhan, denn zu Shonas großem Erstaunen gab es gleich mehrere Interessenten für das hässliche Bild. Die Künstlerin, eine exzentrische Mittfünfzigerin, die ein wallendes Kleid mit solch schrillen Farben trug, dass Shona der bloße Anblick in den Augen schmerzte, war völlig aus dem Häuschen.

Shona hatte zwischenzeitlich das Gespräch mit ihr gesucht und herausgefunden, dass sie dreißig Jahre lang als Psychologin praktiziert hatte, ehe sie sich den bildenden Künsten zugewandt hatte.

Sie malte nicht nur, sondern schuf auch Skulpturen, die genauso abstrakt und scheußlich aussahen wie ihre Bilder. Da es jedoch als unhöflich galt, die Zeit des Künstlers länger als zehn Minuten zu beanspruchen, sofern man nicht beabsichtigte, eines seiner Werke zu erstehen, überließ Shona einem echten Interessenten das Feld. Und von denen gab es reichlich. Am Ende des Tages klebte nicht nur unter dem neuesten Kunstwerk ein roter Punkt, sondern auch auf sämtlichen Skulpturen.

Shona fragte sich, was die Leute damit taten. Wo stellte man so ein Ding hin? Sie hatte im Laufe des Tages mehr als genug Gelegenheiten gehabt, das eine oder andere Gespräch zu belauschen, in der Hoffnung, dass sich ihr der Sinn dieser Kunstrichtung irgendwann erschloss. Ein Trugschluss, wie sich herausstellte.

Vielleicht hatte Siobhan ja recht. Vielleicht war sie tatsächlich zu bieder und konservativ, aber sie konnte dieser seltsamen Kunstform ums Verrecken nichts abgewinnen.

„Bist du zufrieden?", fragte Shona ihre Freundin, als diese die Galerie abschloss. Sie waren die Letzten. Auch Pia und die Künstlerin waren längst gegangen.

„Oh ja! Es hätte gar nicht besser laufen können. Sogar Rowan hat etwas gekauft."

„Bitte? Wie konntest du das zulassen?"

„Ich? Hör mal, der Knabe ist alt genug, der kann tun und lassen, was er will. Und ich werde ihm gewiss nicht vorschreiben, wofür er sein Geld ausgeben soll. Abgesehen davon, dass ich es mir schlichtweg nicht leisten kann, Kunden zu verprellen."

„Schon gut. Ich will mich nicht schon wieder streiten. Es ist nur so ... hast du gehört, was dieses Flittchen vorhin gesagt hat?"

„Shona, bitte!"

„Entschuldige, ich wollte nicht ausfallend werden. Hast du es nun gehört oder nicht?"

„Annie ..." Siobhan setzte den Spitznamen in imaginäre Gänsefüßchen, die sie mit Zeige- und Mittelfinger in die Luft malte, „... hat eine ganze Menge gesagt. Was genau meinst du?"

Shona kannte ihre Freundin lange genug, um das leichte Zittern in ihrer Stimme zu bemerken. „Komm schon, Siobhan. Du weißt genau, was ich meine. Sie hat es dir gesagt, nicht wahr?"

„Genau genommen war er es."

„Es stimmt also? Der Idiot hat ihr tatsächlich einen Antrag gemacht? Ich ... fasse es nicht."

„Ich auch nicht. Die Kleine war nicht mal auf einer richtigen Schauspielschule. Hat als Kind vermutlich mal ein paar Sommer über Tanzunterricht gehabt, um ihren Eltern nicht auf den Zeiger zu gehen. Was glaubst du, weshalb er es mir zwischen Tür und Angel vor den Latz geknallt hat?"

„Warum wohl? Damit ich mich bis morgen beruhigen kann und bei Tisch nicht ausflippe, wenn er die Bombe platzen lässt."

„Bist du dir sicher?"

„Ach, was weiß ich denn?", rief Shona aufgebracht. „Aber eines kann ich dir versichern: So einfach lasse ich mich nicht ausbooten."

„Was hast du denn vor?"

„Das wirst du schon sehen!"

„Bitte, mach nichts Unüberlegtes, ja?"

„Vertrau mir, Siobhan. Aber ich wäre dir dankbar, wenn du morgen Abend gemeinsam mit uns Essen würdest. Ich könnte ein wenig moralischen Beistand gebrauchen. Auch wenn ich verstehen kann, wenn du lieber hierbleiben wolltest."

„Und mir diese Show entgehen lassen? Nie und nimmer! Außerdem sollte jemand anwesend sein, der dich im Zaum hält, damit du Annie nicht gleich bei Tisch den Hals umdrehst."

Cybill lächelte glücklich, als Devil den fliegenden Wechsel vom Außengalopp in den Handgalopp spielerisch bewältigte. Sie spürte das schwache Zittern der Flanken an ihren Oberschenkeln und genoss den kühlen Wind, der über ihre erhitzte Haut strich und mit den Haarsträhnen spielte, die unter dem Reithelm hervorlugten.

Sie war froh, dass Dad nicht darauf bestanden hatte, bis zum Abend in Edinburgh zu bleiben. Sicher, die Stadt war schon ziemlich angesagt, aber nur wenn man mit Freunden dort war und nicht mit seinem langweiligen Vater und dessen neuer Freundin. Wenigstens das Springreitturnier war cool gewesen. Obwohl Gloria sie entsetzlich genervt hatte. Ständig hatte sie das Gespräch mit Cybill gesucht und einen auf Gut-Kumpel gemacht, so als wäre das alles nur eine bescheuerte Challenge, bei der sie am Ende beste Freundinnen ever sein würden.

Abgesehen davon war es ja nicht so, dass sie noch nie in Edinburgh gewesen war. Darüber hinaus war sie einfach nur froh gewesen, wieder bei Devil sein zu können. Sie liebte das Pferd heiß und innig. Vielleicht sogar mehr als ihre Eltern.

Cybill ließ die Pentland Hills hinter sich zurück und ritt schnurstracks auf das Gestüt der Lachlans zu, das den Eltern ihrer besten Freundin gehörte. Sie hatten sich bei den Ställen verabredet, wo Kendra bereits auf sie wartete. Natürlich nicht alleine. Bei ihr befand sich nicht nur Whiskey, der Irish Red Setter der Familie, die seit Jahren eng mit den Kincaids befreundet war, sondern auch ein Junge mit schwarzem Haar, dunklen Augen und breiten Schultern. Trotz der Kühle trug er nur ein T-Shirt, das sich eng an seine wohlgeformte Brust schmiegte.

Das Herz der Vierzehnjährigen schlug bei diesem Anblick unwillkürlich schneller. Allein der Gedanke an Keith Grant, den neuen Stallburschen der Lachlans, brachte Cybills Blut in Wallung.

Sie zügelte Devil und trabte auf den gepflasterten Hof.

Die Hufe erzeugte dabei ein hallendes Echo, das von den hohen Wänden des Stalls widerhallte. Whiskey begann aufgeregt mit dem Schwanz zu wedeln. Er lief auf

Cybill und Devil zu, wobei er ausreichend Abstand zu den Hufen hielt. Angst zeigte der Hund indes keine, er war mit Pferden aufgewachsen. Außerdem kannte er Devil, seit dieser ein Fohlen war. Der Araberhengst war nämlich auf dem Gestüt von Kendras Eltern geboren worden.

Cybill stieg aus dem Sattel und begrüßte Whiskey überschwänglich.

„Hat dein Alter dich also tatsächlich früher gehen lassen?", fragte Kendra.

„Ja, aber dafür musste ich ihm ganz schön die Ohren vollheulen." Cybill blies die Wangen auf. Sie zerzauste Whiskeys Fell und drückte ihn noch einmal fest an ihre Brust, dann richtete sie sich auf. „Ich glaub, er besteht auf diese Wochenenden nur, um Mum eins reinzuwürgen."

„Shit, wie abgefuckt ist das denn?"

Cybill zuckte nur mit den Schultern, ehe sie sich dem Stallburschen zuwandte, der Devils Zügel ergriff. Ihr Herz schlug schneller und sie spürte, wie sie rot wurde. „Hi Keith."

„Hallo Cybill." Er lächelte freundlich. „Soll ich Devil rasch striegeln, bevor ihr beide euch auf den Weg macht?"

Sie verzog das Gesicht und hüpfte auf der Stelle. „Oh Mann, es tut mir so leid, Kenny. Aber Mum hat drauf bestanden, dass ich gleich wieder zurückkomme. Sie ist immer noch sauer, dass ich am Freitag abhauen wollte."

Kendra hob die Schultern. Sie war groß, gertenschlank und besaß langes dunkles Haar, um das sie Cybill beneidete. Ebenso wie um ihre hochstehenden

Wangenknochen. Aristokratisch hatte Oma sie mal genannt. Kendra war ein dreiviertel Jahr älter als Cybill. Beide hatten bereits im Sandkasten miteinander gespielt.

„Ist doch kein Ding. Wieso hat sie dich überhaupt ziehen lassen?"

„Keine Ahnung. Vielleicht hat sie ein schlechtes Gewissen oder will die coole Mum raushängen lassen. Devil sollte nicht für den Mist leiden, den ich angerichtet habe, hat sie gesagt. Deshalb durfte ich noch mal mit ihm raus."

„Das ist aber sehr nett von deiner Mum", meinte Keith.

Cybill senkte den Kopf und beäugte ihre Stiefelspitzen. „Ja, vielleicht. Aber zum Abendessen muss ich auf jeden Fall wieder da sein. Onkel Rowan hat irgendwas zu verkünden."

„Hört sich ja geheimnisvoll an."

„Quatsch, vermutlich will er uns nur sagen, dass er seine neue Freundin heiraten will. Manchmal hab ich das Gefühl, meine Familie besteht nur aus Verrückten."

„Auch deine Oma?"

„Oma ausgenommen. Die ist cool. So wie ich." Cybill grinste.

„Wie lange hat dir deine Mutter denn aufgebrummt?", wollte Kendra wissen.

„Na ja, es ist ja kein richtiger Hausarrest. Sie hat nur von heute gesprochen."

„Also hättest du morgen nach der Schule Zeit?"

„Ja, ich denke schon."

„Prima, dann komm doch morgen Nachmittag einfach vorbei."

„Mach ich. Sag mal, hast du Mathe schon fertig?“

„Klar, du etwa nicht?“

Cybill wand sich wie ein Wurm am Haken. „Hab's vergessen.“

„Dann hast du ja noch den ganzen Abend Zeit.“

„Oh Kenny, komm schon. Bitte. Ey, wenn meine Eltern nicht ständig so'n Stress machen würden, könnte ich mich viel besser konzentrieren.“

Kendra seufzte schwer und verdrehte die Augen. „Na schön, weil du es bist, Süße. Warte kurz.“

Sie verschwand in Richtung Haus. Cybill blieb mit Keith alleine zurück. Der Junge streichelte sanft Devils Nase, während er Cybill anlächelte. Augenblicklich wurde ihr warm ums Herz. Das hatte sie sich so sehr gewünscht und wenn sie ehrlich war, hatte sie nur aus diesem Grund ihre Hausaufgaben *vergessen*.

Jetzt sag endlich was, bevor es peinlich wird, ermahnte sie sich in Gedanken, doch mit einem Mal war ihre Kehle wie zugeschnürt. Das Herz hämmerte in der Brust, als wolle es herausspringen, ihr wurde schwindelig.

Das fehlte ihr gerade noch, dass sie ausgerechnet jetzt in Ohnmacht fiel. Obwohl ... vielleicht würde er sie auffangen und eine Mund-zu-Mund-Beatmung durchführen. Augenblicklich fing Cybills Magen an zu kribbeln.

„Wie lange kennt ihr euch?“

Cybill schrak zusammen und spürte im selben Augenblick etwas Kühles, Feuchtes an ihrer linken Hand. Whiskey verlangte nach weiteren Streicheleinheiten, die sie ihm nur zu gerne gewährte.

„Wir ... äh ... schon immer.“ Cybill biss sich auf die Unterlippe. Sie wollte das Gespräch am Laufen halten, doch was sollte sie bloß sagen? Ihn fragen, ob er eine Freundin hatte? Na prima! Dann konnte sie sich ihm ja gleich schmachtend an den Hals werfen.

„Ich hab gehört, deiner Familie gehört die größte Whiskybrennerei.“

„Wie? Ja ... ja genau.“

Keith grinste verwegen. „Kincaid. So schmeckt Schottland“, zitierte er einen der Werbeslogans, die Cybill damals so peinlich gefunden hatte, als Mum ihn ihr präsentiert hatte. Aus Keith’ Mund hörte er sich plötzlich viel besser an.

„Kriegt man als Freund der Familie eigentlich Rabatt?“, erkundigte er sich unschuldig.

Cybill wusste nicht so recht, was sie darauf antworten sollte. So etwas hatte sie bisher noch niemand gefragt.

„Ja, aber umsonst ist er trotzdem nicht“, vernahm Cybill hinter sich Kendras Stimme.

Sie fuhr herum, halb erleichtert, halb enttäuscht. Erleichtert, weil Kenny sie aus dieser peinlichen Lage befreite, enttäuscht, weil sie jetzt nicht mehr allein mit Keith war.

Ihre Freundin hielt ihr ein Schulheft hin. „Versuch dieses Mal nicht einfach nur abzuschreiben, okay?“

„Kay!“, sagte Cybill peinlich berührt. Sie rollte das Heft zusammen und schob es sich in die Innentasche der dunkelgrünen, mit Daunen gefütterten Jacke. Dann ergriff sie Devils Zügel.

„Wir sehen uns morgen“, sagte Kendra und trat zurück. „Und lass dich nicht ärgern.“

Cybill nickte und schaute Keith schüchtern an.

„Keine Sorge, er wird auch da sein“, rief Kenny und lachte. Wieder fühlte die Vierzehnjährige, wie ihr das

Blut in den Kopf stieg. Hastig zog sie Devil an den Zügeln herum und presste ihm die Hacken in die Flanken. Heftiger als sie eigentlich vorgehabt hatte. Er preschte vorwärts, sodass Cybill ihn mit leichtem Schenkeldruck bändigen musste.

Die Scham brannte wie Feuer in ihrem Herzen. Sie wagte nicht, sich noch einmal umzudrehen, aus Furcht, die feixenden Gesichter von Kendra und Keith zu sehen, die sie auslachten.

„Oh mein Gott, wie peinlich!", murmelte sie an Devil gewandt, der den Kopf leicht in den Nacken warf. Endlich erreichten sie den unbefestigten Pfad, der durch die Feldmark zu Kincaid Hall führte. Mit einem Mal konnte sie gar nicht schnell genug wieder zu Hause sein.

Es dämmerte bereits, als sie die Stallungen erreichte. Sie hatte noch knapp eine Stunde Zeit. Nicht viel, wenn sie Devil versorgen und anschließend noch unter die Dusche schlüpfen wollte.

Das Dinner sollte um neunzehn Uhr serviert werden, aber es würde wohl auch keiner tot vom Stuhl kippen, wenn sie fünf Minuten später kam. Andererseits durfte sie es sich nicht mit Mum verscherzen.

„Hey, Cybill! Kann ich dir helfen?"

Der Teenager zuckte zusammen und presste sich vor Schreck die Hand auf die Brust. Im ersten Impuls wollte sie den Störenfried anpflaumen, bis sie erkannte, wer sie so erschreckt hatte.

„Siobhan!", rief sie und rannte auf die ältere Frau zu, die das Mädchen in die Arme schloss.

Cybill mochte Siobhan, was vor allem deshalb bemerkenswert war, da sie eigentlich niemanden mochte, der über zwanzig war. Bis auf Oma und Graham, doch die gehörten zur Familie. Siobhan war zwar mit Mum zusammen, aber wie ernst es zwischen ihnen war, wusste Cybill nicht. Beide waren Workaholics, sodass sie sich nur selten sahen. Das betraf natürlich auch Cybill, die sich auf Anhieb mit Siobhan verstanden hatte. Umso glücklicher war sie darüber, sie so unverhofft wiederzusehen.

Es störte das Mädchen keineswegs, dass ihre Mutter mit einer anderen Frau zusammen war. Im Gegenteil, es war sogar ganz cool. So brauchte sie nicht zu befürchten, dass sich Siobhan wie ihr neuer Dad aufführen würde. Sie hatte mehr das Gefühl, eine große Schwester dazugewonnen zu haben.

„Was machst du hier?", fragte Cybill aufgeregt.

„Deine Mum hat mich zum Essen eingeladen."

„Das ist ja riesig. Seit wann bist du denn hier?"

Siobhan deutete mit dem Daumen über die Schulter. „Gerade erst gekommen. Deine Mutter und ich sind getrennt gefahren. Ich muss morgen früh wieder pünktlich in der Galerie auf der Matte stehen."

„Deine Vernissage! Wie ist es gelaufen?"

„Großartig. Du darfst eines der Werke bald bewundern."

Cybill trat einen Schritt zurück. „Hat Mum etwa was gekauft?"

Siobhan schüttelte den Kopf und grinste breit. „Nein, wo denkst du hin? Dein Onkel Rowan hat sich breitschlagen lassen."

„Onkel Rowan war auf der Vernissage? Mit Annabelle?"

„Jep!"

„Und er hat echt was gekauft?“

„Mhm. Aber wohl mehr auf Annabelles Drängen hin. Wie ist es jetzt, soll ich dir helfen?“

Cybill nahm den Reithelm ab, hängte ihn an einen Nagel neben der Stalltür und zog den Reißverschluss ihrer Jacke auf. „Na klar.“

Gemeinsam sattelten sie Devil ab und striegelten ihn. Währenddessen berichtete Siobhan ihr von der Vernissage und wie unwohl sich ihre Mutter dabei gefühlt hatte. Siobhan war eine witzige Erzählerin und Cybill vergaß darüber sogar ihre peinliche Begegnung mit Keith.

Aber sie war auch jemand, dem man seine Sorgen anvertrauen konnte. „Sag mal, was ist hier eigentlich los?“

Siobhan furchte die Stirn. „Wie meinst du das?“

„Na, Mums schlechte Laune, Rowans geheimnisvolle Ankündigung. Will er Annabelle wirklich heiraten?“

„Woher …? Ich meine, wie kommst du denn da drauf?“

Cybill grinste freudlos. „Nur so. Was sollte es sonst sein? Dass er die Welt umsegelt oder auf die Malediven auswandert? Wohl kaum. Nicht Onkel Rowie. Außerdem wäre das nicht mal was Besonderes. Für ihn jetzt, mein ich.“

„Soso, darüber hast du dir also Gedanken gemacht, als du mit Devil ausgeritten bist.“

„Unter anderem.“

„Du überrascht mich wirklich immer wieder.“ Siobhan zupfte ein paar Haare aus der Bürste und ließ sie zu Boden fallen.

„Also stimmt es?“

„Stimmt was?“

„Na, dass Onkel Rowie und Annabelle heiraten und Mum deshalb stinksauer ist.“

„Leider ist das nur die halbe Wahrheit.“

„Ich wusste es!“ Cybill führte Devil in seine Box und bedeutete Siobhan, ihm etwas Heu zu geben. „Aber wieso halbe Wahrheit, was ist denn noch?“

Siobhan streichelte den Kopf des Pferdes, während es genüsslich sein Heu mampfte. „Hat eigentlich niemand mit dir darüber geredet?“

„Pfff, wer denn?“, Cybill verdrehte die Augen. „Mum? Dad? Oder vielleicht Graham? Ich bin hier doch bloß das Kind.“

„Ich weiß nicht, ob ich es sein sollte, der dir das sagt. Außerdem ist das mit Rowan und Annabelle ja nicht mal wirklich sicher. Kann sein, dass er sich nur einen dummen Scherz erlaubt hat, um deine Mum zu ärgern. Du weißt doch, wie er ist.“

Cybill nickte. „Klar. Aber ich bin doch nicht blöd. Ich weiß doch, was hier los ist. Dad ist auch schon ganz komisch. Aber wenn du es mir nicht sagen willst ... schön, dann eben nicht.“

Sie schob den Riegel vor die Box, warf die Bürste in einen leeren Eimer und stapfte nach draußen. Sie hörte, wie Siobhan ihr hinterherrief, doch statt zu warten, lief sie nur schneller. Ihre Augen brannten. Sie wusste selbst nicht, wieso sie so harsch reagiert hatte. Siobhan hatte ihr nichts getan, im Gegenteil, sie war vermutlich die Einzige, die sie wie eine Erwachsene behandelte. Und wie hatte sie es ihr gedankt?

Cybill rannte geradewegs durch einen Nebeneingang in die Waschküche, wo sie Reitstiefel und Jacke auszog.

Dabei bemerkte sie, dass sie den Helm im Stall vergessen hatte. Das Mädchen fluchte, hatte aber auch keine Lust, zurückzulaufen und ihn zu holen. Das konnte sie genauso gut nach dem Essen tun. Sie würde ohnehin noch einmal nach Devil schauen, bevor sie zu Bett ging.

Als Cybill die Jacke öffnete, rutschte Kendras Matheheft heraus und klatschte auf die Fliesen. Sie hob es auf und schluckte. Sie dachte an Keith und wie dämlich sie sich benommen hatte.

Cybill holte ihr iPhone hervor und schaute nach, ob es etwas Neues gab. Außer dem üblichen nichtssagenden Müll in der Hausaufgabengruppe, deren Name ohnehin nur Tarnung war, gab es noch zwei Nachrichten von Kendra.

Cybills Herz fing an zu klopfen. Möglicherweise ging es um Keith. Er hatte ihre Nummer ja nicht und vielleicht hatte er Kendra gefragt, ob sie sie ihm gab. Doch es war nur ein kitschiges Pic mit Einhorn, Regenbogen und Herz unter dem stand:

Alles klar?

Obwohl sie sich auf der einen Seite freute, dass sich Kenny offenbar Sorgen machte, war sie trotzdem enttäuscht.

Ja, sprechen später.

Die Message war kaum draußen, da folgte auch schon die Antwort:

KK LY.

,tippte Cybill ein und schlich durch die Wirtschaftsräume ins Haupthaus. Wenn sie Glück hatte, gelangte sie in ihr Zimmer, ohne bemerkt zu werden. Das würde ihr eine Menge Unannehmlichkeiten ersparen. Aber natürlich hatte Cybill nicht so viel Glück.

Achtzig Zimmer hatte dieser Kasten, doch Mum stand anscheinend die ganze Zeit auf der Treppe oder im Flur, sofern sie nicht in ihrem Arbeitszimmer hockte. Fast wäre Cybill gegen sie geprallt, als sie um die Ecke bog und sich schon darauf vorbereitete, die Treppe hochzulaufen, immer zwei Stufen auf einmal nehmend.

„Cybill!", rief Mum erschreckt. „Wo ...? Sag nicht, dass du erst jetzt nach Hause kommst."

„Nein", erwiderte Cybill, verzweifelt darum bemüht, nicht allzu genervt zu klingen. „Ich war noch im Stall. Mit Siobhan. Wir haben Devil gestriegelt und gequatscht."

„Sieh zu, dass du unter die Dusche kommst. In einer Viertelstunde essen wir."

„Ja, Mum."

„Okay." Sie trat beiseite, um Cybill durchzulassen. Sie hatte den oberen Absatz fast erreicht, als Mums Frage sie einholte. „Wie war es bei Dad?"

Cybill hob die Schultern. „Cool."

„Geht das auch etwas präziser?"

„Was willst du denn hören?"

„Wo ihr gewesen seid, was ihr gemacht habt."

„Das hab ich dir geschrieben. Und wenn du ihn unbedingt ausspionieren willst, engagier einen Privatdetektiv."

Cybill drehte sich um und stapfte die letzten Stufen hinauf.

„He, so redest du nicht mir, Fräulein. Ist das klar?"

Sie breitete die Arme aus. „Ich denke, ich soll duschen?"

„Wir reden später darüber, verstanden?"

„Ja, ja", leierte Cybill und lief in ihr Zimmer. Das Matheheft landete auf dem penibel aufgeräumten Schreibtisch. Bei so etwas war sie eigen. Dann zog sie sich aus und suchte sich frische Klamotten heraus. Allzu vornehm musste es ja wohl nicht sein. Jeans und Hoodie sollten reichen. Siobhan hatte jetzt auch nicht das feinste Abendkleid getragen. Andererseits sah Siobhan in allem gut aus.

Es tat Cybill leid, dass sie sie so angeblafft hatte und sie beschloss, sich zu entschuldigen.

Als sie ins gegenüberliegende Bad ging, weilten ihre Gedanken bei Keith. Den Blick in den Spiegel vermied Cybill.

KAPITEL 6

„Ich freue mich, dass ihr alle gekommen seid. Der eine oder andere wird vielleicht schon ahnen, worum es geht. Oder sollte ich besser sagen, die eine oder andere?" Rowans Blick streifte Siobhan. Annabelle kicherte verlegen, was Shona veranlasste, leise zu seufzen.

Lady Morag dagegen saß steif und ungerührt auf ihrem Platz am Kopfende der Tafel, flankiert von ihren beiden Kindern, die sich gegenübersaßen. Annabelle neben Rowan, Siobhan an Shonas Seite. Cybill saß neben der Freundin ihrer Mutter und sah aus wie das Leiden Christi. Sie war zusammengesunken und fläzte sich auf dem Stuhl, die Hände in den Taschen des Kapuzenpullovers.

Sie vermied absichtlich den Blickkontakt mit ihrer Großmutter, wohl wissend, dass diese es missbilligte, wenn man bei Tisch nicht gerade saß, die Hände auf der Platte. Siobhan dagegen bemerkte den Blick sehr wohl und stieß Cybill leicht mit dem Ellenbogen an. Diese seufzte, richtete sich auf und drückte den Rücken durch.

Lady Morag wandte zufrieden den Kopf ab. Ihre Mundwinkel zuckten, doch sie schaffte es nicht, sich zu einem Lächeln durchzuringen. Als ihre Tochter ihr damals Siobhan vorgestellt hatte, wollte sie nichts sehnlicher, als sie mit Verachtung zu strafen. Mehr noch,

Lady Morag hatte sich fest vorgenommen, sie zu hassen. Umso verstörter war sie gewesen, als sie merkte, dass ihr das partout nicht gelingen wollte. Im Gegenteil, sie mochte Siobhan, auch wenn sie ihr das niemals zeigen würde.

Aber sie hatte einen guten Einfluss auf Cybill. Und alles, was ihre Enkelin aus ihrem Schneckenhaus pubertierender Introvertiertheit herauslockte, fand in Lady Morags Augen Wohlwollen und Respekt.

„Ich bin kein großer Redner …"

„Ach was …", murmelte Shona und wieder musste Siobhans Ellenbogen in Aktion treten.

„… und deshalb möchte ich auch nicht lange um den heißen Brei herumreden." Rowan griff nach seinem Weinglas. „Annabelle und ich haben uns verlobt!"

Die folgende Stille war so vollkommen, dass man die berühmte Stecknadel hätte zu Boden fallen hören können. Langsam begriff Lady Morag, dass es kein Scherz war und ein Blick auf ihre Tochter genügte, um zu erkennen, dass sie es gewusst hatte.

Shona presste die Zähne so fest aufeinander, dass die Wangenknochen scharf hervortraten.

Ein lautes Klatschen erklang, als Cybill demonstrativ applaudierte. In der für sie typischen Art, ohne eine Miene zu verziehen. Dieses Mal brauchte Siobhan nicht einzugreifen, ein scharfer Blick ihrer Großmutter genügte. Cybill nahm die Hände herunter und senkte den Kopf.

Lady Morag wusste, dass jeder im Prinzip darauf wartete, dass sie etwas sagte. Sie spürte, wie ihre Lippen zuckten und ihre Finger verkrampften sich um die Serviette.

„Siobhan, Annabelle, Cybill, würdet ihr uns bitte für einen Augenblick entschuldigen?"

„Sicher", murmelte Siobhan, strich Shona noch einmal zärtlich über den Arm und schob ihren Stuhl zurück.

„Wieso muss ich jetzt auch gehen?", fragte Cybill empört. Dieses Mal ließ sie sich selbst durch einen Blick nicht zur Räson bringen. Lady Morag hob bereits zu einer scharfen Zurechtweisung an, als sich Siobhan zu ihr herunterbeugte. „Komm mit. Glaub mir, es ist besser so."

Lady Morag erwartete einen zickigen Kommentar, doch zu ihrer grenzenlosen Verblüffung gehorchte Cybill. Im Gegensatz zu Annabelle. Rowan hatte ihr eine Hand auf die Schulter gelegt und hielt sie fest.

„Ich sehe nicht ein, weshalb Annabelle nicht dabei sein sollte. Sie gehört schließlich ab sofort zur Familie."

„Und ich nicht, oder was?", zischte Cybill, doch Siobhan schob sie einfach vor sich her aus dem Speisesaal.

„Wie du meinst", erwiderte Lady Morag, nachdem Siobhan die Tür hinter sich ins Schloss gezogen hatte. „Mein Junge, ich befürchte, deine Entscheidung ist ein wenig überstürzt."

Shona schnaubte.

„Wie kannst du so etwas behaupten, Mutter?", fragte Rowan, ohne sich zu setzen. „Ich heirate zum ersten Mal. Es ist ja nicht so, als wäre ich schon mal geschieden." Dabei schaute er vor allem Shona an, die so tat, als bemerke sie den Blick nicht.

„Stimmt. Wieso ausgerechnet jetzt?", erkundigte sich Shona. „Und warum diese … Person, die du seit zwei Monaten kennst?"

Rowan öffnete den Mund, doch bevor er dazu kam, sich zu äußern, mischte sich bereits Annabelle ein. „Weil wir uns lieben!"

„Oh mein Gott", kommentierte Shona.

„Das stimmt!", stand Rowan seiner Verlobten bei. „Hast du damit ein Problem, Schwesterherz?"

„Ja, warum sollten wir warten, wo wir doch von Anfang an wussten, dass wir füreinander bestimmt sind?" Hätten sie gekonnt, Annabelles Augen hätten Blitze geschleudert.

„Merkst du eigentlich nicht, dass sie dich nur ausnutzt?", echauffierte sich Shona und ignorierte die junge Frau kurzerhand.

„Das Einzige, was ich merke ist, dass du offensichtlich eifersüchtig bist. Neidest du mir etwa mein Glück, Schwesterchen? Vielleicht ist es auch einfach nur Angst, dass hier bald ein anderer Wind weht."

„Rowan!" Lady Morag hielt es für an der Zeit einzuschreiten.

„Was denn? Es ist doch so. Ich bin ein erwachsener Mann und kann meine eigenen Entscheidungen treffen. Du willst mir sogar das Unternehmen überschreiben. Ist es da nicht meine Pflicht, für einen Erben zu sorgen?"

„Wir haben bereits eine Erbin!", platzte es aus Shona heraus.

„Cybill? Die interessiert sich doch gar nicht für die Brennerei."

„Du etwa? Sie ist ein Teenager, welche Ausrede hast du denn?“

„Ich sagte ja schon, dass sich einiges ändern wird.“

„Du bist ein noch größerer Idiot als ich dachte, wenn du glaubst, dass du das Geschäft alleine führen kannst.“

„Du hast recht, Darling“, säuselte Annabelle. „Sie neidet dir dein Glück.“

Shona lief puterrot an. Wie ein Kastenteufel sprang sie von ihrem Stuhl auf, der bedrohlich wackelte und schließlich nach hinten kippte.

„Wie kannst du es wagen, du billiges Flittchen?“, brüllte sie. „Raus!“

Annabelle fuhr zusammen und starrte Shona aus geweiteten Augen an wie ein Reh im Scheinwerferlicht. Kurz darauf verließ sie fluchtartig den Raum.

Rowan blickte seine Schwester entsetzt an, ehe er die Verfolgung aufnahm. An der Tür drehte er sich noch einmal zu ihr um. „Das … wird dir noch leidtun!“

Shona schloss für Sekunden die Augen, dann wandte sie sich um, hob den Stuhl auf und setzte sich, den Kopf in beide Hände gestützt.

Lady Morag betrachtete ihre Tochter stumm.

„Komm schon, Mum“, flüsterte Shona. „Sag endlich, was du zu sagen hast, dann habe ich es hinter mir.“

„Das brauche ich nicht. Du hast schon alles gesagt, was es zu sagen gibt.“

Shona blickte überrascht auf.

„Schau mich nicht so an. Ich bin nicht senil. Du hast recht, Rowan ist ein Idiot, wenn er sie heiratet. Aber vielleicht irren wir uns ja, was Annabelle betrifft.“

„Das glaubst du doch selbst nicht! Zwei Monate, Mum. Zwei Monate kennen sie sich.“

„Das ist mir bekannt. Aber wenn du schon nicht Rowan vertraust, dann wenigstens mir. Ich werde nicht zusehen, wie dieses Unternehmen den Bach runtergeht. Ihr seid beide zu gleichen Teilen erbberechtigt."

„Sicher, was die Einkünfte angeht. Aber das Anwesen und die Brennerei gehören Rowan. Nach alter Väter Sitte."

„Ich werde mit ihm sprechen, Shona."

„Viel Glück", erwiderte sie und verließ den Raum.

Lady Morag blieb allein zurück. „Wenigstens haben wir schon gegessen", murmelte sie.

„Warum durfte ich nicht bleiben?", rief Cybill wütend. „Das war unfair."

Siobhan schaute sich im Zimmer der Vierzehnjährigen um, ehe sie sich zu ihr auf das Bett setzte. „Du kannst froh und dankbar sein, dass du gehen durftest", erwiderte sie. „Ich bin es jedenfalls. Außerdem werden wir so oder so erfahren, was passiert ist. Und wenn ich einen Tipp abgeben darf: Shona und Rowan haben sich angeschrien, während deine Großmutter geschwiegen hat."

Cybill grinste. „Du kennst diese Familie schon ziemlich gut."

Siobhan erwiderte das Grinsen. „Vor allem kenne ich deine Mutter."

„Habt ihr mal drüber nachgedacht?"

„Worüber?", fragte Siobhan verwirrt.

„Na ja, ans Heiraten. Das ist doch heutzutage kein Problem mehr für ... ich meine, für Leute wie ... wie ..."

„Wie ...?", dehnte Siobhan und beugte sich zu Cybill hinüber.

„Na, du weißt schon. Wie euch halt.“

„Du meinst Lesben?“ Siobhan amüsierte sich darüber, wie Cybill rot anlief.

„Habt ihr nun drüber nachgedacht oder nicht?“

„Wir haben zumindest nicht miteinander darüber gesprochen. Wir arbeiten viel und sind beide zufrieden damit, so wie es ist.“ Siobhan schürzte die Unterlippe und zuckte mit den Achseln. „Aber wer weiß? Vielleicht eines nicht mehr ganz so fernen Tages ...“ Sie schaute Cybill an. „Wie fändest du das?“

Cybill hob die Schultern. „Ich weiß nicht.“

„Stört es dich?“

Das Mädchen riss die Augen auf. „Nein! Wie kommst du darauf?“

„Na ja, es gibt noch immer eine Menge Leute da draußen, die Homosexualität anstößig finden. Oder sogar unnatürlich und verwerflich.“

„Ich nicht“, beeilte sich Cybill zu sagen. „Ich ... fände es cool.“

Siobhan lächelte und legte dem Mädchen den Arm um die Schultern. „Danke“, hauchte sie in ihr Ohr und drückte ihr einen Kuss auf die Haare.

„Es tut mir leid“, murmelte Cybill leise vor sich hin.

„Was tut dir leid?“, fragte Siobhan, die Wange am Kopf des Mädchens.

„Dass ich vorhin so gemein zu dir war.“

„Schon vergessen.“

„Du bist cool!“

„Ich weiß! Was ist mit dir?“

„Was soll mit mir sein?“, fragte Cybill und bog den Oberkörper ein wenig zur Seite, um Siobhan anzugucken. Sie hatte das Gesicht verzogen, wie es nur Teenager konnten. Fragend und vorwurfsvoll in einem. Wie man es überhaupt wagen könne, ihr eine solche Frage zu stellen.

„Gibt es da jemanden?"

Die Antwort kam wie aus der Pistole geschossen. „Nein!"

Cybill lief rot an und strafte ihr Wort Lügen. Siobhan zog einen Mundwinkel in die Höhe. „Jaaa, da gibt es jemanden. Wer ist es?"

„Lass mich in Frieden."

„Komm schon, mir kannst du es ruhig sagen."

„Nein, ich ... da gibt es überhaupt nichts zu erzählen."

Bevor Cybill noch weiter in Verlegenheit geraten konnte, klopfte es an die Tür. „Herein", rief sie hastig, offenkundig froh über die Störung.

Es war Shona. „Ich hoffe, ich störe euch beide nicht."

„Überhaupt nicht", rief Cybill und sprang vom Bett auf. „Wir ... haben uns nur unterhalten."

„Das sehe ich. Ich ... äh ... wollte mit dir reden."

Siobhan stand auf. „Kein Problem. Ich wollte mich sowieso gerade auf den Weg machen. Oder gibt es noch etwas, das ich wissen sollte?"

Sie warf einen kurzen Blick auf Cybill, die zwischen den beiden Frauen stand und an den Ärmelbündchen des Hoodies zupfte, die sie sich über die Hände gezogen hatte.

Shona schüttelte den Kopf. „Nichts Besonderes. Wir sprechen nächste Woche darüber, in Ordnung?"

„In Ordnung." Siobhan zwinkerte Cybill kurz zu und strich ihr über das Haar. „Mach's gut, Süße."

Sie nahm das Mädchen in den Arm, dann wandte sie sich an Shona. „Bringst du mich noch runter?"

„Natürlich. Ich bin gleich wieder bei dir, mein Schatz."

„Lass dir ruhig Zeit. Ich muss sowieso noch mal nach Devil schauen. Außerdem hab ich noch Hausaufgaben."

„Hausaufgaben? Es ist fast neun. Wann gedachtest du die denn zu machen?", fragte Shona mit klirrender Stimme. Siobhan ergriff ihren Arm und zog sie mit sich.

„Komm, bring mich einfach zum Wagen, Shoni."

„Spiel nicht immer die verständnisvolle große Schwester", ermahnte Shona ihre Freundin, als sie vor ihrem Wagen standen, einem roten Mini-Cabriolet.

Siobhan verschränkte die Arme vor der Brust, so wie sie es immer tat, wenn sie mit Shona nicht einer Meinung war und nicht im Traum daran dachte, das zu ändern. Leider kam das in letzter Zeit häufiger vor.

„Hast du einen bestimmten Wunsch, wen ich spielen soll?"

„So meinte ich das nicht."

„Wie denn dann?"

„Du solltest Cybill in ihrer Schludrigkeit nicht noch bestärken."

Siobhan lachte. „Das tue ich doch gar nicht. Aber schau sie dir doch an." Sie deutete in Richtung Stall, hinter dessen Fenstern Licht brannte. „Cybill steht ständig zwischen den Stühlen. Zwischen dir und Morgan, zwischen dir und Rowan. Und jetzt offenbar auch zwischen uns. Die Einzigen, die sie hat, sind ihre vielbeschäftigte Großmutter und dieses Pferd. Ich glaube, das Kind kann gar nicht genug Bestärkung bekommen."

„Cybill bekommt jede Menge Bestärkung und Aufmerksamkeit."

„Ach ja? Wann hast du denn das letzte Mal mit ihr zusammen Devil gestriegelt? Hast du das überhaupt jemals getan? Weißt du, welche Serie sie mag? Oder dass es jemanden in ihrem Leben gibt, für den sie schwärmt?"

Shona hob die Augenbrauen. „Cybill hat einen Freund?"

„Ach, keine Ahnung. Darum geht es doch auch gar nicht. Aber vielleicht versuchst du mal zur Abwechslung nicht nur gekränkt zu sein und vergisst für einen Moment deinen Einer-gegen-alle-Feldzug. Denk an die Menschen, die dich lieben. Und damit meine ich in erster Linie deine Tochter!"

Shona schwieg und schaute zum Stall hinüber.

Das Licht war erloschen.

KAPITEL 7

Die Stille im Haus war bedrückend.

Shona fand Cybill allein in ihrem Zimmer. Das Mädchen saß im Schein einer Leselampe am Schreibtisch und widmete sich ihren Hausaufgaben.

Nun, besser spät als nie, dachte Shona und schloss die Tür hinter sich. Cybill klappte das Heft zu und drehte sich auf dem Schreibtischstuhl herum, während ihre Mutter das Licht anknipste.

Der Blick ihrer Tochter war abwartend, nein, eher herausfordernd.

„Hör zu, Cybill. Es tut mir leid, okay? Freitag kam deine Großmutter zu uns und eröffnete uns, dass sie sich aus dem Geschäft zurückziehen möchte und das Unternehmen auf Rowans Namen übertragen wird. Weil er ...“ Sie zögerte.

„Weil er ein Kerl ist, stimmt's?“, vervollständigte Cybill.

Shona nickte. „So ist es.“

„Und wenn er Annabelle heiratet? Gehört ihr dann die Brennerei?“

„Nein, ganz so einfach ist es nicht. Es kommt auch darauf an, ob Rowan klug genug ist, einen Ehevertrag aufzusetzen. Aber darum geht's auch gar nicht.“ Shona hatte nicht vor, ihre Sorgen mit ihrer vierzehnjährigen Tochter zu besprechen. „Ich wollte dir bloß erklären, warum ich Freitag und heute so ... angespannt war. Ich weiß, dass ich in den letzten Jahren wenig Zeit für dich hatte und das tut mir leid. Ich möchte das gerne ändern."

Cybill wich ihrem Blick aus und zuckte mit den Achseln. „Ja, okay. Cool. Ich bin morgen aber schon mit Kendra verabredet."

„Ich meinte nicht gerade morgen, sondern generell. Auch wenn du einfach mal reden willst oder so, ich bin für dich da, in Ordnung?"

„Ja, in Ordnung."

„Gut, dann mach nicht mehr so lange, okay?"

„Kay. Gute Nacht, Mum."

„Nacht, mein Kind."

„Ach, äh ... Mum?"

„Ja?"

„Geben wir Freunden eigentlich Rabatt?"

Shona runzelte die Stirn. „Wie bitte?"

„Na, auf unseren Whisky."

„Nun, wir gewähren generell Rabatte ab einer bestimmten Menge. Und natürlich gibt es auch Aktionen zu Weihnachten, den Common Ridings oder bestimmten Festivals."

„Das meine ich nicht. Ich meine, Kendras Eltern kaufen doch auch euren Whisky, bezahlen sie etwa den vollen Preis?"

„Sicher. Wenn Kendras Eltern bei uns Whisky kaufen, ist der ohnehin in den seltensten Fällen für sie. Sie bekommen von uns zu den Geburtstagen und zu Weihnachten jeweils zwei Flaschen. So viel trinken sie nicht. Warum fragst du?"

„Nur so."

„Für *nur so* ist deine Frage aber ziemlich speziell."

„Ich wurde halt gefragt."

„Von wem? Von Dad?"

Cybill verdrehte die Augen. „Oh Mum, es geht nicht immer nur um Dad."

„Du warst das Wochenende bei ihm, also ist diese Annahme berechtigt. Oder hat Kendra dich gefragt?"

„Nein, ich meine ... vielleicht."

„Hör zu, Cybill. Wenn dich irgendein Fremder angesprochen hat, möchte ich, dass du mir das sagst."

„Ja, ja! Aber so war's nicht."

„Wie war es dann?"

„Vergiss es."

Shona fühlte, wie sie wütend wurde. Sie trat in das Zimmer und schloss die Tür. „Nein Cybill, ich vergesse es nicht. Du bist minderjährig und darfst weder Alkohol trinken noch kaufen oder verkaufen, hast du das verstanden?"

„Ja, Mum."

„Gut, das kannst du auch gerne Kendra oder wem auch immer ausrichten. Oder muss ich Mister und Misses Lachlan anrufen?"

„Nein, Mum."

„Na schön. Dann schlaf gut."

„Du auch, Mum."

Shona verließ das Zimmer ihrer Tochter und begab sich schnurstracks in ihre eigenen Räumlichkeiten. Ihre Befürchtung, auf dem Flur erneut Annabelle zu begegnen, erfüllte sich zum Glück nicht. Sie duschte, schickte Siobhan eine Sprachnachricht und setzte sich an den Sekretär in ihrem Schlafzimmer, wo ihr privater Laptop stand.

Mum mochte ja mit Rowan noch einmal sprechen, aber Shona bezweifelte, dass dabei etwas Sinnvolles herauskam. Nein, wenn sie das Unternehmen retten wollte, musste sie selbst aktiv werden. Der Gedanke war ihr bereits in Edinburgh gekommen, doch erst durch eine unbedachte Äußerung ihrer Tochter war er zur konkreten Idee gereift.

Lady Morag suchte das Gespräch mit Rowan nicht am selben Abend.

Auch ihr Testament rührte sie nicht mehr an. Es war ja nicht so, als würde sie innerhalb der nächsten Tage tot umkippen. Außerdem gab es noch genug andere Dinge zu erledigen. Shona und Rowan waren mit Annabelle in die Brennerei gefahren, der Betrieb musste schließlich weiterlaufen. Auch wenn ihr Sohn in erster Linie nur deshalb mitgefahren war, um seiner Verlobten die Destillerie zu zeigen.

Derweil fuhren Graham und Lady Morag nach Edinburgh zu ihrem Notar, um zumindest die formellen Angelegenheiten des Nachlasses zu regeln.

Graham verzichtete während der Fahrt darauf, sie weiter zu beknien und Lady Morag war ihm dafür überaus dankbar.

Den Lunch nahm sie gemeinsam mit Graham ein. Das tat sie immer, wenn die Kinder außer Haus waren. Die Familie speiste lediglich morgens und abends zusammen.

Nach dem Essen zog sich Lady Morag in ihre Räumlichkeiten zurück. Sie setzte sich in ihren Lehnsessel, legte die Beine hoch und löste Kreuzworträtsel, bis sie einschlief. Es war bereits halb drei, als sie erwachte. Bis zum Tee, den sie gerne traditionell um fünf einnahm, hatte sie also noch jede Menge Zeit. Zeit, die sie anderweitig nutzen konnte.

Im Gegensatz zu ihren Kindern und Cybill bewohnte Lady Morag mehrere Zimmer im Erdgeschoss, worüber sie insgeheim dankbar war. Auch wenn sie erst siebenundsechzig Jahre zählte, so spürte sie doch das zunehmende Alter. Es machte sich als ziehender Schmerz in den Knochen bemerkbar, vor allem bei ungewohnter Belastung und nasskaltem Wetter.

Müde schlurfte sie in die Eingangshalle. Dort blieb sie stehen und schaute sich unschlüssig um. Was genau hatte sie vorgehabt? Lady Morag grübelte darüber nach und wollte sich in Richtung Arbeitszimmer auf den Weg machen, als sie eine Gestalt über die Treppe herunterpoltern hörte. Sie drehte sich um und sah ihre Enkelin.

Sie musste gerade aus der Schule gekommen sein und trug längst wieder Reithosen.

Ein Lächeln stahl sich auf Lady Morags Lippen. Das Kind war regelrechnet vernarrt in diesen Gaul, was die ältere Dame freute. Es war schön zu sehen, wenn sich junge Menschen für etwas begeisterten, das nicht mit Computern oder Fernsehen zu tun hatte.

„Cybill, Liebes, hast du einen Moment für deine Grandma?"

Ihre Enkelin blieb abrupt stehen und anhand ihrer betretenen Miene erkannte Lady Morag, dass Cybill die Störung höchst ungelegen kam.

„Oh Granny, ich wollte gerade mit Devil ausreiten."

„Es dauert auch nicht lange." Ihre Großmutter deutete auf die Tür zum Arbeitszimmer ihrer Tochter und Cybill schlurfte mit hängenden Schultern hinterher.

Auf der Schwelle drehte sich Lady Morag abrupt um, sodass ihre Enkelin beinahe gegen sie geprallt wäre. Das Mädchen zuckte erschrocken zurück. Von wegen Mädchen, Cybill war unverkennbar dabei, eine junge Frau zu werden. Wunderhübsch, auch wenn sie das vermutlich anders sah. Wahrscheinlich schämte sie sich für ihre Zahnspange und hielt sich für zu dick, das törichte Ding.

„Mein Gott, wie groß du geworden bist. Und wie hübsch!"

„Grandma!" Cybills Verlegenheit amüsierte Lady Morag. Gleichzeitig verspürte sie einen Anflug von Wehmut. War es wirklich schon fast vierzehn Jahre her, seit sie dieses Mädchen als Säugling in den Armen gehalten hatte?

„Geht's dir gut, mein Liebes?"

Cybill nickte.

„Brauchst du irgendetwas? Kann ich etwas für dich tun?"

„N-nein."

„Du weißt, dass du jederzeit zu mir kommen kannst."

„Ja, Grandma."

„Ich weiß, dass es gestern Abend ein wenig ... wie soll ich sagen ... seltsam zuging. Aber ich möchte, dass du weißt, dass das nichts mit dir zu tun hat."

„Ja, das hat Mum mir auch schon gesagt."

„Und damit hat sie recht. Deine Mutter hat dich sehr lieb. Und ich ebenso."

Cybill wich Lady Morags Blick aus. Verlegen schaute sie auf die Vitrine mit den Whisky-Flaschen.

„Lass dich noch einmal anschauen.“

Lady Morag umklammerte Cybills Arme. Plötzlich spürte sie einen heftigen Druck hinter den Augen, ihre Kehle war wie zugeschnürt. Sie wollte ihrer Enkelin so viel sagen, doch sie brachte keinen Ton hervor. Stattdessen drückte sie das Mädchen an sich, das gar nicht wusste, wie ihm geschah.

Cybill taumelte rückwärts, als Lady Morag sie unvermittelt freigab.

„Geh, mein Liebes“, krächzte sie. „Geh ruhig. Und denk immer daran, dass ich dich liebe.“

„Scheiße, was war denn das?“, murmelte Cybill auf dem Weg zum Stall. Ihr Abgang hatte einer regelrechten Flucht geglichen. Verflixt, das war selbst für Omas Verhältnisse schräg gewesen. Obwohl schräg nicht das richtige Wort war. Unheimlich passte besser.

Cybill sattelte Devil und ritt zu Kendra hinüber.

„Sie muss jeden Moment nach draußen kommen“, meinte Keith. Er trat aus den Ställen ins Freie, kaum dass sie mit Devil den Hof erreichte.

„Ist gut“, murmelte Cybill mit klopfendem Herzen. Sie stieg ab und blieb dicht bei Devil stehen, als hätte sie Furcht, seine Zügel aus der Hand zu geben.

Keith schien ihre Schüchternheit förmlich zu wittern. Er grinste, als er auf sie zuging und den Hals des Pferdes tätschelte. „Du kannst ja mal reingehen und fragen, wo sie bleibt.“

„Mhm.“

„Oder du bleibst so lange bei mir und wir unterhalten uns.“

„Ja, cool.“

„Und? Hast du gefragt?“

„Du meinst, wegen des Whiskys?“

„Jepp.“

„Keine Chance. Es gibt nur Mengenrabatt. Oder zu den Feiertagen. Außerdem darf ich sowieso keinen Whisky mitbringen.“

„Sagt deine Mum?“

„Sagt das Gesetz.“

„So, das Gesetz. Na, wir wollen ja nicht, dass du gleich in den Knast kommst. Ich dachte ja nur, dass du vielleicht mal was organisieren könntest.“ Er trat einen Schritt auf sie zu und schaute ihr in die Augen. Cybill fing an zu schwitzen.

„Hey, Billie!“ Kendra stand in der Tür des Haupthauses und winkte ihr zu. Sie hielt ihre Reitstiefel in der Hand. „Ich komme gleich zu euch, muss mir nur eben noch die Stiefel anziehen.“

Während sie das tat, quetschte sich Whiskey hinter ihr durch die Tür und rannte auf Cybill und Devil zu. Cybill war beinahe erleichtert darüber, dass der Hund auftauchte und sie von Keith ablenkte.

„Ich hol mal Kendras Pferd“, sagte er und zwinkerte Cybill zu. „War schön, dich wiedergesehen zu haben.“

Sie schluckte. „Ja, fand ich auch.“

Er winkte ihr zu und verschwand im Stall.

„Hey, alles klar?“ Kendra stand so plötzlich hinter ihr, dass Cybill erschrak.

„Wie? Ja, ja.“

„Gut. Du siehst aus, als hättest du einen Geist gesehen."

Cybill hatte keine Lust, mit Kendra über Keith zu sprechen. Sie musste an Großmutters seltsamen Auftritt denken. „Meine Familie ist die reinste Freakshow", sagte sie daher.

Kendra grinste. „Glaubst du, meine ist besser?"

Keith kehrte wenig später mit Kendras Stute Swiftwind zurück und die beiden Mädchen ritten hinaus in die Pentland Hills. Whiskey begleitete sie und tobte um die Pferde herum, die sich davon aber nicht aus der Ruhe bringen ließen.

Dabei erzählte Cybill ihr vom sonderbaren Verhalten ihrer Großmutter. Kendra zuckte mit den Achseln.

„Mach dir darüber nicht zu viele Gedanken. Großeltern haben bisweilen solche Anwandlungen. Dann wird ihnen bewusst, dass sie nicht mehr lange haben und plötzlich werden sie melancholisch."

„Vielleicht. Nur dass Grandma nicht der Typ für sowas ist. Sie war nie der große Familienmensch. Nur das Geschäft zählt. Mum ist genauso."

„Das muss nichts heißen, je älter sie werden, desto merkwürdiger verhalten sie sich."

Danach erzählte Cybill ihrer besten Freundin von Onkel Rowans Heiratsantrag, woraufhin Kendra in Gelächter ausbrach. „Da haben wir es doch. Wahrscheinlich ist deine Oma außer sich vor Freude."

„Ich weiß nicht. Sie wirkte nicht gerade, als ob sie vor Glück platzen würde."

„Dann macht sie sich Sorgen, ob die Ehe genauso den Bach runtergeht wie ..." Kendra unterbrach sich abrupt und presste die Lippen aufeinander. Sie wurde aschfahl. „Sorry, ich wollte nicht …“

„Ist schon okay. Kann sogar sein, dass du recht hast.“

„Keith findet dich übrigens ziemlich süß“, rief Kendra plötzlich und brachte Cybill damit endgültig aus der Fassung.

„Was? Woher weißt du das? Hat er dir das gesagt?“

„Vielleicht“, rief Kendra lachend. Unvermittelt ging sie mit Swiftwind in den Galopp über.

„He, warte!“ Cybill richtete sich im Sattel auf, doch der Vorsprung ihrer Freundin war bereits zu groß. Der Vierzehnjährigen blieb nichts anderes übrig, als die Verfolgung aufzunehmen.

Eine Stunde tobten sie durch die Wälder. Die Sonne sank im Westen langsam gen Horizont und obwohl Cybill es immer wieder versuchte, ließ sich Kendra kein weiteres Wort über Keith Grant entlocken.

Als Cybill abends im Bett lag, bekam sie eine WhatsApp.

Keith würde dich gerne wiedersehen. Bock auf Party am Freitag? GN8 Kenny.

KAPITEL 8

Drei Tage später erhielt Shona ein Einschreiben.

Ein Absender war von außen nicht ersichtlich, darum hatte sie gebeten. Mit klopfendem Herzen öffnete sie den Brief und sah, dass es sich tatsächlich um einen ersten Bericht der Detektei handelte, die sie am Montag kontaktiert hatte.

Deren Auftrag lautete, Nachforschungen über Annabelle Forbes anzustellen.

Es konnte kein Zufall sein, dass sich Rowan ausgerechnet am selben Tag verlobt hatte, als er von seiner Mutter erfahren hatte, bald Inhaber des Familienunternehmens zu sein. Wenn er Annabelle so sehr liebte, hätte er sie auch so heiraten können. Teilhaber wäre er ohnehin geblieben. Der Schluss lag nahe, dass Annabelle insistiert hatte.

Die Masche des Dummchens kaufte Shona ihr keine Sekunde lang ab. Annabelle mochte ein oberflächliches It-Girl sein, das mit Sicherheit, aber sie war deutlich raffinierter, als man ihr ansah. Ein intrigantes Miststück, das in Rowan ein willfähriges Opfer gefunden hatte.

Zumindest die Angaben, die sie auf Siobhans Vernissage gemacht hatte, entsprachen offenbar der Wahrheit. Hinzu kamen zahlreiche Fotos, die Annabelle im Nachtleben von Edinburgh zeigten. Auf einigen davon war sie gemeinsam mit Rowan zu sehen. Das war nichts Ungewöhnliches. Auch wenn es Shona missfiel, konnte sie weder ihrem Bruder noch Annabelle daraus einen Strick drehen. Das lag auch gar nicht in ihrer Absicht. Sie waren schließlich keine Mitglieder des Königshauses, die sich Sorgen um ihren guten Ruf machen mussten. Im Gegenteil, vermutlich kamen solche Fotos bei einer jüngeren Zielgruppe sogar gut an.

Solange sich ihr Bruder von Minderjährigen fernhielt und sich auch darüber hinaus keinen Fehltritt erlaubte, brauchten sie keinen Skandal zu befürchten.

Shona benötigte Beweise, die belegten, dass es Annabelle gezielt auf das Familienvermögen abgesehen hatte und den labilen Charakter von Rowan ausnutzte. Ihr Zwillingsbruder war immer schon leicht beeinflussbar gewesen. Als Kind war er kränklich und schwach gewesen, ganz im Gegensatz zu ihr, der starken, robusten Shona. Kein Wunder, dass er so unselbständig geworden war. Ihre Mutter hatte ihn von vorne bis hinten verhätschelt, während sie verzweifelt um Anerkennung und Liebe hatte kämpfen müssen.

Es war nicht ungewöhnlich, dass eine Mutter ihren Sohn behütete und wie eine Glucke umsorgte. Umso mehr, da sie ihren Vater nie kennengelernt hatten. Er war kurz vor der Geburt verstorben. Mutter hatte mit der Destillerie und Rowan mehr als genug zu tun gehabt, für Shona war nicht viel übrig geblieben.

Egal wie sehr sie sich anstrengte und wie groß ihre Erfolge in der Schule oder im Sport waren, mehr als ein Achselzucken hatte sie nie bekommen. Vielleicht aus Angst, dass der kümmerliche Rowan unter dem Druck, den seine erfolgreiche Schwester unbeabsichtigt aufbaute, zusammenbrechen würde.

Tatsächlich hatte Rowan irgendwann anscheinend resigniert. Shona war sich dahingehend keiner Schuld bewusst. Es waren schließlich die Eltern, die ihre Kinder prägten. Doch auf diesen Ohren war Morag Kincaid von jeher taub gewesen. Daher hegte Shona auch nicht viele Hoffnungen, dass das Gespräch zwischen Mutter und Sohn, sofern es überhaupt stattfand, irgendetwas brachte.

Selbst wenn sie den Dialog mit dem festen Entschluss suchte, Rowan den Kopf zu waschen, so würde der sie binnen weniger Minuten um den Finger wickeln und besänftigen.

Nein, wenn Shona das Familienunternehmen retten wollte, dann musste sie selbst aktiv werden und Lady Morag stichhaltige Beweise vorlegen. Nur fehlten die eben. Egal wie oft Shona den Bericht durchlas, das Ergebnis blieb dasselbe. Sie knirschte vor Wut mit den Zähnen, gleichwohl sie wusste, dass sie der Agentur damit Unrecht tat. Innerhalb von zwei Tagen konnte sie schließlich keine Wunder erwarten. Dennoch war sie enttäuscht.

Irgendwie lief gerade alles aus dem Ruder: Mutters seltsames Verhalten, Rowans durchgeknallte Heiratsfantasien und Cybills Pubertät. Zu allem Überfluss herrschte seit dem Wochenende fast vollständige Funkstille zwischen ihr und Siobhan.

Sie schrieben sich zwar täglich kurze WhatsApp-Nachrichten, doch Shona spürte die unsichtbare Kluft, die sich zwischen ihnen aufgetan hatte. Auf Nachfrage meinte ihre Freundin nur, dass sie Gespenster sähe und sie selbst viel zu tun habe.

Und über allem schwebte Morgan Baxter wie ein unsichtbares Damoklesschwert. Oder wie ein Raubtier. Geduldig lauerte er auf seine Chance, um Shona das Sorgerecht zu entziehen und das Familienunternehmen ins Wanken zu bringen. Oh ja, er war schon immer jähzornig und rachsüchtig gewesen.

Darüber hinaus durfte sie nicht vergessen, dass sie noch ein Geschäft zu betreiben hatten. Sie konnte sich zwar auf ihre Mitarbeiter verlassen, doch es machte keinen guten Eindruck, wenn eine Destillerie sich als Familienunternehmen brüstete, die Arbeit aber ausschließlich Angestellten überließ, während die Clan-Mitglieder zu Hause saßen und das Geld zählten.

Shona seufzte und ließ den Brief sinken. Sie beugte sich vor und legte das Gesicht in beide Hände. Sie fühlte sich müde und ausgelaugt. Sie hätte sich gerne hingelegt und geschlafen. Nur ein Stündchen vielleicht. Automatisch wanderte ihr Blick zu der Couch unter dem Fenster.

Die Melodie des Handys riss sie schlagartig aus der Lethargie. Am Klingelton hörte sie, dass es leider nicht Siobhan war, die ihre Pause dazu nutzte, um Shonas Stimme zu hören. Es war Ewan, der seine Chefin daran erinnerte, dass die Lastzüge der Entdampfungsanlage aus Penicuik eingetroffen waren und darauf warteten, mit dem Draff beladen zu werden.

Dabei handelte es sich um die beim Maischen übrig bleibenden Schalenreste des Korns. Diese beinhalten nicht nur reichlich Protein, sondern auch Spurenelemente und Mineralstoffe. Somit stellte Draff ein ideales Kraftfutter für Tiere dar.

Aufgrund des hohen Wassergehaltes ist es jedoch sehr schwer und aufwändig zu transportieren. Daher wird ihm in speziell ausgestatteten Entdampfungsanlagen das Wasser entzogen. Man findet diese stets in der Nähe von Whisky-Brennereien.

„Das wollte doch Rowan übernehmen." Shona hatte Mühe, ihre Frustration nicht offen zu zeigen. Obwohl Ewan und Ben fast zur Familie gehörten, bedeutete das noch lange nicht, dass sie jeden Zwist mitbekommen mussten.

„Ja, aber er sagte, ihm wäre ein wichtiger Termin dazwischengekommen und wir sollten dich anrufen."

Shona atmete tief durch und zählte innerlich bis fünf. Sie hatte vorgehabt, bis zehn zu zählen, doch so viel Geduld brachten weder Ewan noch sie auf.

„Shona?"

„Ich bin unterwegs", erwiderte sie knapp.

Sie brauchte Ewan nicht extra zu sagen, dass sie mit dem Beladen anfangen konnten. Das funktionierte in der Kincaid Destillerie reibungslos. Es ging um Bürokratie. Schließlich waren sie es, die ihren Kopf für die Qualität des Kraftfutters hinhielten.

Vielleicht war es sogar besser, wenn sich Rowan mit anderen Dingen beschäftigte. Wahrscheinlich irgendwelche Hochzeitsangelegenheiten. Wäre es geschäftlich gewesen, hätte er sie schließlich selbst anrufen können.

Shona traute Annabelle mittlerweile alles zu. Auch, dass sie bereits ihr Brautkleid aussuchte und sich nach einem geeigneten Catering-Service umschaute. Eine Gästeliste hatte sie mit Sicherheit längst angefertigt. Es hätte Shona nicht mal überrascht, wenn sie die seit der

Pubertät mit sich herumgeschleppt und jährlich aktualisiert hätte. Je nachdem, wer in ihrer Gunst gerade oben stand oder wen sie aus Missgunst kurzentschlossen aus der Freundesliste entfernt hatte.

Shona würde sich Rowan später zur Brust nehmen. Jetzt galt es, das Geschäft am Laufen zu halten. Und das war schwierig genug. Wer an schottischen Whisky dachte, der hatte automatisch die Highlands vor Augen. Schroffe Berge, grasbewachsene Hänge, echte Kerle, die es sich leisten konnten, einen Kilt zu tragen und ihre strammen Waden zu zeigen.

Die fruchtig-würzigen Single Malts der Highlands kannte jeder. Die milderen Lowland-Whiskys dagegen waren mehr was für Genießer.

Umso stolzer war Shona darauf, dass ihre Familie dieses Unternehmen aus dem Nichts erschaffen hatte und seit knapp hundertfünfzig Jahren erfolgreich führte. Und sie würde sich das Erbe ihres Urgroßvaters nicht kaputtmachen lassen. Von Rowan nicht und schon gar nicht von Annabelle.

Shona schnappte sich ihren Autoschlüssel, steckte das Handy ein und eilte die Treppe hinauf zu Cybills Zimmer. Sie klopfte sachte an und erhielt prompt Antwort: „Herein!"

Ihre Tochter war erst vor knapp einer halben Stunde aus der Schule gekommen und beschäftigte sich mit den Hausaufgaben.

„Ich muss noch mal raus zur Brennerei, mein Schatz. Willst du mit?"

Cybill sah auf und drehte sich um. „Äh ... nein?"

Shona versuchte, sich ihre Enttäuschung nicht anmerken zu lassen. Die Idee, ihre Tochter mitzunehmen, war ihr spontan gekommen. Sie war von ihrem Entschluss mindestens ebenso überrascht worden wie Cybill jetzt, was jedoch nichts an der Tatsache änderte, dass die Abfuhr schmerzte.

„Na gut. Spätestens zum Abendessen bin ich wieder hier. Wenn was sein sollte, kannst du mich auf dem Handy erreichen. Oma und Graham sind in der Stadt.“

„Ich komm schon klar, Mum. Ich brauche keinen Babysitter mehr, okay?“

„Ja, verstanden. Ciao, Cybill.“

„Ciao, Mum.“

Kaum war ihre Mutter verschwunden, klappte Cybill das Mathebuch zu und trat ans Fenster. Sie wartete, bis ihre Mutter ins Auto gestiegen und abgefahren war, dann huschte sie auf Strümpfen zur Tür und zog sie auf.

Sekundenlang lauschte sie dem leisen Knacken der Holzdielen und dem Ticken der Standuhr unten in der Halle. Dessen ungeachtet herrschte bleierne Stille. Cybills Herz schlug schneller. Jetzt oder nie! Sie schnappte sich ihren Rucksack und huschte über den Flur zur Treppe.

Sie brauchte sich keine Sorgen zu machen, dass Emily oder Belinda plötzlich auftauchten. Das Arbeitszimmer würde erst morgen, zum Wochenende hin, geputzt werden. Wahrscheinlich hielten sie sich in der Küche auf und bereiteten das Abendessen vor, damit Emily es später nur aufzuwärmen brauchte, wenn Belinda Feierabend hatte.

Cybill schaute sich ein letztes Mal verstohlen um, dann schlich sie zum Arbeitszimmer.

Sie wusste, dass es falsch war, was sie vorhatte, doch sie ignorierte die Gewissensbisse. Sie stellte sich vor, wie Keith sie für ihren Mut loben würde und Kenny sie bewunderte, wenn sie ihnen ihre Trophäen zeigte.

Es gab nur ein Problem: Das Arbeitszimmer war verschlossen!

Cybill fluchte. Im Geiste fiel das Kartenhaus ihres rebellischen Siegeszuges in sich zusammen und wich innerer Leere. Keith und Kenny würden sie auslachen, im schlimmsten Fall sogar stehen lassen, um alleine zu feiern.

Bei diesem Gedanken geriet Cybill beinahe in Panik. Ihr Herz schlug schneller und sie begann zu schwitzen, als ihr der rettende Einfall kam. Die Bibliothek!

Im Globus befand sich eine kleine Bar. Mit neuer Hoffnung im Herzen rannte sie los und atmete erleichtert auf, als sie die Tür offen vorfand. Cybill war nur selten in der Bibliothek, meistens nur, wenn Oma dabei war. Hier gab es weder Fernseher noch eine vernünftige Couch zum Chillen.

Früher hatte sie häufig in einem der Ohrensessel gekauert und sich auf dem Tablet irgendwelche Serien angeguckt oder Spiele gespielt, während Oma am Sekretär gesessen und ihre Korrespondenz erledigt hatte, wie sie stets zu sagen pflegte. Doch Cybill war nun mal keine neun Jahre mehr und mittlerweile waren die alten Sessel noch unbequemer als sie es damals schon gewesen waren.

Auch den auf antik gemachten Globus, den man am Äquator aufklappen konnte und der mit allerlei bizarren Kreaturen bemalt war, fand sie nicht mehr annähernd so faszinierend wie noch vor wenigen Jahren. Seinen Inhalt dafür umso mehr.

Ein muffiger Geruch schlug ihr entgegen, eine Mischung aus gebeiztem Holz und Staub. Cybill lächelte, als sie die zahllosen Flaschen sah. Ihr Bauch kribbelte, während sie eine ergriff und – enttäuscht zurückstellte. Es war zwar ein Whisky, allerdings keiner aus der Kincaid-Destillerie.

Wie sah das denn aus, wenn sie den Sprit einer fremden Brennerei aus dem Rucksack zog?

Sie nahm eine Flasche nach der anderen aus dem Globus, doch es war keine einzige aus der Familien-Destillerie darunter. „Was soll denn der Scheiß?", murmelte Cybill frustriert.

„Kann ich dir helfen?"

Cybill erschrak so heftig, dass sie aufschrie und vor dem Globus zurückwich, als wäre er es gewesen, der sie angesprochen hatte. Dabei war die Stimme eindeutig von der Tür her gekommen. Und dort stand – Annabelle.

Sie lehnte am Türrahmen und lächelte.

Cybill wurde warm. Ihr Blick flirrte unsicher zwischen dem Globus und Onkel Rowans Freundin hin und her. „Ich ... äh ... hab nur was nachgeschaut."

Annabelle kam näher und reckte neugierig den Hals. Goldene Ohrringe funkelten im Schein der Deckenbeleuchtung. Sie trug eng anliegende schwarze Leggins, Strümpfe und einen weit fallenden Pullover, der eine ihrer gebräunten Schultern frei ließ. Cybill konnte den Träger eines Büstenhalters sehen. Annabelle sah toll aus und Cybill wurde neidisch. Annabelle war die Art

Frau, über die sie sich in der Schule lustig machte, insgeheim aber davon träumte, genauso zu sein.

„Nachgeschaut, verstehe. Und was genau, wenn ich fragen darf?"

„Ich ... ich ... ich war neugierig."

„Mhm, das sehe ich." Annabelle senkte den Blick und schaute auf den offenen Rucksack, der zu Cybills Füßen lag.

„Ich ... wollte nicht ..." Sie brach mitten im Satz ab und schämte sich für ihr Stammeln.

„Was wolltest du nicht? Du kannst es mir ruhig sagen, Cybill."

Cybill war sich unsicher, ob sie Annabelle vertrauen konnte. Was, wenn diese erzählte, dass sie Cybill in der Bibliothek angetroffen hatte, wie sie sich an der Bar zu schaffen gemacht hatte? Mum würde ausrasten!

„Bitte, du darfst es niemandem sagen, Annabelle", flehte das Mädchen.

„Was sollte ich denn sagen?" Annabelle zwinkerte ihr zu.

„Na, dass ich ... wegen des Whiskys."

„Ach so." Onkel Rowans Verlobte lächelte. „Bist du dafür nicht noch ein wenig zu jung?"

„Er ist ja nicht für mich", platzte es aus Cybill heraus. Fast hätte sie sich die Hand vor den Mund geschlagen.

„Für wen denn dann?"

Cybill senkte den Kopf und schwieg.

„Für einen Jungen?"

Die Vierzehnjährige wand sich wie ein Wurm am Haken. Gott, war das peinlich. Am liebsten hätte sie sich in das nächste Mauseloch verkrochen.

„Wie heißt er?"

„K-Keith.“

„Keith? Echt? Wie Keith Richards?“

Cybill nickte und zuckte mit den Schultern.

„Ein schöner Name. Wo hast du ihn kennengelernt?“

„Er ist der neue Stallbursche der Lachlans.“

„Ein Stallbursche. Klingt interessant. Sieht er gut aus?“

Cybills Gesicht glühte förmlich, sodass sie fürchtete, in Flammen aufzugehen. Ehe sie sich versah, sprang Annabelle auf sie zu, schnappte sich ihre Hand und zog sie mit sich zu den Ohrensesseln.

„Komm, du musst mir alles erzählen“, rief sie aufgeregt.

Cybill folgte ihr widerstandslos.

KAPITEL 9

Auf der Fahrt zum Notar kam sich Lady Morag Kincaid vor wie das Schaf, das zur Schlachtbank geführt wird. Sie war froh und erleichtert, dass die Formalitäten hinter ihr lagen. Drei Tage und drei Nächte hatte sie über ihrem Testament gegrübelt, bis sie endlich zufrieden damit war. Sofern man in diesem Zusammenhang überhaupt davon sprechen konnte.

Wenigstens hatte Graham sie in Ruhe gelassen. Doch sie wusste, dass die Zeit der Schonung dahingehend vorbei war. Sie wartete gewissermaßen sekündlich auf die Aufforderung, ihren Kindern reinen Wein einzuschenken.

Sie kam in dem Augenblick, als sie das Stadtgebiet von Edinburgh verließen und auf die A702 abbogen, die östlich der Pentland Hills gen Süden führte.

„Gehe ich recht in der Annahme, dass du Rowan und Shona heute Abend informieren wirst?"

Lady Morag wandte den Blick von der idyllischen Waldlandschaft ab, die sie auch nach all den Jahren noch genauso faszinierte wie am ersten Tag. Es klang abgedroschen, aber ihr kam es tatsächlich so vor, als wäre es gestern gewesen, dass Chester sie zum ersten Mal auf einen Ritt durch die Pentland Hills mitgenommen hatte.

Sie hatte sich auf den ersten Blick in die wildromantische Hügellandschaft südwestlich von Edinburgh verliebt. Bezüglich Chester Kincaid hatte es etwas länger gedauert.

„Guck auf die Straße, Graham", rief Lady Morag zornig.

„Sehr wohl." Sie konnte deutlich das Seufzen aus seiner Stimme heraushören. Sie wusste, dass ihr Butler, Chauffeur und Vertrauter in Personalunion nicht so rasch klein beigab. Und auch dieses Mal behielt sie recht. Er wartete, bis sie die Gabelung erreichten, von der die A701 Richtung Penicuik abzweigte.

„Ich kann dir helfen, wenn du es wünscht."

Lady Morag kniff die Augen zusammen und beugte sich nach vorne. „Ich wünsche, dass du meine Entscheidungen respektierst. Ich bestimme, wann ich was wem erzähle. Hast du das verstanden?"

„Sehr wohl."

„Und hör endlich auf, ständig *sehr wohl* zu sagen!"

„Se... wie du wünscht."

Sie versank in dumpfes Brüten. Insgeheim wusste sie ja, dass Graham recht hatte, aber sie brauchte keine Glucke, die sie bemutterte und ihr sagte, was sie zu tun oder zu lassen hatte. Herrgott, sie war siebenundsechzig Jahre alt, was glaubte er eigentlich, wen er vor sich hatte? Ein seniles Großmütterchen?

Sie war sich ihrer Verantwortung gegenüber Rowan und Shona sehr wohl bewusst. Cybill nicht zu vergessen. Was, wenn sich alles als Irrtum herausstellte? Dann hatte sie umsonst die Pferde scheu gemacht.

Das Testament war ohnehin längst fällig gewesen. Deshalb brauchte man doch nicht gleich aus allen Wolken zu fallen. Lady Morag war wütend. Wütend auf Graham, dass er ihr den herrlichen Ausblick auf die

Pentland Hills vermiest hatte. Und wütend auf sich selbst, dass sie das zugelassen hatte.

Sie hätte ihn niemals so nah an sich heranlassen dürfen, beziehungsweise ihn rechtzeitig in seine Schranken verweisen müssen. Diese Erkenntnis kam jedoch gut vierzig Jahre zu spät. Nun, hinterher war man ja immer schlauer.

„Fahr bitte zur Destillerie!", rief sie unvermittelt.

Graham sah aus, als wollte er protestieren, doch ein Blick in ihre Augen genügte. Stumm setzte er den Blinker und fuhr in eine Nebenstraße, die zu einem Gehöft führte, das sich aus mehreren Hallen zusammensetzte. Das Mauerwerk war weiß verputzt, die Dächer bestanden aus grünem Wellblech.

Die Straße war so schmal, dass zwei Fahrzeuge nicht aneinander vorbeifahren konnten. Sobald Gegenverkehr kam, musste einer der Verkehrsteilnehmer in eigens dafür vorgesehene Buchten ausweichen, die in regelmäßigen Abständen links und rechts des Weges abzweigten.

Normalerweise galt hier die übliche Linksverkehrsregel, doch bei Lastkraftwagen und Traktoren wurde dem größeren Gefährt Platz gemacht. Und so lenkte Graham den Rolls-Royce in die nächste Haltebucht zu seiner Rechten, als ihm ein LKW mit offener Ladefläche entgegenkam, wie er auch zum Transport von Bauschutt benutzt wurde.

„Heute wird der Draff abgeholt", erinnerte sie Graham.

„Das ist mir bewusst", erwiderte Lady Morag mürrisch.

„Natürlich."

Der Fahrer des Lasters hob grüßend die Hand, als er Graham passierte. Der winkte zurück, ehe er wieder anfuhr. Auf dem Hof, neben dem Stillhouse, stand ein zweiter LKW. Durch ein verchromtes Rohr rauschte der Draff in den Container.

Überrascht sah Morag ihre Tochter in Gummistiefeln auf den eisernen Stiegen des Frachtbehälters stehen. Sie war so vertieft in das Geschehen, dass sie den Rolls gar nicht bemerkte. Ewan winkte ihnen zu und Graham lenkte den Wagen neben Shonas Vauxhall in die Parkbucht neben dem Lagerhaus. Dahinter erstreckten sich die Felder, auf denen die Gerste für ihren Whisky wuchs und gedieh.

Lady Morag wartete nicht, bis Graham ausgestiegen war und ihr die Tür öffnete. Sie stieß den Wagenschlag selbst auf und rutschte aus dem Fond.

Etwas zu schnell, wie sich herausstellte. Plötzlich wurde ihr schwarz vor Augen. Es gelang ihr gerade noch rechtzeitig, sich am Türholm festzuhalten. Sie schloss die Lider, atmete tief durch und wartete, bis der Schwindelanfall vorüberging. Sie spürte die Hand von Graham am Oberarm und wollte ihn anfahren, doch sie brachte keinen Ton über die Lippen.

Schließlich ging es ihr besser. Sie öffnete die Augen und schaute geradewegs in Ewans Gesicht. Heftiger als beabsichtigt riss sie sich von Graham los.

„Guten Abend, Lady Kincaid", begrüßte Ewan sie und tippte sich an den Schirm seiner Mütze. „Sie wollen wohl auch mal nach dem Rechten sehen."

„So ist es."

„Wie viel ist es denn heute?"

„Das ist der dritte und letzte Laster, der gerade befüllt wird.“

„Und wo steckt Rowan? Ich dachte, er wollte das Verladen des Draffs übernehmen.“

„Wollte er auch, aber ihm ist ein dringender Termin dazwischengekommen. Deshalb habe ich Shona angerufen.“

Es war, als hätte ihre Tochter ihren Namen gehört, denn in diesem Moment drehte sie sich um, sprang vom Container und stapfte auf ihre Mutter zu. Sie rieb sich die Hände an der alten Cordhose ab, die sie nur dann anzog, wenn sie zur Brennerei fuhr. Diese lag knapp drei Meilen hinter Kincaid Hall, auf halber Strecke nach Penicuik.

„Mum, was treibt dich denn hierher?“

„Muss ich mich vor dir jetzt etwa auch rechtfertigen? Noch bin ich die Hauptinhaberin der Destillerie, wenn ich mich nicht irre.“

Shonas Augen weiteten sich. Sie hob beide Hände, als wollte sie sich ergeben. „Schon gut, reg dich ab. Es war nur eine Frage.“ Lady Morag bemerkte sehr wohl, dass sie Ewan und Graham verstohlene Blicke zuwarf.

„Wieso ist Rowan nicht hier? Er wollte doch das Verladen des Draffs überwachen.“

„Ja, aber offenbar hat dein Herr Sohn Besseres zu tun. Wahrscheinlich steckt er bereits bis über beide Ohren in Hochzeitsvorbereitungen. Kannst ihn ja anrufen, wenn es so dringend ist.“

„Das werde ich machen. Aber von zu Hause aus. Wann kommst du?“

„In einer halbe Stunde würde ich sagen.“ Shona blickte Ewan fragend an, der nickend bestätigte.

„Gut, dann bis gleich." Sie gab Graham einen Wink, der es sich dieses Mal nicht nehmen ließ, die Tür sachte hinter ihr ins Schloss zu drücken.

Nachdenklich beobachtete Lady Morag ihre Tochter, wie sie gemeinsam mit Ewan zurück zum Container ging. Weshalb war sie eigentlich hergekommen?

Am folgenden Tag gab es kein Einschreiben von der Detektei.

Obwohl Shona nicht damit gerechnet hatte, war sie doch ein wenig enttäuscht darüber. Insgeheim hatte sie gehofft, dass die Detektive schneller zu einem Ergebnis kamen.

Rowan hatte sich wegen seines privaten Termins bedeckt gehalten und lediglich gesagt, dass es eine Überraschung für Annabelle werden sollte.

Shona war sich nicht sicher, was sie davon halten sollte. Doch sie hatte auch keine Lust, sich das bevorstehende Wochenende vermiesen zu lassen. Die nächsten zwei Tage sollten ihr und Cybill gehören. Und vielleicht hatte ja auch Siobhan Lust, sich zu ihnen zu gesellen. Wenn Shona ehrlich war, hoffte sie sogar, dass dies der Fall sein würde. Zum einen, weil sie Sehnsucht nach ihrer Freundin hatte, zum anderen aber auch aus pragmatischen Gründen. Siobhan gelang es, viel ungezwungener mit Cybill umzugehen, als es ihr möglich war. Shona bedauerte das zwar, doch sie war außerstande, das zu ändern. Ihre Hände zitterten und waren feucht, als sie Siobhan am frühen Nachmittag anrief.

„Hey, schön deine Stimme zu hören."

„Ja, ich hab dich vermisst."

Es folgte eine kurze Pause, in der Shona das Herz bis zum Hals schlug. Nun sag doch endlich was, dachte sie wütend in Siobhans Richtung. Oder lässt du mich etwa absichtlich schmoren?

„Ich dich auch."

Shona konnte den Felsbrocken förmlich hören, der ihr vom Herzen fiel. Jetzt galt es, am Ball zu bleiben, denn Siobhan schien nicht gewillt, das Gespräch von sich aus am Laufen zu halten. Shona konnte es ihr nicht verübeln, sie hatte schließlich angerufen und hätte es umgekehrt wahrscheinlich genauso gehandhabt.

„Hast du am Wochenende schon was vor?"

„Natürlich. Morgen hat die Galerie geöffnet und am Sonntag wollte ich meine Eltern besuchen. Wieso?"

„Ach, nur so."

„Komm schon, Shona."

„Na ja, ich dachte, dass du vielleicht vorbeikommen möchtest. Wir könnten in die Pentland Hills hinausfahren."

„Nur du und ich?" Siobhans Frage klang amüsiert und auch ein wenig lauernd. So, als wüsste sie genau, was für Hintergedanken Shona hegte. Und vermutlich tat sie das sogar. Es war schwer, Siobhan etwas vorzumachen.

„Und Cybill."

„Wusste ich es doch. Für wann hast du denn deinen Ausflug geplant?"

„Hm, keine Ahnung. Ich wollte erst mit dir darüber sprechen."

„Verstehe." Siobhan machte wieder eine Pause, während der Shona hektisch an ihrer Unterlippe kaute.

„Nun, ich könnte Pia die Galerie anvertrauen. Morgens ist da sowieso nicht viel los."

„Wunderbar!" Shona versuchte gar nicht erst, ihren Enthusiasmus zu bremsen. Sie freute sich, dass es zur Abwechslung mal rundlief. „Dann frage ich schnell noch Cybill und melde mich gleich wieder bei dir."

„Moment mal, du hast sie noch nicht gefragt?"

„Ähm, nein?"

„Ach, Shona. Na schön, aber bedränge sie nicht, okay?"

„Sag mal für wen hältst du mich?", entgegnete Shona scherzhaft, beflügelt von der Aussicht, den Samstag mit ihren beiden Lieblingsmenschen zu verbringen.

„Ich kenne dich nun mal. Selbst wenn du es manchmal nicht wahrhaben willst."

„Also bis gleich!"

„Ja, bis gleich."

Shona unterbrach die Verbindung, steckte das Handy weg und eilte hinauf zu Cybills Zimmer. In ihrer Euphorie wartete sie das Herein ihrer Tochter gar nicht ab, sondern riss die Tür umgehend auf, nachdem sie heftig dagegen geklopft hatte.

„Cybill, ich ..."

Erschrocken fuhr ihr Kind herum und starrte sie mit einer Mischung aus Furcht und Ärger an. Sie saß auf dem Bett, zusammen mit – Annabelle. Zwischen ihnen stand Cybills Rucksack.

Shona kam sich vor, als wäre sie aus vollem Lauf gegen eine Wand geprallt, ihr Unterkiefer klappte nach unten.

„Hi, Shona", rief Annabelle fröhlich und winkte ihr zu.

„Was zum ...?“ Shona schluckte ihre Wut hinunter und straffte die Schultern. „Cybill, kann ich dich kurz mal sprechen?“

Ihre Tochter wandte den Kopf, um Annabelle anzuschauen, so als müsse sie sie erst um Erlaubnis fragen.

„Allein!“, fügte Shona mit eisiger Stimme hinzu.

„Okay“, murmelte Cybill und stand auf. Sie kam auf ihre Mutter zu, die rückwärts aus der Tür in den Flur zurückwich. Am liebsten hätte sie ihre Tochter und Annabelle darauf hingewiesen, dass dies Cybills Zimmer war. Dem Anstand nach hätte also Rowans Liebchen den Raum verlassen müssen. Aber sie wollte Cybill nicht schon im Vorfeld verprellen.

„Was gibt’s denn?“, leierte ihre Tochter in einem Tonfall, der Shona zur Weißglut trieb.

„Was macht sie in deinem Zimmer?“

„Wir unterhalten uns bloß! Ist das neuerdings verboten?“

„Ach, und worüber, wenn ich fragen darf?“

„Das geht dich gar nichts an.“

„Nicht in diesem Ton, junge Frau“, zischte Shona. Im selben Augenblick atmete sie tief durch und dachte an Siobhans Worte.

Cybill runzelte die Stirn. „Was hast du eigentlich gegen sie?“

„Das ...“

... verstehst du nicht, hatte sie sagen wollen, verkniff es sich aber im letzten Moment. Sie wusste, wie empfindlich Teenager darauf reagierten, wenn man sie wie Kinder behandelte. Selbst wenn sie im Grunde noch welche waren.

„Vergiss es“, flüsterte sie stattdessen.

Zu ihrer Verblüffung ließ es Cybill dabei bewenden. „Und was willst du von mir?“

Es kostete Shona Überwindung und fast hätte sie einen Rückzieher gemacht, doch dann gab sie sich einen Ruck und erklärte es ihr. Cybills Augenbrauen hoben sich, als sie die Augen weitete. Für einen Moment war sie sprachlos. Prompt meldete sich Shonas schlechtes Gewissen. Hatte sie ihre Tochter in den letzten Jahren wirklich so vernachlässigt?

„Du willst mit mir in die Hills fahren?“

„Mit dir und Siobhan.“

„Und wann?“

Shona freute sich darüber, dass Cybill nach ihrem Auftritt eben nicht kategorisch ablehnte. Auch wenn sie nicht wusste, ob ihre Tochter vielleicht nur wegen Siobhan interessiert war.

„Morgen früh. Siobhan ist am Sonntag bei ihren Eltern und ihre Aushilfe würde die Galerie betreuen.“

„Sorry, Mum. Aber ich wollte heute Nacht bei Kendra schlafen.“ Sie klang tatsächlich enttäuscht. Trotzdem ärgerte sich Shona über die Antwort. Sie verschränkte demonstrativ die Arme vor der Brust. „Ach, und wann gedachtest du, mir das zu erzählen?“

„Ich ... ähm ... dachte nicht, dass das ein Problem wäre. Ich habe doch schon häufiger bei Kendra übernachtet. Es sind doch nur ein paar Meilen.“

„Nur ein paar Meilen, ja. Aber du bist vierzehn und immer noch meine Tochter.“

„Gott, ja. Es tut mir leid!“, rief Cybill. „Darf ich bitte bei Kendra schlafen?“

„Von mir aus“, erwiderte Shona. „Wann wolltest du denn los?“

„Um sieben soll ich da sein.“

Shona runzelte die Stirn. „Dann bist du zum Abendessen also gar nicht hier. Sollen wir Emily Bescheid geben, dass sie früher serviert?“

„Nicht nötig, ich mach mir vorher was, okay?“

„Na gut. Und wann bist du morgen wieder hier?“

„Keine Ahnung. Wir haben doch Wochenende.“

Shona seufzte. „Melde dich, in Ordnung? Viel Spaß, mein Schatz.“ Sie wollte auf ihre Tochter zugehen und ihr einen Kuss auf die Stirn geben, doch sie zögerte eine Sekunde zu lange.

„Danke, Mum“, rief Cybill, drehte sich um und verschwand in ihrem Zimmer. Shona erhaschte noch einen kurzen Blick auf Annabelle, die Cybill einen fragenden Blick zuwarf und vermutlich gleich wissen wollte, was Shona von ihrer Tochter gewollt hatte.

Missmutig ging sie in ihr eigenes Schlafzimmer und rief Siobhan zurück.

„Und, wann steigt die Party?“, fragte diese fröhlich.

„Gar nicht“, antwortete Shona. „Oder besser gesagt nicht hier.“

„Okay“, erwiderte Siobhan gedehnt. „Was ist passiert?“

Shona erklärte es und als sie geendet hatte, lachte ihre Freundin erleichtert auf. „Puh, und ich dachte schon, du hättest es vermasselt.“

„Sehr witzig, Siobhan. Aber rate mal, wen ich bei Cybill getroffen habe?“

„Annabelle?“

„Teffer versenkt. Kannst du mir mal verraten, was diese Schlange bei meiner Tochter zu suchen hat?“

„Herrgott, reg dich nicht künstlich auf, Shoni. Du kannst es ihr wohl kaum verübeln. Im Gegenteil, ist doch schön, wenn sie sich für die Familie interessiert und Kontakte knüpft.“

„Schön?“, echote Shona. „Das ist wohl kaum der richtige Begriff. Außerdem traue ich ihr nicht.“

„Glaubst du wirklich, sie will Cybill gegen dich aufhetzen?“

Shona überlegte kurz. „Keine Ahnung. Vermutlich nicht. Trotzdem führt sie etwas im Schilde.“

„Und was willst du dagegen machen?“

„Ich habe schon etwas dagegen gemacht“, entgegnete sie und erzählte Siobhan von den Privatdetektiven, die sie auf Rowans Freundin angesetzt hatte.

„Das ist doch nicht wahr, oder?“, fragte Siobhan. „Sag mir bitte, dass das ein Scherz ist.“

„Weshalb?“, erkundigte sich Shona ehrlich irritiert. „Irgendetwas muss ich schließlich tun.“

„Merkst du eigentlich noch was?“, rief Siobhan aufgebracht. „Das ist deine Familie.“

„Annabelle gehört nicht zur Familie!“

„Sorry, aber das wird mir langsam echt etwas zu schräg, Shoni. Vielleicht solltest du mal langsam wieder runterkommen. Ich denke, es ist besser, wenn wir mal eine kleine Pause einlegen.“

Shonas Magen zog sich schmerzhaft zusammen. „Wie meinst du das?“

„So, wie ich es gesagt habe“, erwiderte Siobhan ernst. „Kümmre dich um deine Familie und gib Annabelle eine Chance.“

„Willst du mir sagen, dass du Schluss machst?“

„Das habe ich mit keiner Silbe erwähnt. Aber dieses Wochenende werden wir uns nicht sehen."

Shona schluckte, doch der Druck in der Kehle blieb. „Wann ...?"

„Ich melde mich bei dir. Mach's gut, Shona."

Bevor sie etwas erwidern konnte, hatte Siobhan bereits aufgelegt.

Fassungslos starrte Shona auf das Display. Hinter ihren Schläfen pochte das Blut und ihr gesamter Kopf fühlte sich an, als wäre er in Watte gepackt. Sie hatte das Gefühl, ihre Augen würden aus den Höhlen gepresst werden. Stattdessen rannen plötzlich Tränen hervor.

Sie vermochte nicht zu sagen, wann sie das letzte Mal geweint hatte. Doch nach Siobhans Worten, die so endgültig, so enttäuscht geklungen hatten, konnte sie nicht anders.

Shona ließ das Handy fallen und vergrub ihr Gesicht in beiden Händen.

KAPITEL 10

Die Party sollte um sieben an der alten Scheune stattfinden und natürlich war es nicht nur bei Kenny, Keith und Cybill geblieben. Kendra hatte die vergangene Woche genutzt, um fast die gesamte Schule und halb Penicuik einzuladen. Zumindest kam es Cybill so vor.

Den ganzen Tag über hatte sie wie auf heißen Kohlen gesessen und kaum ruhig sitzen können. Ihre Gedanken wanderten zu Annabelle. Sie war gar nicht so übel, fand Cybill. Eigentlich war sie sogar ziemlich cool. Abgesehen von Siobhan oder ihren gleichaltrigen Freundinnen aus der Schule hatte Cybill zum ersten Mal das Gefühl, dass sie jemand richtig verstand und nachfühlen konnte, wie es ihr ging.

Cybill trat kräftiger in die Pedale. Das Gewicht des Rucksacks zerrte an ihren Schultern. Sie schwitzte und ihr Herz hämmerte gegen die Brust. Weniger der ungewohnten Anstrengung wegen, sondern vor allem aufgrund dessen, was sich unten im Rucksack befand, eingewickelt in Handtücher, damit nichts kaputtging:

vier Flaschen bester Lowland-Whiskey aus der Kincaid-Destillerie. Kendra würde Augen machen. Und Keith erst …

Fast hätte Cybill das Schlagloch übersehen, das vor ihr aus der schummrigen Dunkelheit auf dem löchrigen Pflaster des Weges auftauchte, der direkt zu der

Scheune führte, in der die Party steigen sollte. Der Bau gehörte ebenfalls den Lachlans, lag aber ein wenig abseits des Gehöfts, sodass sie ungestört waren.

Cybill riss am Lenker und ihr Mountainbike holperte über die Grasbüschel, die in der Mitte zwischen den Betonplatten hervorwucherten. Das Vorderrad schlingerte, doch irgendwie gelang es Cybill, das Fahrrad wieder in die Spur zu bringen.

Schon von weitem hörte sie Stimmen und laute Musik, die aus einer Boombox dröhnte. Feuerschein vertrieb die Schatten der einsetzenden Dämmerung.

Cybill bog vom plattierten Weg zur Scheuneneinfahrt ab. Der Vorplatz bestand aus festgestampfter Erde, auf der kein einziger Grashalm wuchs. Zwei aufrecht stehende Stammabschnitte, die in der Mitte sternförmig eingeschnitten waren, brannten lichterloh. Die Schwedenfeuer dienten als Leuchtmarkierungen, damit jeder wusste, wo die Party stieg.

Die Scheune ragte knapp fünf Yards in die Höhe und besaß zwei grün gestrichene Rolltore. Kendras Eltern nutzten sie als Garage für die Pferdeanhänger und zum Lagern von Tischen und Bänken für Festlichkeiten.

Zwei eiserne Feuerkörbe, in denen Holzscheite loderten, flankierten das offene Tor. Cybill hielt einige Meter davor an und stieg aus dem Sattel. Sie wollte nicht, dass Keith sie schwitzend auf dem Fahrrad sah. Mit dem Ärmel wischte sie sich den Schweiß von der Stirn. Sie fühlte, wie ihr das Shirt unter dem Pullover und der Jacke auf der Haut klebte. Doch dagegen konnte sie momentan ebenso wenig machen wie gegen ihr heftig klopfendes Herz. Cybill schluckte die aufkeimende Übelkeit hinunter und schob das Rad bis zum Tor.

Kendra und Keith waren gerade dabei, einige Tische und Bänke aufzubauen.

Cybill sah noch mehr Leute aus ihrer Schule, darunter Chrissie und Sam, die Zwillinge, die ebenfalls in ihre Klasse gingen. Ferdie oder Freddy, ein pickliger Honk, der wegen seiner Akne von allen nur Pizza-Face genannt wurde, stand abseits und schien unschlüssig, was er tun sollte. Cybill sah ihm an, wie unwohl er sich fühlte und sie fragte sich, warum er überhaupt gekommen war. Insgesamt tummelten sich gut ein Dutzend Schülerinnen und Schüler in der Scheune.

Keith war mit Abstand der älteste Junge weit und breit, was sich mit hoher Wahrscheinlichkeit auch im Laufe des Abends nicht ändern würde. Er trug enge, ausgewaschene Jeans, Sneakers und ein weißes Longsleeve, unter dem sich seine Brustmuskeln wölbten. Darüber spannte sich der schwarze Riemen der Boombox, aus der lautstarker Hip-Hop hämmerte und an den Wänden der Scheune widerhallte.

Kaum sah er Cybill, regulierte er die Lautstärke hinunter und rief, sodass es alle hören konnten: „Hey, Leute. Seht mal, wer da ist! Cybill, die Whisky-Königin!"

Sie zuckte zusammen und ihr Magen verkrampfte sich. Sie war peinlich berührt, so unerwartet im Mittelpunkt zu stehen, gleichzeitig freute sie sich darüber, dass Keith sie vor versammelter Mannschaft begrüßte. Mit Kendra im Schlepptau kam er auf sie zu.

„Hey, Billie!", rief ihre Freundin und nahm sie in den Arm.

„Darf ich dir das schwere Gepäck abnehmen?", erkundigte sich Keith höflich und beugte sich vor. Der Duft eines Männerparfüms stieg Cybill in die Nase. Der Kloß in ihrem Hals verhinderte, dass sie etwas sagte. Stattdessen nickte sie und ließ den Riemen von der Schulter gleiten.

Keith fing den Rucksack auf und ging demonstrativ in die Knie. „Uff, was hast du denn da drin versteckt? Pflastersteine?"

„N-nein", stammelte Cybill und biss sich auf die Unterlippe. Sie ärgerte sich maßlos darüber, nicht so selbstbewusst und locker zu sein wie Kenny oder Chrissie. Ihre Gedanken überschlugen sich, verzweifelt auf der Suche nach einer schlagfertigen Antwort, die sämtlichen Anwesenden die Kinnladen südwärts klappen ließe. Sie fand nur leider keine.

„Heeey!", rief Keith begeistert. Er hatte den Rucksack zu seinen Füßen abgestellt und ohne zu Fragen geöffnet. Cybill sah darüber hinweg. Sie wollte es sich auf keinen Fall mit ihm verscherzen. Mittlerweile waren auch die anderen aufmerksam geworden und kamen näher. Sogar Ferdie (oder Freddy), das Pizza-Face.

„Kinners, jetzt seht euch das an!" Keith ging in die Hocke und fischte mit beiden Händen Whisky-Flaschen hervor, die er wie Trophäen in die Höhe hielt. „Das ist allerfeinster Stoff, nicht so ein Fusel, wie ihr ihn zu überteuerten Preisen im Supermarkt bekommt."

Einer der Umstehenden griff nach der Flasche, doch Keith entzog sie ihm mit einem heftigen Ruck. „Finger weg, das ist etwas für Genießer!" Er steckte die Flaschen zurück in den Ranzen und vergaß auch nicht, sie wieder sorgfältig in die Handtücher einzuschlagen. Danach stand er auf und schulterte den Rucksack, ehe er sich zu Cybill und Kendra vorbeugte.

„Den heben wir uns für später auf“, flüsterte er so leise, dass ihn bis auf die beiden Mädchen niemand verstehen konnte.

Er hängte den Rucksack in die hinterste Ecke der Scheune an einen Nagel.

„Wenn ich auch nur einen von euch da rangehen sehe, gibt's Saures, verstanden?“ Keith streifte sich die Boombox über den Kopf und stellte sie darunter, nicht ohne zuvor die Musik lauter zu drehen. Kendra musste schreien, damit Cybill sie verstand.

„Das Ding ist der absolute Hammer!“

„Yeah“, rief Keith. „Der Akku hat 'ne Laufzeit von achtzehn Stunden. Der läuft noch, wenn wir morgen früh hackedicht in die Betten fallen.“

Cybills Kehle fühlte sich mit einem Mal staubtrocken an. Zum Glück war das Licht hier drin nicht so hell, dass man sehen konnte, wie sie rot anlief. Über den Tischen und Bänken hingen zwei Bauarbeiterlaternen: Glühbirnen unter Plexiglashauben, die von Drahtgeflechten vor Stößen geschützt wurden.

„Wir haben sogar noch genügend Platz gelassen, falls jemand tanzen will!“, rief Keith über den hämmernden Bass hinweg. Er griff nach Kendras Hand und zog sie auf die freie betonierte Fläche zwischen den Pferdeanhängern und Bänken.

Schwungvoll bewegte er die Hüften und wollte Kendra animieren, mitzutanzen. Sie hielt sich die Hand vor den Mund und feixte in Cybills Richtung. Diese lächelte ein wenig verkrampft. Wie ein Stich fuhr ihr die Eifersucht durch die Brust.

Reg dich ab, er macht nur Spaß, dachte sie. Er will nichts von Kenny. Er arbeitet schließlich für ihre Eltern.

Ein Lichtteppich huschte über den Boden und Keith ließ abrupt von Kenny ab. Er grinste und breitete die Arme aus, während er an Cybill vorbei auf den Ausgang zumarschierte. Kendra gesellte sich zu ihrer Freundin, die sich umdrehte. Ein Wagen, der seine besten Jahre lange hinter sich hatte, fuhr auf die Einfahrt. Es war ein roter Golf, dessen linker Kotflügel ziemlich zerbeult aussah. Über dem Radkasten blätterte der Lack ab. Brauner Rost fraß sich langsam aber sicher durch die Karosserie. Das Auto war so schwer beladen, dass der Auspuff beinahe über den Boden schleifte.

Der Wagen stoppte und zwei Typen in Keith' Alter stiegen aus. Sie klappten die Sitze nach vorne, damit ihre Mitfahrer aussteigen konnten. Vier Mädchen aus Cybills Schule saßen zusammengepfercht auf dem Rücksitz. Einer der Jungs, ein dicker Kerl mit Bartflaum und schwarzer Jeansweste, die mit Aufnähern übersät war, ging zum Kofferraum. Er holte zwei Kästen Bier hervor, mit denen er auf die Scheune zuwankte.

Unter der Kutte trug er ein ausgewaschenes Metallica-T-Shirt, das sich über seine Wampe spannte. Sein Kumpel war dagegen beinahe dürr. Die Klamotten schlackerten wie bei einer Vogelscheuche um seinen mageren Leib.

„Ladies, darf ich euch meine Buddys Tony und Bob vorstellen?"

Kendra und Cybill tauschten einen knappen, vielsagenden Blick, rückten näher zusammen und winkten den Typen zu.

„Hi!", rief Kenny, während Cybill vorsichtshalber gar nichts sagte. Die Mädels, die aus dem Fond krochen, gehörten auch nicht gerade zu ihrem engsten Freundeskreis. Vor allem um die pummelige Nicole mit den kurz geschnitten, rot gefärbten Haaren machten sie in der Regel einen großen Bogen. Sie war bekannt für ihr schnodderiges Mundwerk.

In der Primary School hatte sie sich regelmäßig geprügelt. Angeblich war sie von ihrem Vater missbraucht worden, was sie jedem auf die Nase band, der es hören wollte. Oder eben auch nicht. Ihre Unterarme wiesen zahllose Narben auf.

Es hieß, dass sie auf Mädchen stand, was für Cybill erst mal kein Problem war, solange Nick sie in Ruhe ließ.

Laut eigener Aussagen hatte sie mal was mit einer Lehrerin gehabt, doch davon glaubte Cybill kein Wort. Oder anders ausgedrückt: Nick hatte eine große Schnauze und war nicht gerade die hellste Kerze auf der Torte.

Trotzdem hatte sie eine knappe Handvoll Freundinnen, die sich um sie scharten wie Fliegen um den Pferdeapfel. Bei diesem Gedanken musste Cybill unwillkürlich kichern.

„Was ist denn so witzig, Schrottfresse?"

Cybill zuckte zusammen. Nicks raues Organ schlug ihr mit einem Schwall abgestandener Luft ins Gesicht. Sie stand so dicht vor ihr, dass Cybill den säuerlichen Geruch ihres Schweißes roch.

„Hey", schnappte Kendra unvermittelt, zog Cybill zurück und schob sich dazwischen. „So redest du nicht mit meiner Freundin, klar?"

Nick sah aus, als wollte sie Kendra gleich die geballte Faust ins Gesicht rammen. Stattdessen zuckte sie mit den Achseln, drehte sich um und verpieselte sich zu ihrer Möchtegern-Gang. Kendra atmete auf. „Was für eine Bitch", flüsterte sie und ging zu Keith, der bei seinen Kumpels stand.

Cybill trottete hinterher und bemerkte, wie der dicke Bob mit dem Metallica-Shirt sie anstarrte. Seine nackten Unterarme waren bleich, behaart und mit Sommersprossen übersät. Zwischen seinen Wurstfingern klemmte der Hals einer Bierflasche. Er grinste und beugte sich zu ihr hinunter.

„Du stehst auf Pferde, hab ich gehört?", schrie er ihr ins Ohr. Speicheltropfen flogen ihm von der Lippe und trafen Cybill an der Schläfe. Seine Fahne raubte ihr den Atem und ihr wurde schlecht, daher nickte sie bloß.

Dabei beobachtete sie, wie sich Nicole mit ihrer Clique auf einen der Tische setzte und eine Bierflasche kreisen ließ. Bob versuchte, sie in ein Gespräch zu verwickeln, doch Cybill gab nur einsilbige Antworten. Zum einen, weil die Musik viel zu laut war, um sich vernünftig zu unterhalten, zum anderen, weil sie nicht wusste, was sie diesem abstoßenden Kerl erzählen sollte. Der war doch mindestens vier, fünf Jahre älter als sie!

So wie Keith, meldete sich ein bösartiges Stimmchen in ihrem Kopf. Cybill biss sich auf die Innenseite ihrer Wange. Der Stallbursche stand bei Tony, einen Arm um Kendras Schultern gelegt. Wieder zuckte es durch Cybills Brust. Sie dachte an Kennys WhatsApp vom Montag. Wenn Keith sie so gern hatte, warum lag sein Arm dann nicht um ihre Schultern?

Weil du hier nur blöd herumstehst und die Zähne nicht auseinanderbekommst, gab sie sich selbst die Antwort.

„Willst du was trinken?" Bobs Stimme brachte sie zurück in die Realität. Cybill sah auf. „Ja", meinte sie unvermittelt. Rasch, damit es nicht zu einsilbig klang, fügte sie hinzu: „Gerne."

„Und was? Willst du auch ein Bier?"

Cybill zögerte, doch dann siegte die Vernunft. Es brachte sie bestimmt nicht weiter, wenn sie Keith vor die Füße kotzte. „Habt ihr Cola?"

„Klar! Warte kurz, ich hol dir eine. Hältst du mal eben?" Bob reichte ihr seine Bierflasche, die Cybill zögernd entgegennahm. „Aber nicht austrinken!", rief er und richtete beide Zeigefinger auf sie.

„Keine Sorge!", schrie sie zurück.

Keith lachte. „Hey, seht mal. Kaum hier, hat Cybill schon ein Bier am Hals."

„Das ist nicht von mir!", verteidigte sie sich automatisch.

„Ja, ja, das sagen sie alle", rief Tony grinsend und prostete ihr mit seiner eigenen Flasche zu.

„Wirklich nicht!"

„Cybill!", schrie Kendra lachend. „Die nehmen dich doch nur hops, merkst du das nicht?" Sie griff nach Keith' Flasche und nippte daran. Cybill glaubte ihren Augen nicht zu trauen. Sie hatte Kenny noch nie Bier trinken sehen. Als Kind hatte Cybill mal von Onkel Rowan einen Schluck bekommen und sich so davor geekelt, dass sie seitdem nie wieder eines angerührt hatte.

Aber Keith schien es cool zu finden. Und außerdem war sie kein Kind mehr, sondern quasi erwachsen.

Doch wenn sie sich schon dazu hinreißen ließ, einen Schluck zu probieren, dann gewiss nicht aus Bobs Flasche.

Der kehrte eben mit der gewünschten Cola zurück.

Jetzt oder nie, dachte sie sich. „Die kannst du selber trinken oder gibt es kein Bier mehr?"

Bobs Gesichtszüge entgleisten, während Kendra, Tony und Keith in schallendes Gelächter ausbrachen. Cybill musste lächeln und mit einem Mal fiel die Anspannung von ihr ab. Bob zuckte mit den Achseln, drehte sich um und kam kurz darauf mit einem Bier zurück. Gekonnt hebelte er den Verschluss mit dem Feuerzeug auf und reichte Cybill die Flasche.

Die Euphorie wich einem Gefühl der Beklemmung. Plötzlich bekam sie Angst vor der eigenen Courage, doch ein Rückzieher kam nicht infrage. Ein schneller Seitenblick zu Keith, der sie erwartungsvoll beobachtete.

Cybill schloss die Augen und warf den Kopf in den Nacken.

Das Bier schoss ihr in den Rachen und fing sofort an zu schäumen. Cybill verschluckte sich, während sich das Gebräu erbarmungslos einen Weg durch die Nase ins Freie bahnte.

Es gelang ihr gerade noch, sich vorzubeugen, ehe sie anfing, sich die Seele aus dem Leib zu husten. Wie aus weiter Ferne hörte sie das Gelächter der Jungs, in das Nick natürlich umgehend mit einfiel. Kendra war sofort an ihrer Seite, streichelte ihren Rücken und zog ihr die Haare aus dem Gesicht.

„Lass gut sein", flüsterte ihr Kenny ins Ohr und nahm ihr die Flasche aus der Hand. „Du musst hier niemandem was beweisen."

„Tue ich gar nicht", erwiderte Cybill trotzig. „Ich trinke wann und was ich will", fügte sie großspurig hinzu, griff nach der Bierflasche und genehmigte sich einen weiteren Schluck. Dieses Mal vorsichtiger. Es schmeckte scheußlich. Doch was spielte das für eine Rolle, wenn Keith Grant ihr zulächelte und die eigene Flasche entgegenhielt, damit sie mit ihm anstieß, während er ihr tief in die Augen schaute?

Eine Stunde und drei Flaschen später tanzte Cybill auf der improvisierten Tanzfläche.

Nach der anfänglichen Übelkeit kam der Rausch. Cybill fühlte sich so schön, stark und unwiderstehlich wie nie zuvor in ihrem jungen Leben.

Sie tanzte allein, sie tanzte mit Kendra und sie tanzte mit Tony, Bob und Keith.

So lange, bis ihr schlecht wurde.

Kenny merkte sofort, was mit ihr los war und führte sie zu einer Bank, damit sie sich ausruhen konnte. Cybill war so schwindelig, dass sie ihre Umgebung gar nicht mehr richtig wahrnahm. Gesichter und Körper tauchten vor ihr auf und verschwanden wieder.

„He Billie, geht's dir gut?", rief Kendra über den hämmernden Bass hinweg.

„Der fehlt nichts", schrie Keith von hinten. „Lass sie, sie muss sich nur mal kurz ausruhen. Komm, lass uns tanzen."

Doch Kendra entzog sich Keith und beugte sich zu Cybill vor. „Willst du was trinken? Wasser oder Cola?"

Cybill nickte nur.

„Okay, warte kurz. Ich hole was."

„Eh, kommt gar nicht in Frage. Das kann Bobby machen. Du kommst jetzt mit." Kenny wurde von Keith zurückgezerrt. Cybills Hand rutschte zwischen Kendras Fingern hervor und klatschte auf ihren Oberschenkel. Kurz darauf bewegte sich die Bank, schwankte und bog sich in der Mitte durch. Der Gestank nach Alkohol und Schweiß hüllte Cybill ein.

„Hey, ich hab dir' e Cola geholt." Ein Plastikbecher mit einer dunklen Flüssigkeit tauchte vor Cybills Augen auf, die vornübergebeugt auf der Bank saß. Feine Tröpfchen, von der sprudelnden Kohlensäure emporgeschleudert, prasselten ihr kühl ins Gesicht. Es fühlte sich herrlich an.

Zweimal griff sie daneben, ehe sie den Becher zu fassen bekam. Vorsichtig trank sie einen Schluck. Die Cola prickelte auf der Zunge. Sie schmeckte süß und vertraut, aber auch irgendwie schal und seifig.

„Bäh, was'n das für'ne Plörre?", beschwerte sich Cybill.

„Na Cola. Was dachtest du denn?"

Cybill wusste gar nicht, wie ihr geschah, als sich Bobbys schwammiger Arm um ihre Schultern legte. Seine Stimme erklang so nah, dass sein Atem ihr in den Ohren kitzelte. „Ich habe ihn ein wenig verfeinert."

Cybill nippte an der Cola und stutzte. „V-v-ver-verfeinert?", stotterte sie.

„Ja, mit ein wenig von dem noblen Zeug, das du uns mitgebracht hast."

Sie wusste nicht, was sie sagen sollte und hob den Kopf, um nach Kendra Ausschau zu halten.

„Das ist doch nicht schlimm, oder?“, fragte Bobby, doch Cybill ignorierte ihn. Mit einem Mal hatte sie nur noch Augen für ihre beste Freundin, die engumschlungen mit Keith tanzte. Mit Keith!

Ein Ächzen drang aus Cybills Mund, ihre Hände fingen an zu zittern. Wut und Enttäuschung rangen um die Vorherrschaft. Und dann beugte er sich plötzlich vor und drückte Kendra seine Lippen auf den Mund!

Der Colabecher fiel zu Boden. Wie von der Tarantel gebissen, sprang Cybill auf. Sofort fing alles um sie herum an, sich zu drehen. Cybill wankte und taumelte ins Freie. Die flackernden Feuer in den Eisengestellen sah sie wie durch einen Schleier hindurch. Heiß rannen ihr die Tränen aus den Augen. Wie konnte Kenny ihr das antun?

Cybills Blick irrte umher. Sie suchte ihr Fahrrad, um damit nach Hause oder sonst wohin zu fahren. Hauptsache weg von dieser falschen Schlange.

„Billie!“

Eine Hand griff nach ihrem Oberarm, zog sie herum. Kendras besorgtes Gesicht schälte sich aus den Schleiern. „Wo willst du hin?“

„Lass mich!“, lallte Cybill und riss sich so heftig los, dass sie beinahe das Gleichgewicht verloren hätte.

„Was ist denn?“

„F-frag nich so blöd! D-dämliche Schnalle! Hab euch ge-gesehen.“

„Was?“

„Wie … wie ihr r-rumgemacht habt.“

„Scheiße, Billie. Glaubst du, ich wollte das? Los, komm wieder rein.“

„N-nein. Ich hau ab. Du k-kannst mich mal.“

„Wo willst du hin?“

„Nach Hause.“

„Kommt gar nicht in Frage. Los Billie, komm.“

Obwohl sie es nicht wollte, ließ sie sich von Kendra wieder zurück in die Scheune ziehen. Keith empfing die Mädchen mit offenen Armen, in einer Hand eine Bierflasche, in der anderen einen weißen Plastikbecher. „Hey, ihr beiden Hübschen. Ihr wart doch wohl nicht unanständig, oder?“

„Cybill wollte abhauen!“, schrie Kendra.

Keith' Augen weiteten sich. „Ohne mit mir zu tanzen?“ Er reichte Cybill den Plastikbecher. „Hier trink, dann geht's dir gleich besser.“

Und Cybill trank.

Das Letzte, was sie hörte und sah, bevor das infernalische Heulen der Notarztsirene in ihr vernebeltes Bewusstsein drang, war Kendra, wie sie Bobby wegschubste und sich über sie beugte.

„Billie! Billie, hörst du mich? Rede mit mir! Billiiiie!“

KAPITEL 11

Das anhaltende Summen des Handys riss Shona aus dem Schlaf.

Im ersten Augenblick wusste sie nicht, wie ihr geschah. Orientierungslos schaute sie sich in der Finsternis um, die von einem fahlen Leuchten erhellt wurde, das schlagartig erlosch. Es stammte von ihrem iPhone, das neben ihr auf dem Nachtschrank lag.

Der nächtliche Anrufer hatte aufgegeben.

Verschlafen tastete Shona nach dem flachen Apparat, während sie sich mit der anderen Hand müde die Augen rieb. Sie rutschte ein wenig im Bett hoch, um sich aufzusetzen.

Ihr Blick fiel auf die Zeitanzeige des Digitalweckers und sie erschrak. 02:34 Uhr.

Ein Anruf um diese Zeit hatte selten etwas Gutes zu bedeuten. Nein, korrigierte sich Shona in Gedanken. Um diese Zeit hatte ein Anruf *nie* etwas Gutes zu bedeuten.

Kalter Schweiß brach ihr aus, als sie sah, wer versucht hatte, sie anzurufen. Karen Lachlan, Kendras Mutter!

Cybill!

Der Gedanke an ihre Tochter vertrieb die Müdigkeit schlagartig. Shona schaltete die Nachttischlampe ein und rief zurück. Karen meldete sich so schnell, dass sie den Apparat vermutlich noch in Händen gehalten hatte.

„Shona, mein Gott. D-du musst sofort kommen."

„Was ist passiert? Ist was mit Cybill?"

„Ja, aber … sie schwebt nicht in Lebensgefahr. Trotzdem solltest du sofort kommen. Wir sind im Royal Infirmary in Edinburgh. In der Notaufnahme. Bitte, du …"

„Ich bin schon unterwegs!", rief Shona und legte auf. Sie sprang aus dem Bett und eilte in das Badezimmer. Ihre Gedanken überschlugen sich. Was hatte das Kind angestellt? War sie in eine Schlägerei verwickelt worden oder hatte sie einen Unfall erlitten?

Sie schwebt nicht in Lebensgefahr. Sie schwebt nicht in Lebensgefahr. Sie schwebt nicht in Lebensgefahr.

Das Echo von Karens Stimme hallte tausendfach in ihrem Verstand wider. Verzweifelt klammerte sich Shona an diesen einen Satz, versuchte ihn festzuhalten und sich daran aufzurichten und war doch nicht in der Lage, einen klaren Gedanken zu fassen.

Shona wusch sich das Gesicht mit eiskaltem Wasser, um die restliche Müdigkeit zu vertreiben. Sie verzichtete auf jegliches Make-up, zog sich in Windeseile an und verließ das Zimmer.

Bis auf das Ticken der Standuhr war es still im Haus. Die Bewohner schliefen und Shona wollte niemanden wecken. Erst musste sie wissen, was passiert war.

Die Fahrt nach Edinburgh wurde für sie zu einem mentalen Spießrutenlauf. Sekunden dehnten sich zu Minuten, wurden zu kleinen Ewigkeiten, in denen Shona mehr als genügend Zeit hatte, sich die schrecklichsten Szenarien auszumalen.

Sie schwebt nicht in Lebensgefahr.

Was bedeutete das schon? Was, wenn Cybill querschnittsgelähmt war? Oder schwere Verbrennungen erlitten hatte?

Shona schluchzte und griff nach dem Handy. Es rutschte ihr aus der Hand und fiel in den Fußraum des Beifahrersitzes. Prompt fing das Auto an zu schlingern. Erschrocken richtete sich Shona wieder auf. Es half niemandem, wenn sie jetzt einen Unfall baute, am allerwenigsten Cybill.

Kurzentschlossen steuerte Shona ihr Fahrzeug an den Straßenrand, hob das Handy auf und rief Siobhan an.

„Komm schon“, murmelte Shona weinerlich. „Bitte geh ans Telefon. Bitte …“

„Shona?“, meldete sich ihre Freundin verschlafen. „Warum …?“

„Cybill“, rief Shona mit sich überschlagender Stimme. „Sie ist im Krankenhaus.“

„Was ist passiert?“

„Das weiß ich eben nicht.“

„W-wo bist du jetzt?“

„Auf dem Weg dorthin. Ich bin völlig fertig.“

„Das höre ich! Sag, fährst du gerade?“

„Nein, ich bin links rangefahren.“

„Okay.“ Siobhan klang ruhig, doch Shona hörte selbst durch die winzige Lautsprechermembran das leichte Zittern in ihrer Stimme. Ihre Freundin war aufgewühlt, riss sich jedoch zusammen. *Um meinetwillen*, dachte Shona und ein tiefes Gefühl von Dankbarkeit überflutete sie.

„Weißt du, wo sie Cybill hingebracht haben?“

„Ins Royal Infirmary.“

„Gut, ich weiß, wo das ist. Bleib wo du bist, ich …“

„Nein“, unterbrach Shona ihre Freundin barsch. „Ich komme schon klar. Ich möchte nur …“

„Schon gut“, sagte Siobhan sanft. „Wir treffen uns dort.“

„Danke“, hauchte sie und beendete das Gespräch. Sie nahm sich noch die Zeit, die Route in die Navigations-App einzugeben, dann fuhr sie weiter. Zwanzig endlose Minuten später rollte der Vauxhall auf den Parkplatz vor dem Krankenhaus, wo ihn Shona einfach irgendwo abstellte.

Sie riss das iPhone aus der Halterung, schnappte sich die Handtasche und stürzte aus dem Wagen. So schnell sie konnte, stürmte sie zum Eingang der Notaufnahme, direkt neben der Einfahrt für die Liegendtransporte.

Shona kämpfte gegen die aufsteigenden Tränen an. Im Laufen stopfte sie das Handy in die Tasche. Ihre Finger fühlten sich kalt und gefühllos an, ihr Herz pumpte so schnell und kräftig, dass es schmerzhaft gegen ihren Brustkorb hämmerte.

Shona quetschte sich durch die Lücke der Schiebetür, die sich viel zu langsam öffnete. Sie stürzte sich regelrecht auf die Anmeldung, hinter der eine übermüdete dunkelhäutige Krankenschwester ihren Dienst versah und eben einen ungepflegten Mann im verschlissenen Trenchcoat abfertigte. Shona knirschte mit den Zähnen. Das dauerte viel zu lange. Sie stand kurz davor, den Kerl beiseitezuschieben, als sich die gläserne Schiebetür öffnete und jemand auf sie zueilte. Es war Siobhan. Im dahinterliegenden Flur saßen die Lachlans, gemeinsam mit ihrer Tochter Kendra, auf Plastikstühlen.

„Was kann ich für Sie tun, Ma'am?"

Shona zuckte zusammen. Sie hatte gar nicht mitbekommen, dass der Kerl im Trenchcoat verschwunden war.

„Shona Kincaid. Es geht um meine Tochter Cybill. Sie wurde heute Abend eingeliefert."

Aus dem Augenwinkel sah sie Siobhan nähertreten, traute sich aber nicht, sich zu ihr umzudrehen, aus Angst, dann endgültig die Fassung zu verlieren. Sie musste jetzt stark sein und einen kühlen Kopf bewahren.

„Darf ich bitte Ihren Ausweis sehen?", fragte die Frau hinter der Plexiglasscheibe.

„Natürlich." Mit zittrigen Fingern holte Shona ihre Brieftasche hervor und schob das Dokument durch den Schlitz.

„Danke." Die Krankenschwester schaute prüfend vom Ausweis zu Shona, dann nickte sie langsam. „Ja, Ihre Tochter wurde vor knapp einer Stunde eingeliefert. Sie befindet sich noch auf der Intensivstation."

„Was hat sie?"

„Das darf ich Ihnen leider nicht sagen. Aber der Arzt ..."

„Hören Sie, Sie haben meinen Ausweis doch gesehen. Ich bin ihre Mutter, verdammt noch mal!"

„Ma'am, ich bin nicht befugt, Ihnen irgendeine Auskunft zu erteilen!"

„Es geht um meine Tochter", stieß Shona hervor. Ein Arm legte sich um ihre Schulter, Siobhans vertrauter Duft stieg ihr in die Nase.

„Schon gut, Schwester“, vernahm sie die Stimme ihrer Freundin wie aus weiter Ferne. „Ich kümmere mich um sie.“

Wie eine alte Frau ließ sich Shona durch die Tür zum Wartebereich führen.

Als sie die Bank erreichten, stand Karen auf. Sie war eine hochgewachsene, kräftige Frau mit langen roten Haaren und zahlreichen Sommersprossen. Ihr Mann, Alan, ein Naturbursche mit dichtem Vollbart, der von grauen Strähnen durchwirkt war, blieb sitzen. Seine Tochter Kendra lehnte an seiner Brust und starrte mit verheulten Augen ins Leere.

„Shona, es … tut mir so leid“, sagte Karen und nahm sie in den Arm. Sie ließ es widerstandslos geschehen, fühlte sich dabei jedoch so steif und leblos wie eine Schaufensterpuppe.

„Was ist denn überhaupt passiert?“, erkundigte sie sich monoton. All die Fürsorge und Anteilnahme hinterließen bei ihr gähnende Leere.

Karen warf Siobhan einen verunsicherten Blick zu. Shona konnte förmlich spüren, wie ihre Freundin nickte.

„Die … die Mädchen haben eine Party gefeiert. Dort sind wohl einige ältere Jungs aufgetaucht. Sie hatten Alkohol dabei und …“

„Und was?“ Shona wurde wütend. „Verdammt Karen, so rede endlich.“

Schritte, die quietschende Geräusche auf dem Linoleum verursachten, näherten sich. Es war ein junger Mann in weißem Kittel. „Mrs Kincaid?“

Shona trat zur Seite und auf den Arzt zu.

„Ich bin Cybills Mutter. Wie geht es meiner Tochter?“

„Den Umständen entsprechend ... gut." Er streckte ihr die Hand entgegen, die sie zögernd ergriff. „Ich bin Doktor Limand." Unter dem weißen Kittel trug er blaue Krankenhauskluft. Er war höchstens Anfang dreißig, seine Haut besaß einen braunen Teint, der durch die schwarzen Haare und die dunklen Bartschatten noch intensiver aussah.

„Was ist mit Cybill?"

„Ihre Tochter hat eine mittelschwere Alkoholvergiftung."

„Was?" Shona glaubte, sich verhört zu haben. Irritiert schaute sie sich zu Karen um, die betreten den Kopf senkte. Kendra fing wieder an zu weinen, während Alan ihr zärtlich über die Haare strich.

„Aber Cybill trinkt keinen Alkohol!", rief Shona aufgebracht.

„Heute Abend hat sie es getan", erklärte der Arzt ruhig.

„Aber ..." Sie starrte Kendra an und trat auf sie zu. „Was habt ihr getan?"

Der Teenager zuckte zusammen und drängte sich schutzsuchend an den Vater. „Verflixt, Kendra. Rück mit der Sprache raus!"

Wieder war es Siobhan, die sie an der Schulter zurückzog. „Das können wir später klären", sagte sie leise. Dann wandte sie sich an den Arzt. „Können wir zu ihr?"

„Sicher. Aber sie ist noch sehr schwach. Bitte kommen Sie." Er trat zur Seite und machte eine einladende Geste.

„Soll ich mitkommen?", flüsterte Siobhan ihr zu und Shona nickte automatisch.

Vor der Tür zum Krankenzimmer blieben sie stehen. Die Sicht durch das danebenliegende Fenster wurde ihnen durch die Jalousien, die jemand hinuntergelassen hatte, verwehrt.

Doktor Limand legte die Hand auf die Klinke. „Bevor Sie dort reingehen, möchte ich, dass Sie wissen, dass ich die Polizei informiert habe."

„Was?", schnappte Shona. „Aber wieso?"

„Mrs Kincaid, Ihre Tochter ist minderjährig. Das ist meine Pflicht."

Shona wollte aufbegehren, doch der Druck von Siobhans Fingern an ihrer Hand ließ sie verstummen. Doktor Limand nickte ihnen noch einmal zu und öffnete die Tür. Der Anblick ihrer Tochter traf Shona bis ins Mark.

Cybill lag mit leicht erhöhtem Oberkörper in einem vollautomatischen Pflegebett. Ihr blondes Haar zwar zerzaust, die Haut kreideweiß. Der Eindruck wurde durch das weiße Bettzeug mit den blassgelben Streifen und das Krankenhaushemd, das man Cybill übergestreift hatte, noch verstärkt. Ihre Augen lagen tief in den Höhlen. Ihr rechter Ellenbogen war bandagiert. Der Verschluss einer Kanüle ragte aus dem Verband und war über einen durchsichtigen Schlauch mit einer ebenfalls transparenten Kunststoffflasche verbunden, die kopfüber an einem fahrbaren Infusionsständer hing.

Eine Krankenschwester, ungefähr in Siobhans Alter, stand neben dem Bett und übertrug die Daten des Überwachungsmonitors auf ein Formular, das auf einem Klemmbrett befestigt war. Als sie die Eintretenden bemerkte, hob sie den Kopf. „Die Vitalwerte sind stabil."

„Danke, Brina. Du kannst gehen."

Sie nickte den Frauen kurz zu, als sie das Zimmer verließ.

„Ihre Tochter hat noch vor Ort viel Alkohol erbrochen, wir brauchten ihr nicht den Magen auszupumpen", erklärte Doktor Limand. „Wir geben ihr eine Kochsalzinfusion, um den im Blut gelösten Alkohol zu verdünnen. Mehr können wir für sie momentan nicht tun, außer ihre Vitalwerte zu überprüfen. Blutdruck, Puls, Sauerstoffsättigung." Er deutete auf einen Monitor, der rechts hinter Cybill auf einem Wandbrett stand und leise vor sich hinpiepte.

Shona ließ ihre Freundin los und eilte auf ihre Tochter zu.

„Cybill!"

Die Lider des Mädchens zuckten, öffneten sich jedoch nicht. Vergebens wartete Shona darauf, dass sich die farblosen Lippen bewegten. Shonas Blick glitt über das Bett. Cybills linker Zeigefinger steckte in einer Plastikklemme, die die Sauerstoffsättigung maß. Auf dem Nachtschrank stand ein mit Wasser gefülltes Glas, in dem die Zahnspange ihrer Tochter lag.

Shona wandte den Kopf, um Doktor Limand anzuschauen. „Was ist mir ihr? Warum reagiert sie nicht?"

Der Arzt trat an das Fußende. „Ihre Tochter schläft, Mrs Kincaid. Als sie eingeliefert wurde, hatte sie einen Alkoholwert von 2,1 Promille im Blut. Das ist selbst für einen Erwachsenen viel."

„Aber sie wird doch wieder ganz gesund, oder?"

„Natürlich. Was Ihre Tochter jetzt braucht, ist vor allen Dingen Ruhe."

„Wir haben verstanden, Doktor“, erwiderte Siobhan
an Shonas Stelle, die die Hand ihrer Tochter ergriff.

„Sie … ist so kalt“, murmelte sie und begann zu weinen.

Shona bekam gar nicht mit, dass Doktor Limand das
Krankenzimmer verließ.

Shonas Lider waren schwer wie Blei, ein schaler Geschmack lag auf ihrer Zunge, die ihr trocken am Gau-
men klebte. Sie hatte irgendwann aufgehört, die Becher
billigen Automatenkaffees zu zählen, mit denen
Siobhan sie in mehr oder weniger regelmäßigen Abständen versorgt hatte.

Karen und Alan waren längst zu Hause. Sie hatten immer wieder beteuert, nichts von der Party gewusst zu
haben. Die Mädchen hatten nur zusammen abhängen
wollen. Unter Tränen hatte Kendra schließlich gestanden, dass es vor allem die Idee von Keith Grant gewesen
war und der hätte es weiß Gott besser wissen sollen, immerhin war er bereits neunzehn Jahre alt.

Nachdem Cybill das Bewusstsein verloren hatte, waren Keith und seine Kumpels, von denen Kendra nur
die Vornamen kannte, verschwunden und hatten sie
mit ihrer Freundin zurückgelassen. Zum Glück war sie
nicht allein gewesen, sie hätte in ihrer Panik vermutlich gar nicht gewusst, was sie hätte tun sollen. Eine
Schulkameradin hatte schließlich den Notarzt angerufen.

„Ich nehme nicht an, dass du dich ein wenig hinlegen
möchtest“, sagte Siobhan irgendwann. Shona schüttelte den Kopf.

„Okay", seufzte ihre Freundin. „Dann werde ich noch
mal Kaffee holen."

Siobhan verließ das Zimmer und Shonas Blick glitt
zum Fenster. Durch die Lamellen der Jalousien konnte
sie in der Ferne den ersten schwachen Schein des Mor-
genrots erkennen.

Ein Blick auf die Uhr verriet ihr, dass es fast sechs Uhr
morgens war. Shona seufzte und strich sich müde über
die Augen. Es half alles nichts, sie musste wenigstens zu
Hause anrufen, damit sich ihre Mutter keine Sorgen
machte. Sie tastete nach dem Handy.

„Mum?"

Shona blickte auf. Cybills Augen waren spaltbreit geöffnet. Im ersten Moment wusste Shona nicht, ob ihre
Tochter wach war oder im Schlaf vor sich hinmurmelte. Bis sie die Träne bemerkte, in der sich das Licht
der Versorgungsleiste fing.

„Es tut mir so leid."

„Ruhig, mein Schatz. Es ist alles gut. Du wirst wieder
gesund. Mach dir keine Sorgen, ich bleibe bei dir."

Die Tür öffnete und schloss sich gleich darauf wieder.
Shona brauchte sich nicht umzudrehen, um zu wissen,
dass Siobhan draußen geblieben war, um sie nicht zu
stören.

Cybill murmelte irgendetwas vor sich hin, das Shona
aber nicht verstehen konnte. Sie erhob sich und beugte
sich vor, streichelte die spröden, nach Alkohol und Er-
brochenem riechenden Haare ihrer Tochter, die längst
wieder eingeschlafen war. Shona zog die Nase hoch
und ließ sich langsam auf die Sitzfläche zurücksinken.

Erneut öffnete sich die Tür. Zwei Krankenschwestern
betraten den Raum.

„Entschuldigen Sie, Mrs Kincaid“, sagte die Nacht-schwester. „Aber wir haben Schichtwechsel. Ich muss an meine Kollegin übergeben. Wenn Sie bitte draußen warten würden.“

Shona nickte. „Natürlich. Sie ... ist kurz aufgewacht und hat mit mir gesprochen.“

Die Pflegerin lächelte. „Das ist ein gutes Zeichen. Ihre Tochter ist sehr stark.“

„Ja, das ist sie“, erwiderte Shona und verließ hastig das Zimmer, damit die Krankenschwestern ihre Trä-nen nicht sahen.

Siobhan saß draußen auf der Bank, in der Hand einen Plastikbecher, aus dem sich schwacher Dampf kräu-selte. Der Geruch nach heißer Schokolade stieg Shona in die Nase.

Ihre Freundin verzog die Lippen. „Ich krieg diesen Kaffee einfach nicht mehr ...“ Erst jetzt schien sie zu be-merken, wie aufgewühlt ihre Gefährtin war. „Was ist los?“

Sie stellte den Becher neben sich auf die Zeitschriften-ablage, wo auch Shonas Kaffee langsam abkühlte.

„Cybill ist aufgewacht.“

Siobhan stand auf und nahm ihre Freundin in den Arm. „Das wird schon wieder, hab Vertrauen.“

Shona schniefte und vergrub ihr Gesicht in Siobhans duftendem Haar.

„Mrs Kincaid?“

Sie hob den Kopf. Eine blonde Frau, Anfang fünfzig, mit birnenförmiger Figur stand vor ihr. Sie trug einen dunkelblauen Hosenanzug mit einem weißen Top da-runter. In ihrer Begleitung befand sich ein jüngerer Mann, augenscheinlich in Doktor Limands Alter. Er war glattrasiert und trotz seiner Jugend besaß er ausgeprägte Geheimratsecken, das übrige rote Haar wuchs wie ein Flaum auf dem eiförmigen Schädel.

„Ich bin Inspektor Ramsay", erklärte die Polizistin, „und das hier ist Sergeant Maxwell. Dürfen wir Sie bitte einen Augenblick sprechen, Mrs Kincaid?" Ramsay warf Siobhan einen knappen Blick zu. „Allein, wenn möglich."

Shona löste sich von ihrer Freundin. „Sicher. Wo ...?"

Die Tür zum Krankenzimmer öffnete sich und die beiden Krankenschwestern verließen den Raum. Die Nachtschwester blieb in der offenen Tür stehen. „Sie können wieder reingehen, wenn Sie möchten, Mrs Kincaid."

„Danke."

„Ich gehe", bot Siobhan an. „Dann könnt ihr euch hier draußen unterhalten."

„Wenn das für Sie in Ordnung ist", sagte Inspektor Ramsay.

Shona nickte. „Natürlich."

Siobhan lächelte die beiden Beamten schüchtern an, während sie Shona den Kaffee in die Hand drückte und sich mit ihrem Kakao in das Krankenzimmer zurückzog.

„Ich nehme an, Sie wissen, weshalb wir hier sind?", begann Ramsay das Gespräch.

„Ja", erwiderte Shona kaum hörbar. „Doktor Limand sagte mir bereits, dass er die Polizei verständigen musste."

„Das ist in solchen Fällen üblich." Ramsays Miene blieb ernst. „Hat ihre Tochter Cybill früher bereits Alkohol konsumiert?"

Shona schüttelte langsam den Kopf. „Nein, nie! Zumindest nicht, dass ich wüsste.“

„Wir haben im Vorfeld bereits Erkundigungen eingeholt“, sagte Sergeant Maxwell. „Sie sind die Inhaberin der Kincaid-Destillerie, richtig?“

„Nein, das ist meine Mutter, Lady Morag Kincaid.“

Er senkte den Kopf und schrieb etwas in ein Notizbuch, während er den Namen vor sich hinmurmelte.

„Wussten Sie, dass Ihre Tochter heute, pardon, gestern Abend auf eine Party gehen wollte?“, erkundigte sich seine Kollegin.

„Ja, ich meine nein.“

„Ja oder nein, Mrs Kincaid?“

„Sagen Sie mal, stehe ich hier vor Gericht?“, begehrte Shona auf.

„Natürlich nicht“, beschwichtigte Maxwell.

„Wer gibt Ihnen dann das Recht, mich ins Kreuzverhör zu nehmen, als wäre ich eine Schwerverbrecherin oder Rabenmutter?“

„Sie müssen uns verstehen, Mrs Kincaid“, sagte Ramsay. „Wir …“

„Nein“, rief Shona dazwischen. „Zunächst müssen Sie mich verstehen.“ Sie deutete auf das schräg gegenüberliegende Zimmer. „Hinter dieser Tür liegt meine Tochter. Sie hat eine schwere Alkoholvergiftung davongetragen. Doch statt diejenigen zu verfolgen, die ihr das angetan haben …“

„Wer hat ihr das denn angetan?“, fragte Ramsay mit scharfer Stimme.

„Keith Grant. Der Stallbursche der Lachlans.“

Maxwell kritzelte erneut in sein Notizbuch.

„Er war auch auf der Party?“, fuhr Ramsay fort.

„Ich wusste nichts von einer Party", erwiderte Shona gereizt. „Cybill sagte, sie wolle bei ihrer besten Freundin Kendra übernachten. Die beiden kennen sich, seit sie Babys waren. Die Lachlans wohnen keine fünf Meilen von uns entfernt."

Sie sah, wie Ramsay einatmete und ihrem Kollegen einen Blick über die Schulter zuwarf. Dann wandte sie sich wieder Shona zu. „Wollen Sie damit sagen, dass dieser Keith Grant Ihrer Tochter den Alkohol gegeben hat?"

„Ja, oder seine Freunde. Toby und Bob oder so."

„Mrs Kincaid", senkte Inspektor Ramsay die Stimme. „Wir haben zuvor mit Doktor Limand gesprochen. Die Rettungssanitäter haben Cybills Sachen mitgenommen. Einschließlich ihres Rucksacks. Wissen Sie, was sich darin befand?"

„Nein, woher? Glauben Sie, ich durchsuche täglich die Tasche meines Kindes?"

„Manche Eltern tun das", sagte Sergeant Maxwell. Shona hätte ihm am liebsten eine gescheuert. Für wen hielt sich dieser arrogante Yuppie?

„Ich aber nicht!", zischte sie.

„Mrs Kincaid, in dem Rucksack befanden sich zwei Flaschen Whisky. Aber nicht irgendein Whisky. Er stammt aus Ihrer Destillerie!" Ramsays Blick war scharf und durchdringend.

„Was wollen Sie damit sagen? Dass ich meinem Kind Alkohol gebe?"

„Nein, aber vielleicht haben Sie ihr ein paar Flaschen für die Nachbarn mitgegeben."

Shona beugte sich vor. Die Wut verbannte jeglichen Kummer aus ihrem Fühlen und Denken. Momentan war sie nur zornig.

„Nein", sprach sie betont langsam.

„Sie wissen also nicht, woher Cybill die Flaschen hatte?"

„Das sagte ich gerade. Wahrscheinlich hat sie einer der Kerle hineingetan. Keine Ahnung. Ich würde vorschlagen, dass Sie sie fragen."

„Das werden wir. Und natürlich werden wir uns auch mit Ihrer Tochter unterhalten müssen." Inspektor Ramsay erhob sich.

„Meine Tochter schläft", erwiderte Shona kühl und blieb demonstrativ sitzen.

„Ich meinte auch nicht jetzt. Wir werden uns zunächst mit den Lachlans und diesem Stallburschen unterhalten." Sie drehte sich halb zu ihrem Kollegen um. „Wie hieß er noch gleich?"

„Keith Grant", erwiderte Shona anstelle von Sergeant Maxwell.

„Ach ja, Keith. Also, Mrs Kincaid. Nichts für ungut. Wir tun nur unsere Pflicht. Aber wenn das Leben und die Unversehrtheit von Minderjährigen gefährdet sind, werden automatisch Ermittlungen eingeleitet. Ich denke, das ist auch in Ihrem Sinne." Ramsay streckte Shona die Hand entgegen, aus ihrer Sicht vermutlich eine Art Friedensangebot.

Shona ergriff sie mehr aus Höflichkeit. Sergeant Maxwell tippte sich an den imaginären Mützenschirm und folgte seiner Vorgesetzten, als diese in Richtung Ausgang stiefelte.

Ausgelaugt und müde ging Shona zurück in das Krankenzimmer ihrer Tochter.

KAPITEL 12

Nach dem Frühstück, Cybill war zumindest in der Lage, etwas Porridge zu essen und ein wenig Orangensaft zu trinken, fuhr Shona nach Hause, um Kleidung und Waschzeug zu holen.

Siobhan hatte angeboten, das für sie zu übernehmen, doch Shona war es lieber, wenn sie bei Cybill blieb.

„Ich muss wenigstens Mum und Rowan Bescheid geben. Ich will das nicht am Telefon machen, verstehst du? Natürlich nur, wenn das für dich in Ordnung ist.“

Siobhan nickte ernst. „Natürlich.“ Sie drehte sich zu Cybill um. „Und wie sieht's mit dir aus?“

Cybill hob den Arm mit der Kanüle ein paar Zentimeter an und reckte den Daumen in die Höhe. Shona ging zu ihrer Tochter und hauchte ihr einen Kuss auf die Stirn. „Bis gleich, mein Schatz. Ich bring auch Shampoo mit.“

„Das wäre toll“, murmelte Cybill. Tränen standen ihr in den Augen. „Mum, es …“

„Ist schon gut, Cybbi. Ruh dich aus. Vielleicht können wir dich heute Mittag schon wieder mitnehmen.“ Shona strich ihrer Tochter eine Haarsträhne aus dem Gesicht, dann verließ sie das Zimmer.

„Warte, ich bringe dich nach draußen“, bot Siobhan an.

Schweigend gingen sie zum Parkplatz, wo sie vor dem Auto stehenblieben. „Ich weiß gar nicht, wie ich dir danken soll." Shona senkte den Kopf. „Für alles. Keine Ahnung, wie ich das alles ohne dich gemeistert hätte."

„Das war selbstverständlich."

„Trotzdem. Ich muss mich bei dir entschuldigen."

„Nein, ich muss mich entschuldigen. Ich glaube, ich habe gestern Abend überreagiert."

Shona lächelte traurig und hob langsam den Blick. Doch erst als Siobhan auf sie zutrat und sie in den Arm nahm, fühlte sie sich besser.

„Ich beeil mich. Versprochen."

„Hetz dich nicht. Vielleicht solltest du dich erst mal ein paar Stunden hinlegen."

„Aber deine Galerie ..."

Siobhan winkte ab. „Mach dir darüber keinen Kopf. Pia macht das schon."

„Oje, ich glaube, ich muss Pia mal zum Essen einladen."

„Untersteh dich", rief Siobhan grinsend und knuffte ihrer Freundin gegen die Schulter.

Shona stieg ein und fuhr los. Siobhan hielt die Arme vor der Brust verschränkt. Sie fröstelte, als der kühle Wind ihr in die Haare fuhr und mit den Strähnen spielte. Sie winkte Shona zu, als diese vom Parkplatz rollte.

Auf der Fahrt musste Shona immer wieder gähnen, sodass sie ernsthaft mit dem Gedanken spielte, Siobhans Angebot anzunehmen. Höchstens ein Stündchen oder so.

Zunächst musste sie jedoch die Familie informieren, die versammelt am Frühstückstisch saß.

„Schwesterherz!", rief Rowan fröhlich. Er hatte sich die Haare schneiden lassen und sah beinahe seriös aus. „So früh schon unterwegs?"

Annabelle und Lady Morag schwiegen. Erstere, weil sie ohnehin nichts zu sagen hatte, Letztere, weil sie mit ihrem untrüglichen Instinkt sofort gespürt hatte, dass etwas nicht stimmte.

„Was ist passiert?", kaum auch prompt ihre Frage und Shona berichtete.

Sie hatte erst überlegt, Annabelle nach draußen zu schicken, sich aber dagegen entschieden. Rowan würde es ihr sowieso erzählen und darüber hinaus wollte Shona ihre Reaktion beobachten. Sie hatte nicht vergessen, wie sie Annabelle und Cybill in deren Zimmer erwischt hatte.

Hatte Annabelle ihrer Tochter die Flaschen besorgt? Cybills Frage nach dem Rabatt kam ihr ebenfalls in den Sinn. War es wirklich so abwegig, dass ihre Tochter diesem Keith imponieren wollte und sich an Annabelle gewandt hatte, nachdem ihre Mutter sie hatte abblitzen lassen?

Die Antwort war simpel: nein, überhaupt nicht.

Shona beobachtete Rowans Verlobte aus dem Augenwinkel. Annabelle wurde tatsächlich ein wenig blass um die Nasenspitze. So eine gute Schauspielerin war sie offenbar doch nicht.

„Entschuldigt mich bitte", sagte sie unvermittelt, als Shona geendet hatte.

„Was ist denn los, Darling?", fragte Rowan. „Du hast doch gehört, Cybill geht's schon wieder besser."

„Ja, aber das geht doch in erster Linie euch an. Ich ... möchte nicht stören."

Gerade noch mal die Kurve gekriegt, dachte Shona und wartete, bis Annabelle das Zimmer verlassen hatte.

Lady Morag fuhr herum und bewegte ruckartig den Kopf.

„Wie war so etwas möglich?", zischte sie an Shona gewandt, die verblüfft die Augenbrauen hob.

„Das wird uns Cybill sicherlich erklären, sobald sie wieder zu Hause ist", erwiderte sie ruhig.

„Das will ich ihr auch geraten haben! Weißt du, was das bedeutet, wenn das herauskommt? Die kaum fünfzehnjährige Erbin der Kincaid-Destillerie wird mit einer Alkoholvergiftung eingeliefert. Da können wir den Laden gleich dichtmachen."

„Na, ganz so schlimm wird's schon nicht werden, Mutter", warf Rowan ein.

„Halt den Mund!", rief Lady Morag unwirsch. „Davon verstehst du nichts."

„Nun, wenn das so ist, kann ich ja gehen." Er hob pikiert die Augenbrauen, erhob sich und verließ das Esszimmer. Niemand hielt ihn auf.

„Die Polizei wird sich diesen Keith Grant zur Brust nehmen. Wenn wir Anzeige erstatten ..."

„Die Polizei?"

„Ja, sie hat mich im Krankenhaus befragt. Cybill ist minderjährig."

„Und du willst das Ganze auch noch öffentlich vor Gericht austragen? Das ist für die Presse ein gefundenes Fressen! Die werden uns durch die Mangel drehen."

„Das bleibt abzuwarten."

Lady Morag beugte sich vor. „Du hast nicht verstanden, Kind. Wir werden keine Anzeige erstatten. Das ganze wird unter den Teppich gekehrt, hörst du?

Cybill ..."

„... ist meine Tochter", unterbrach Shona mit scharfer Stimme. „Wenn dieser Kerl sie absichtlich mit Alkohol abgefüllt hat, ist das Körperverletzung. Du kannst von mir aus entscheiden, was du mit der Brennerei anstellst, aber über das Wohl meiner Tochter entscheide ich allein."

Shona stand auf und eilte strammen Schrittes aus dem Speisezimmer, ohne auf Lady Morags Rufe zu achten. Sie ging schnurstracks in das Zimmer ihrer Tochter, um ein paar Sachen zusammenzupacken. Jegliche Müdigkeit war aus ihren Gliedern gewichen. Die Wut hatte sie restlos vertrieben.

Nein, sie würde sich jetzt bestimmt nicht hinlegen und schlafen. Ihre Tochter brauchte sie. Shona war bereits auf dem Weg zur Tür, als es klingelte.

Es war der Postbote mit einem weiteren Einschreiben der Detektei aus Edinburgh.

Shonas Puls beschleunigte sich. Das hatte sie ja beinahe vergessen. Nein, korrigierte sie sich gedanklich, eher verdrängt.

Sie unterzeichnete, nahm auch die restliche Post entgegen, die sie, ohne sie durchzusehen, ins Arbeitszimmer brachte. Dort setzte sie sich an den Schreibtisch. Die Tasche mit Cybills Klamotten stellte sie neben sich auf den Boden. Ihre Finger zitterten, als sie das Kuvert aufschlitzte.

Eigentlich hatte sie das Schreiben nur kurz überfliegen wollen, doch plötzlich stutzte sie.

„Das darf doch nicht wahr sein", murmelte sie fassungslos und wurde kreideweiß.

Shona fuhr auf, als es klopfte.

Ihre Mutter stand im Türrahmen und sah aus wie das fleischgewordene schlechte Gewissen. Ein Anblick, der äußerst selten vorkam und wohl nur wenigen Menschen jemals zuteilgeworden war. Lady Morag Kincaid war der Inbegriff von Stolz und Unbeugsamkeit.

Hastig faltete Shona das Dokument zusammen und steckte es zurück in den Umschlag.

„Mum, was willst du hier?"

„Ich wollte mich entschuldigen." Sie betrat das Arbeitszimmer. „Ich hatte kein Recht, dich zu tadeln. Mir geht es dabei nicht nur um die Brennerei, sondern auch um die Familie."

Shona erhob sich. „Ich weiß", erwiderte sie nur. „Wir können später darüber reden, Mutter. Ich muss zu Cybill."

„Darf ich dich begleiten?"

Das überraschte Shona so sehr, dass sie innehielt. „Natürlich, sofern es dir nichts ausmacht, im Vauxhall mitzufahren."

„Ich werd's überleben."

„Shona!"

Allein der Klang der Stimme sorgte dafür, dass sich ihr sämtliche Haare sträubten. Bereits unter normalen Umständen verspürte sie ein körperliches Unbehagen, sobald sie sie vernahm. Umso mehr, wenn sie unerwartet erklang, an Orten und zu Zeiten, an denen Shona nicht mit seinem Erscheinen rechnete.

„Morgan!", platzte es aus ihr heraus. „Was suchst du denn hier?"

„Na was schon", blaffte er. „Meine Tochter!"

Ihr Ex-Mann starrte sie wütend an und bedachte Lady Morag mit einem abschätzigen Blick.

„Geh schon mal vor, Mum. Ich regele das hier."

„Du regelst das? Ich glaube kaum. Du hast schon genug angerichtet, Shona."

„Was willst du damit sagen?"

„Ist das nicht klar? Es ist doch wohl offensichtlich, dass du mit der Erziehung meiner Tochter überfordert bist."

Shona bekam den Eindruck, in einem Vakuum zu schweben. Ein irrsinniger Druck legte sich auf ihre Lungen, der jeden einzelnen Atemzug zur Qual machte. Alles in ihrer unmittelbaren Umgebung rückte scheinbar in unerreichbare Ferne. Ein Rabe ließ sich auf dem Schild mit den Parkinformationen nieder und krächzte. In Shonas Ohren hörte es sich an wie höhnisches Gelächter.

Sie dachte an den letzten Bericht der Detektei, an Annabelle und Cybill und plötzlich ergab alles auf eine sonderbare, schräge Art und Weise Sinn.

„Du mieses Arschloch!", zischte sie.

„Shona!", rief Lady Morag entsetzt, doch ihre Tochter schnitt ihr mit einer herrischen Geste das Wort ab. Sie trat auf ihren Ex-Mann zu, dem das maliziöse Grinsen förmlich ins Gesicht gestanzt zu sein schien.

„Du verlogenes Schwein!", fuhr Shona wutentbrannt fort. „Du interessierst dich doch einen Dreck für Cybill!"

Das Grinsen erlosch, als hätte jemand einen Schalter umgelegt. „Vorsicht, Shona. Sag nichts, was du später bereuen könntest."

„Ich bereue nur eines! Mich jemals mit dir eingelassen zu haben.“

„Ach, tatsächlich? Wo wäre deine geliebte Cybill denn heute, wenn ich nicht gewesen wäre?“

„Woher weißt du, dass Cybill hier ist?“

„Das spielt keine Rolle“, entgegnete er lakonisch. „Fakt ist, dass du deine Aufsichtspflicht verletzt und das Leben deiner Tochter aufs Spiel gesetzt hast. Gib's zu Shona, dann ersparst du uns eine Menge Papierkram. Von den Gerichtskosten ganz zu schweigen.“

„Was soll das heißen?“ Shonas Herz schlug schneller. Sie wusste genau, worauf das hier hinauslief, doch sie wollte es aus seinem Mund hören.

„Stell dich nicht dümmer an als du bist. Glaubst du, das Familiengericht wird Cybill auch nur einen Monat länger in deiner Obhut lassen, wenn es erfährt, was du dir geleistet hast?“

„Es war ein Unfall!“, begehrte Lady Morag auf.

Morgan Baxter lachte. „Das darf dein kleines Töchterlein gerne dem Familienrichter erzählen.“

„Darum ging es dir von Anfang an, nicht wahr? Hast du Annabelle deshalb bei uns eingeschleust?“

„Wie bitte?“

„Du hast mich schon verstanden!“

„Wovon zum Henker redest du da, Kind?“, fragte Lady Morag.

„Das würde mich auch brennend interessieren“, erwiderte Morgan und verschränkte demonstrativ die Arme vor der Brust.

„Ich spreche davon, dass sich Annabelle und Morgan kennen!“

„Das ist absurd!" Mit einem Mal klang er weit weniger selbstsicher als noch vor einigen Sekunden.

„Ist das so, ja? Du wirst wohl kaum leugnen können, dass Annabelle vor gerade einmal einem Jahr an einem deiner Tanzkurse teilgenommen hat."

„Woher ... na und? Ist das etwa verboten?"

„Letzte Woche habt ihr euch auf Kincaid Hall gegenseitig vorgestellt, als ob ihr euch noch nie zuvor begegnet wärt."

Wieder lachte Morgan. Seine alte Selbstsicherheit war mit einem Schlag zurückgekehrt. „Ich bitte dich, Shona. Weißt du, wie viele junge Frauen bei mir ein- und ausgehen?"

„Ich kann es mir denken", antwortete sie trocken.

„Glaubst du im Ernst, dass ich mich an jede einzelne erinnere?"

„An jemanden wie Annabelle, die gerade mal vor einem Jahr bei dir war? Jede Wette. Und selbst wenn du sie nicht wiedererkannt hättest, sie hätte es auf jeden Fall tun müssen."

„Selbst wenn das der Fall sein sollte, was beweist das schon?"

„Es beweist, dass du irgendetwas im Schilde führst. Und ich werde herausfinden, was. Verlass dich drauf!"

Morgan ballte die Hände zu Fäusten, sein Gesicht lief rot an. Mit einem blitzschnellen Schritt war er bei Shona, die erschrocken zurückzuckte. Für einen winzigen Augenblick befürchtete sie, er würde sie angreifen, doch er riss sich zusammen.

Trotz seiner Wut konnte er sich ein überlegenes Lächeln nicht verkneifen. Morgan genoss es, wenn andere vor ihm kuschten. „Das wirst du noch bereuen“, flüsterte er ihr so leise zu, dass nur sie es hören konnte.

Ohne sich zu verabschieden, stürmte er davon.

„Was hatte das zu bedeuten, Kind?“, fragte Lady Morag verblüfft.

Shona atmete tief durch und entspannte sich langsam. „Annabelle und Morgan kennen sich.“

„Das habe ich mitbekommen. Woher weißt du das?“

Sie gingen auf das Hospital zu. Es fiel Shona schwer, doch früher oder später musste sie ohnehin mit der Sprache herausrücken. Sie zog das Einschreiben der Detektei aus der Innentasche ihres Mantels und reichte es ihrer Mutter.

„Du ... du hast einen Detektiv auf die Verlobte deines Bruders angesetzt?“

„Du kannst dir deinen empörten Tonfall sparen. Immerhin gibt mir der Erfolg recht. Oder hast du vergessen, dass du vor nicht mal zwei Stunden Cybills Alkoholvergiftung unter den Teppich kehren wolltest?“

Lady Morag presste die Lippen aufeinander und gab Shona das Schreiben zurück, während sie das Hospital betraten.

„Grandma!“, rief Cybill erfreut. Das Mädchen saß im Bett und sah aus wie das blühende Leben. Ihr Haar war gewaschen und duftete nach Pfirsich, die Zahnspange steckte wieder im Mund. Selbst ihre Haut sah nicht mehr so bleich und eingefallen aus.

„Mein Kind“, rief Lady Morag und schloss ihre Enkelin in die Arme.

„Habe ich was verpasst?", fragte Shona.

„Außer einem oskarverdächtigen Auftritt deines werten Ex-Mannes nicht viel", erwiderte Siobhan, die aufgestanden war, als ihre Freundin gemeinsam mit Lady Morag das Zimmer betreten hatte.

„Wann kam er denn?"

Siobhan zuckte mit den Achseln. „So vor fünfzehn, zwanzig Minuten. Hat den furchtbar betroffenen Überdaddy gespielt und wollte sofort den Arzt sprechen, doch der ist bei der Visite."

„Doktor Limand?"

„Nee, der ist schon längst zu Hause und schläft. Ist ja auch egal. Jedenfalls stürmte er wutentbrannt hinaus. Ich glaube, er hat höchstens vier, fünf Sätze mit Cybill gesprochen."

„Typisch."

„Mum, Siobhan hat mir die Haare gewaschen."

„Das sieht man", sagte Lady Morag.

„Vor allem riecht man es", fügte Shona hinzu und strich Cybill über den Kopf. „Woher hattet ihr das Shampoo?"

„Von Schwester Molly."

„Ja klar. Wie dumm von mir." Sie hob die Tasche an. „Ich habe dir ein paar Klamotten mitgebracht."

„Wie geht's Devil?", fragte Cybill, während sie mit Siobhans Hilfe aufstand.

„Devil!", rief Shona erschrocken.

„Mum, sag bitte nicht, dass du vergessen hast, ihn zu füttern!"

„Ich, äh ... bin sicher, dass Graham das erledigt hat."

„Mit Sicherheit", warf Lady Morag ein.

„Der Arzt sagte, dass ich heute Mittag wieder nach Hause kann."

„Wunderbar", rief ihre Großmutter erfreut. „Dann können wir ja zusammen essen gehen."

„Au ja!" Cybill war begeistert.

Shona weniger. Sie war sich unschlüssig, ob das das Richtige für Cybill war, nach dem, was sie sich gestern geleistet hatte, doch ein Blick in Siobhans Gesicht reichte, um sie zu besänftigen.

Sie sprach mit dem Arzt und unterschrieb die Entlassungspapiere. Lady Morag ging mit Cybill voraus zum Auto, während sich Shona und Siobhan etwas zurückfallen ließen.

„Es war nicht ihre Schuld."

„Getrunken hat sie immer noch alleine", gab Shona zu bedenken.

„Himmel, sie ist ein Teenager. Und vermutlich wird sie nie wieder einen Tropfen anrühren."

„Willst du mir etwa sagen, das Ganze hätte auch etwas Gutes?"

„Ich will damit sagen, dass du nicht so streng mit ihr sein solltest. Entspann dich, Shoni. Und lass uns das Beste draus machen. Wann kommen wir schon dazu, mit deiner Tochter und deiner Mutter zusammen zu essen?" Siobhan lehnte sich an ihre Freundin. „Ohne Rowan und Annabelle", flüsterte sie ihr ins Ohr.

„Du hast mich überzeugt."

Cybill und ihre Großmutter warteten bereits am Auto.

Bevor sie einstiegen, drehte sich Lady Morag noch einmal zu ihrer Tochter um.

„Meinst du, wir hätten dem Personal eine Flasche Whisky mitbringen sollen?"

Shona schaute ihre Mutter fassungslos an.

Zurück auf Kincaid Hall verschwand Cybill sogleich im Stall, um Devil zu begrüßen. Ihre Mutter und Siobhan begleiteten sie, während Lady Morag ins Haus ging, wo sie die Tasche mit der Schmutzwäsche Emily übergab.

„Bitte geben Sie Belinda Bescheid, dass sie mir einen Kamillentee in die Bibliothek bringt."

„Natürlich, Ma'am."

„Danke, Emily."

Seit dem Mittagessen verspürte Lady Morag ein starkes Völlegefühl und Sodbrennen. Sie war das fettige Essen einfach nicht mehr gewohnt.

In der Bibliothek setzte sie sich an den Sekretär und nahm den Füllfederhalter zur Hand. Versonnen sah sie aus dem Fenster. Wolken waren aufgezogen und der Wind hatte aufgefrischt. Wahrscheinlich würde es am Abend Regen geben.

Es klopfte an der Tür.

„Komm herein!", rief Lady Morag in Erwartung des Dienstmädchens Belinda, das ihr den Tee brachte. Umso überraschter war sie, als sie Graham erkannte. Er trug einen grünen Overall. Die Arbeitsschuhe steckten in übergroßen Filzpantoffeln. Lady Morag verengte die Augen, als sie den Stallgeruch wahrnahm, der von ihm ausging.

„Hättest du dich nicht vorher umziehen können?", tadelte sie ihn.

„Sicher, aber ich wollte mit dir reden."

Lady Morag wandte sich wieder dem Fenster zu und seufzte. „Gibt es irgendeine Chance, mich diesem Gespräch zu entziehen?“

„Du kannst es versuchen, aber es wird dir nicht gelingen.“

„Na schön. Mach es kurz, ich habe zu tun.“

Sie hörte, wie Graham nähertrat und das Tablett mit der Teekanne und der Tasse neben sie auf den Schreibtisch stellte. „Gehe ich recht in der Annahme, dass du das Testament änderst?“

Lady Morag stockte und sah auf. „Du hast mit Shona gesprochen?“

„Ich war im Stall, als ihr gekommen seid. Ich bin heilfroh, dass Cybill alles gut überstanden hat.“

„So wie wir alle.“

„Nicht auszudenken, was hätte passieren können.“

Lady Morag drehte sich auf dem Stuhl sitzend um und blickte Graham von unten her an. Er stand mit auf den Rücken gelegten Händen schräg hinter ihr und schaute hinaus.

„Was möchtest du mir sagen?“

„Dass du es nun schon lange genug vor dir hergeschoben hast.“

„Was schiebe ich vor mir her?“

Er senkte den Kopf, um Lady Morag in die Augen zu sehen. Seine Augenbrauen zogen sich über der Nasenwurzel zusammen.

„Spiel keine Spielchen mit mir, Mori. Du weißt genau, was ich meine.“

„Hüte deine Zunge, Graham. Du bewegst dich gerade auf verdammt dünnem Eis.“

„Sie haben ein Recht, es zu erfahren.“

„Du wiederholst dich. Außerdem fühle ich mich prächtig. Wer weiß, vielleicht haben sich die Ärzte ja geirrt. Ich hatte seit zwei Tagen keine Müdigkeitsanfälle mehr, keine Aussetzer, nichts. Mir geht es so gut, wie schon seit langem nicht mehr.“

„Das mag sein und ich gönne es dir von Herzen. Aber du weißt auch, dass sich das schnell ändern kann.“ Graham beugte sich zu ihr hinunter und stützte sich auf der Lehne des Schreibtischstuhls ab, auf dem sie saß. „Ich will dir keine Angst machen, aber Shona und Rowan sind nun mal keine Kinder mehr. Sie können damit umgehen.“

Sie schüttelte den Kopf. „Du verstehst das nicht, Graham. Ich kann nicht. Nicht jetzt.“

„Warum nicht?“

„Weil ... weil ...“

„Du hast Angst“, stellte er fest und richtete sich auf.

„Hättest du keine?“

„Natürlich, und um ehrlich zu sein, möchte ich nicht in deiner Haut stecken. Weiß Gott, ich würde alles dafür geben, um dir diese Bürde abzunehmen, doch das ist mir leider nicht möglich. Aber du bist nun einmal nicht allein. Du trägst Verantwortung.“

„Ich kann nicht!“, rief sie verzweifelt und schlug mit der Faust so fest auf den Tisch, dass die Teetasse leise klirrte. Graham musterte sie stumm. Seine Gestalt verschwamm vor ihren Augen, als diese sich mit Tränen füllten.

„Versteh doch“, flüsterte sie. „Wenn ich es ihnen sage, dann ... dann ...“

Selbst jetzt brachte sie es nicht über die Lippen.

„Dann ist es, als würdest du dein Schicksal kampflos akzeptieren, nicht wahr?“ Seine Stimme klang sanft. Lady Morag nickte krampfhaft und presste sich die Faust gegen den Mund.

„So ist es aber nicht und das weißt du. Wir alle werden dich nach Kräften unterstützen. Aber du musst uns auch die Gelegenheit dazu geben. Lass uns dir helfen.“

„Mir helfen?“ Sie lachte bitter. „Mir ist nicht mehr zu helfen. Hast du das immer noch nicht begriffen?“

„Aber du musst diese Last nicht alleine tragen, Mori.“

„Selbstverständlich muss ich das“, erwiderte sie verärgert. „Was bildest du dir eigentlich ein? Dass ich mich bei euch ausheule und alles ist gut? Du hast ja keine Ahnung!“

„Natürlich nicht. Wie könnte ich auch? Du versuchst ja nicht mal, es mir zu erklären. Du verschanzt dich hinter einer unsichtbaren Mauer und lässt niemanden an dich heran. Aber so warst du ja schon immer.“

Lady Morag spürte, wie sie innerlich versteinerte. „Geh jetzt. Ich habe zu tun!“

„Wie du wünscht. Ich werde gehen, wenn du mir versprichst, dass du spätestens morgen mit Shona und Rowan sprichst.“

Wie konnte er es wagen, so mit ihr zu reden?

Sie hatte sich schon halb abgewandt, als sie innehielt und den Kopf in seine Richtung drehte. „Oder was?“, fragte sie lauernd.

Seine Miene war ernst. „Oder ich sage es ihnen.“

„Das tust du nicht!!!“, schrie Lady Morag und sprang auf. Sie wirbelte herum und wollte auf Graham zugehen, als ihr schwindelig wurde. Ein stechender

Schmerz zuckte, von den Schläfen ausgehend, durch ihren Schädel.

„Mori?"

Grahams Stimme klang dumpf, als würde sie in der Badewanne liegen, den Kopf unter Wasser. Trotzdem konnte sie die Furcht aus seinen Worten deutlich heraushören.

Sie wollte etwas sagen, doch ihre Stimmbänder gehorchten ihr nicht mehr. Keinen Ton brachte sie hervor. Dafür wurde der Schwindel stärker.

Lady Morag Kincaid taumelte. Schatten wallten von den Seiten her in ihr Sichtfeld. Ein Schemen schob sich dazwischen, streckte die Arme aus, um sie aufzufangen und zu stützen. Es war Graham, der eine Zehntelsekunde zu spät kam.

Wie eine Marionette, der man die Fäden gekappt hatte, stürzte sie zu Boden.

KAPITEL 13

„Wo hast du den Whisky her?"

Cybill zuckte zusammen. Sie stand neben Devil, hielt seinen Kopf und streichelte sanft die Blesse, während sie dem Knuspern lauschte, mit dem das Pferd die Möhre zerkaute.

Sie warf Siobhan einen hilfesuchenden Blick zu, doch dieses Mal hielt sie sich zurück. Immerhin war es eine durchaus berechtigte Frage.

„Du kannst es mir ruhig sagen", fuhr Shona fort. Sie bemühte sich, ihrer Stimme einen sanften Klang zu verleihen, was ihr alles andere als leichtfiel. Sie war übermüdet und gereizt.

Die Vierzehnjährige druckste herum. „Ich habe ihn nicht gestohlen", sagte sie.

„Das habe ich auch nicht angenommen. Also, von wem hast du die Flaschen? Von Annabelle?"

Cybill blickte mit geweiteten Augen auf. „Woher …?"

Shona winkte ab. „Das war nicht allzu schwer zu erraten. Danke, mehr brauche ich nicht zu wissen." Sie drehte sich um und ging auf den Ausgang zu. Siobhan trat ihr in den Weg.

„Was hast du vor?"

„Na was wohl? Unser Prinzesschen bekommt jetzt den Anschiss ihre Lebens."

Siobhan hob beide Hände. „Okay Shona. Das verstehe ich, aber bitte bleib sachlich."

„Sachlich?“, echote Shona. Sie glaubte, sich verhört zu haben. „Die Schlange gibt meinem Kind hochprozentigen Alkohol und ich soll sachlich bleiben?“

„Ich möchte nur nicht, dass du etwas tust, was du später bereuen könntest. Denk an Morgan.“

„Das tue ich schon viel zu lange.“

„Gut, dann gib ihm nicht noch mehr Futter, indem du Annabelle nötigst. Wenn sie es abstreitet, steht Aussage gegen Aussage.“

Shona atmete aus. „Und was soll ich deiner Meinung nach stattdessen tun?“

„Sie in Sicherheit wiegen. Von mir aus gib der Polizei einen Hinweis, aber selbst wenn sie zugibt, Cybill den Whisky besorgt zu haben, wird sich nichts daran ändern. Oder glaubst du, dass Rowan es zulassen wird, dass seine Verlobte in den Knast wandert?“

Sekundenlang musterte Shona ihre Freundin stumm. Dann ging sie vorbei und stapfte auf die Terrassentür des Anwesens zu, in der Belinda erschien. Sie machte einen verstörten, beinahe panischen Eindruck. Ihr Gesicht war bleich, hektische rote Flecken zierten ihre Wangen.

„Kommen Sie schnell!“, rief sie. „Ihre Mutter, Lady Morag …“

Shona hielt für einen Herzschlag inne, dann beschleunigte sie ihre Schritte und eilte auf Belinda zu. Sie packte das Dienstmädchen an den Oberarmen.

„Was ist mit ihr?“

„Sie ist umgekippt.“

„Wo?“

„In der Bibliothek!“

Shona stieß Belinda zur Seite und rannte los. Die Tür der Bibliothek stand offen. Emily erschien mit ausgestreckten Armen, die Augen schwammen in Tränen. Shona beachtete sie gar nicht, schob sich an ihr vorbei und blieb wie angewurzelt stehen.

Ihre Mutter lag vor dem Sekretär auf dem Boden, ihr Haupt ruhte auf Grahams Schenkeln. Sein Kopf fuhr herum, als Shona die Bibliothek betrat. Ihr Magen zog sich zusammen, als sie sah, wie blass ihre Mutter war. Shona ging neben ihr in die Knie. Die Falten hatten sich tief in die wächserne Haut gegraben, die Lider flatterten wie die Flügel eines Schmetterlings.

„Wir ... wir brauchen einen Notarzt", stammelte Graham.

Shonas Hand glitt in die Innentasche des Mantels, wo ihr iPhone steckte.

„Was geht hier ...", vernahm sie in derselben Sekunde Rowans Stimme in ihrem Rücken. „Mum!!!", brüllte er und stürzte neben Graham zu Boden. „Oh mein Gott, Mum! Was ist mit ihr?"

Shona stand auf und eilte aus dem Raum, um in Ruhe telefonieren zu können. Siobhan und Belinda erschienen in der offenen Tür, starrten sie erschrocken an. Shona gab ihrer Freundin einen Wink, damit sie sich um ihre Mutter kümmerte.

Aus dem Augenwinkel sah sie Annabelle. Hastig drehte sich Shona um und blickte auf Cybill, die wie bestellt und nicht abgeholt am Ende des Flurs stand. Tränen rannen aus ihren Augen, sie zitterte am gesamten Leib. Shona ging auf ihre Tochter zu, drückte sie an sich, während sie die Nummer des Notrufs wählte.

Es dauerte eine gefühlte Ewigkeit, bis sich am anderen Ende jemand meldete.

Die nächste Stunde lief wie ein Film vor ihren Augen ab, ohne dass sie sich später so richtig daran erinnern konnte. Shona wusste nur noch, dass sie endlos lange auf den Rettungshubschrauber aus Edinburgh gewartet hatten. Dabei vergeudeten sie mehr Zeit damit, den hysterischen Rowan zu beruhigen als ihrer Mutter zu helfen.

Graham war es schließlich, der ihn packte und aus der Bibliothek schob, während Shona, Belinda und Siobhan sich um Lady Morag bemühten. Doch mehr als die obersten Knöpfe ihrer Bluse zu öffnen und ihre Hand zu halten, die sich kalt wie die einer Leiche anfühlte, konnten sie nicht tun. Und das war das Schlimmste daran.

Endlich erklang von draußen das Knattern des Rettungshubschraubers.

Siobhan war es, die mit Graham hinauseilte, um den Notarzt und die Rettungssanitäter einzuweisen und zur Bibliothek zu lotsen. Danach kümmerte sie sich um Cybill. Das Mädchen drängte sich schutzsuchend an die junge Frau und schaute verstohlen auf die hektisch um Lady Morag herumwuselnden Rettungskräfte.

Shonas Mutter reagierte weiterhin auf keinerlei Ansprache.

Der Notarzt murmelte etwas von Apoplex und erkundigte sich nach der Krankengeschichte. Allein diese Szene war es, die sich unauslöschlich in Shonas Gedächtnis brannte.

„Der Blutdruck war leicht erhöht. Sie nahm ein paar Wassertabletten. Ansonsten war sie kerngesund.“ Shona hörte sich selbst mechanisch antworten, ohne groß darüber nachzudenken.

„Tut mir leid, aber das stimmt nicht ganz.“

Graham war es, der die Worte sprach, die Shona aus ihrer Lethargie rissen.

„Wie meinen Sie das?“, fragte der Notarzt und Graham warf Shona einen schuldbewussten Blick zu, während er antwortete.

„Sie leidet an einem Hirntumor.“

Diese Antwort traf Shona mit der Wucht einer Abrissbirne. Ihre Umgebung, die Geräusche, die Menschen, alles um sie herum verschmolz zu einem dumpfen Crescendo, dem zu folgen sie nicht mehr imstande war.

Die Rettungssanitäter legten Lady Morag eine Infusion, spritzten ihr Medikamente und hoben sie auf eine Trage, um sie zum Hubschrauber zu bringen.

Der Notarzt blieb neben Shona stehen. „Wollen Sie mitkommen?“

Sie war so in Gedanken versunken, dass sie zusammenschrak. Ein Blick zu Siobhan, die ihr knapp zunickte.

„In Ordnung“, erwiderte Shona gefasst und folgte den Rettungssanitätern mit klopfendem Herzen.

Im Hubschrauber drückte sie sich in die hintere Ecke auf einen Notsitz neben ein winziges Fenster, das nicht größer als ein Bullauge war.

Das Dröhnen der Rotoren war so laut, dass sie kein Wort verstand, das der Notarzt mit dem Rettungssanitäter wechselte. Doch sie war ohnehin kaum in der Lage, einen klaren Gedanken zu fassen.

Sie brauchte nur die Hand auszustrecken, um ihre Mutter zu berühren. Grahams Stimme hallte als Echo in ihrem Schädel wider:
Sie leidet an einem Hirntumor!

„Es war ein multiformes Glioblastom. Es ist enorm schnell fortgeschritten und hat bereits einige Teile des Gehirns infiltriert. Leider unmittelbar neben einem Aneurysma, das offenbar übersehen wurde. Wir konnten nichts mehr für Ihre Mutter tun."

Die Worte der behandelnden Neurologin, einer Frau Anfang fünfzig mit kurzgeschnittenen grauen Haaren drangen nicht zu Shona durch. Deren Blicke saugten sich förmlich an den schmalen, blutrot geschminkten Lippen fest.

„Mrs Kincaid, haben Sie verstanden, was ich gesagt habe?"

Shona erwachte wie aus einem tiefen Traum. „Wie bitte?"

Zum Glück stand der Name der Ärztin auf einem metallisch glänzenden Schild an ihrem weißen Kittel. Shona hatte ihn praktisch in derselben Sekunde vergessen, in dem sich die Neurologin vorgestellt hatte.

Sie hieß Hughes, soweit Shona das erkennen konnte.

„Ihre Mutter ist während der Operation verstorben."

Das war ein Scherz! Ein verdammt schlechter Scherz.

Langsam, wie in Zeitlupe, schüttelte Shona den Kopf. „Das ist unmöglich! Wir waren heute Mittag noch zusammen essen. Sie war topfit. Sie hatte ein wenig Kopfschmerzen und klagte nach dem Essen über Völlegefühl und Sodbrennen."

„Aneurysmen können jederzeit aufplatzen. Je nachdem wie groß die Blutung ist, treten die Symptome kurzfristig auf. Bedauerlicherweise war die Schädigung des Hirngewebes zu gravierend, als dass wir noch etwas hätten tun können. Ihre Mutter hat nichts mehr gespürt, das versichere ich Ihnen.“

Shona hatte das Gefühl, ihren Körper verlassen zu haben und neben sich zu stehen. „Darf ich sie sehen?“

„Natürlich. Es dauert einen kleinen Moment, bis wir sie aus dem OP holen können. Wir werden Sie in einen separaten Raum legen. Ich sage jemandem Bescheid, der Sie dort hinbringen wird.“

Doktor Hughes begleitete Shona zum Wartebereich. Dort saß sie wie eine Statue und versuchte zu begreifen, was in den letzten Stunden passiert war. Doch sie konnte nicht. Alles kam ihr wie ein böser Traum vor, aus dem es kein Erwachen gab.

Sie nahm die Menschen, die an ihr vorbeiliefen kaum wahr.

„Mum!“

Shona reagierte erst, als Cybill sich ihr an den Hals warf. Über die Schulter ihrer am gesamten Leib bebenden Tochter schaute sie auf Graham und Siobhan.

„Wir sind so schnell gekommen, wie wir konnten“, erklärte ihre Freundin. „Rowan ist völlig am Ende. Annabelle ist bei ihm. Er …“

„Sie ist tot.“

Eigentlich hatte Shona es nicht so deutlich sagen wollen, schon gar nicht vor ihrer Tochter. Es war einfach aus ihr herausgeplatzt. Drei Worte nur, die alles veränderten. Shona wartete darauf, dass sie irgendetwas fühlte. Wut, Trauer, Schmerz, doch da war nur eisige

Leere. Ihre eigene Stimme kam ihr fremd vor, als wäre sie nicht mehr als ein Automat.

Cybill erstarrte förmlich.

„Was? Aber ... wir waren doch essen! Und Grandma war so fröhlich und ...“

„Ich weiß“, erwiderte Shona und starrte ins Leere.

Graham taumelte. Siobhan trat auf ihn zu, um zu helfen, doch er wehrte sie ab. Wie ein nasser Sack ließ er sich neben Shona und ihre Tochter auf die Sitzfläche fallen. „Ich ... es ist alles meine Schuld“, murmelte er mit monotoner Stimme.

Cybill fing an zu weinen.

Siobhan ballte die Hände zu Fäusten, bohrte die Fingernägel tief in das Fleisch ihrer Handballen. Noch nie hatte sie sich hilfloser gefühlt. Ihre Eltern lebten beide noch, sie selbst war ein Einzelkind. Einer ihrer Großväter war gestorben, als sie ein Kleinkind gewesen war. Seine Frau, ihre Großmutter väterlicherseits, war ihm nur ein Jahr später gefolgt. In beiden Fällen war der Tod jedoch nicht plötzlich gekommen. Er hatte sich sehr viel Zeit genommen, um sich anzukündigen und den Körpern seiner Opfer langsam aber unaufhaltsam das Leben auszusaugen.

Schlussendlich war es eine Erlösung für sie gewesen. Hatten ihr ihre Eltern jedenfalls erzählt.

Siobhan stellte sich vor, wie es wohl wäre, wenn ihre Mutter, die das blühende Leben war, so plötzlich sterben würde. Allein bei dem Gedanken wurde ihr speiübel.

Wie musste sich Shona erst fühlen? Oder Cybill?

Besonders nach dem, was sie vergangene Nacht durchgemacht hatten.

Wie ein Häufchen Elend kauerte Cybill zwischen ihrer Mutter und Graham, dessen Gesicht aschfahl war. Auf der Fahrt ins Krankenhaus hatte er ihr erzählt, dass er Lady Morag bereits lange vor der Geburt der Zwillinge Shona und Rowan gekannt hatte. Er war nicht nur ein Bediensteter, sondern auch ein Freund gewesen. Ein Vertrauter. Der einzige, der Lady Morag geblieben war.

Cybills Schultern zuckten und dicke Tränen tropften unter dem Haarschleier hervor zu Boden. Sie sah so allein und schutzbedürftig aus, dass es Siobhan das Herz brach.

Sie ging auf das Mädchen zu und legte ihr unbeholfen eine Hand auf die Schulter. Cybill schien nur auf dieses winzige Zeichen der Zuneigung gewartet zu haben. Sie klammerte sich förmlich an Siobhan, drückte ihr nasses Gesicht gegen ihren Bauch.

Eine Krankenschwester erschien und bat Shona darum, sie zu begleiten. Siobhan, Cybill und Graham folgten ihr.

So winzig, so zerbrechlich.

Grandma sah aus wie eine Puppe, wie sie so auf dem Krankenbett lag: die Arme über der Brust gefaltet, den Kopf leicht erhöht auf dem aufgeschüttelten, blütenweißen Kissen. Ihre Augen waren geschlossen, unter dem Kinn klemmte ein zusammengefaltetes weißes Stecklaken.

Als sie eintraten, hatte Cybill noch gehofft, alles wäre nur ein böser Traum gewesen. Ihre Oma schliefe bloß.

Jeden Moment würde sie die Augen öffnen, um einen ihrer gefürchteten Kommentare vom Stapel zu lassen. Nur geschah das leider nicht.

Das Licht der tief stehenden Sonne fiel durch das Fenster und legte sich wie ein orangefarbener Schleier über Grandmas Gesicht und brachte die Wand über ihrem Kopf zum Leuchten. Der Schatten der Fensterkante schnitt schräg hindurch.

Shona ging langsam um das Bett herum und blieb links daneben stehen. Sie ballte die Hand zur Faust, drückte sie an die zusammenpressten Lippen, während die Tränen in Bächen aus ihren Augen rannen.

Cybill hatte ihre Mutter nie zuvor weinen sehen. Es verstörte sie zutiefst.

Graham stand am Fußende wie ein Standbild, sein kantiges Gesicht war ausdruckslos. Cybill war froh, dass Siobhan an ihrer Seite war. Sie klammerte sich an sie wie eine Ertrinkende am Rettungsring. Mums Freundin blieb reglos. Sie bedrängte Cybill nicht, ließ ihr Zeit, den Anblick zu verarbeiten.

Es war das erste Mal, dass sie mit dem Tod eines geliebten Menschen konfrontiert wurde. Sie konnte nicht glauben, dass Grandma nicht mehr da sein sollte. Wie würde das Leben auf Kincaid Hall ohne sie sein?

Behutsam entzog sie sich Siobhans Griff, trat auf das Bett zu. Ihre Knie fühlten sich weich wie Pudding an. Sie zog die Nase hoch und spielte mit den Bündchen ihres Pullovers, weil sie nicht wusste, was sie sonst mit ihren Fingern machen sollte.

Eines von Grandmas Lidern war nicht richtig geschlossen. Ein Sonnenstrahl fing sich in dem millimeterweit entblößten Auge.

Der Anblick traf Cybill wie ein Schlag in den Magen.

Die Übelkeit kam so abrupt, dass sie nicht wusste, wie ihr geschah. Sie würgte und fing sich einen besorgten Blick ihrer Mutter ein. Auf dem Absatz machte Cybill kehrt. Fast hätte sie Siobhan noch umgerannt, als sie aus dem Zimmer stürmte, hinaus auf den Flur. Die Toiletten lagen glücklicherweise direkt gegenüber.

Der Geruch von Reinigungsmitteln stach ihr in die Nase.

Cybill stürzte in eine der Kabinen und ging vor der Schüssel in die Knie. Brust und Bauch verkrampften sich schmerzhaft, während sie sich erbrach.

Zwei schmale Hände glitten an ihrem Kopf entlang, ergriffen ihr Haar und strichen es sanft zurück.

Es war Siobhan.

KAPITEL 14

Am Montag bekam Cybill Besuch von der Polizei.

Zur Schule brauchte sie nicht zu gehen, Shona hatte sie für die gesamte Woche krankschreiben lassen. Nicht nur wegen des Todes ihrer Großmutter, sondern auch wegen der Alkoholvergiftung.

Die Arbeit in der Destillerie überließ Shona einstweilen den versierten Händen von Ewan und Ben. Sie hatte momentan andere Sorgen. Sie musste sich um die bevorstehende Beerdigung und den Nachlass ihrer Mutter kümmern.

Es war erstaunlich, wie viel die in ihm wohnenden Menschen zu der Atmosphäre eines Gebäudes beitrugen. Shona war sich im Klaren darüber, dass es allein ihrer Wahrnehmung geschuldet war, doch Kincaid Hall wirkte mit einem Mal noch bedrückender als es ohnehin schon war. Selbst jetzt, wo die Sonne hoch am Himmel stand und die vom letzten Regenschauer feuchten Dachschindeln funkelten.

Shona hatte Inspektor Ramsay und ihren taktlosen Kollegen Sergeant Maxwell in ihr Arbeitszimmer führen lassen. Gut möglich, dass sie die offen zur Schau gestellten Flaschen als Provokation wahrnahmen, doch sie würde einen Teufel tun und ihre Familiengeschichte leugnen. Zumal die Polizisten durchaus mit eigenen Augen sehen durften, dass in diesem Haus der

Whisky eben nicht kistenweise frei herumstand, damit sich jeder bedienen konnte.

Cybill musste sich vorkommen wie eine Pennälerin, die zum Rektor bestellt wurde, als sie von Graham in das Arbeitszimmer geführt wurde. Vermutlich war sie bei Devil gewesen. Sofern es überhaupt möglich war, verbrachte sie seit dem Tod ihrer Großmutter noch mehr Zeit im Stall. Wahrscheinlich hätte sie dort sogar geschlafen, wenn sie gedurft hätte. Zum Glück fragte ihre Tochter nicht danach. Momentan war Shona so von Schuldgefühlen zerfressen, dass sie es ohne mit der Wimper zu zucken erlaubt hätte.

Während Graham unterwegs war, um ihre Tochter zu holen, setzte sie die beiden Polizisten darüber in Kenntnis, dass Lady Morag erst vor zwei Tagen überraschend verstorben war und sie bitte entsprechend Rücksicht nehmen sollten.

„Hallo Cybill", sagte Ramsay und erhob sich von der Couch. Sergeant Maxwell tat es ihr gleich. „Wir haben von deinem Verlust gehört und möchten dir unser aufrichtiges Beileid aussprechen."

Cybill nickte beiläufig, während sie auf ihre Socken stierte und auf einem der Besucherstühle Platz nahm. Als ob es die Beileidsbekundung in irgendeiner Form authentischer machte, wenn man explizit darauf hinwies, dass sie aufrichtig sei.

Ramsay und Maxwell ließen sich langsam wieder in die Polster sinken.

„Ich denke, es interessiert Sie, dass wir mit den Lachlans gesprochen haben", begann die Inspektorin das Gespräch. „Keith Grant ist noch am selben Abend verschwunden. Leider wissen wir bis zur Stunde nicht, wo er sich aufhält. Wir haben die Vornamen seiner Freunde, Tony und Bob, doch keinerlei Anhaltspunkte, wer sie sind oder wo sie wohnen. Bislang konnten wir niemanden ausfindig machen, der uns weiterhelfen kann. Weißt du vielleicht etwas, Cybill?"

Die Angesprochene schüttelte stumm den Kopf.

„Deine Freundin Kendra hat zu Protokoll gegeben, dass Keith' Freunde mit einem Auto gekommen seien. Sie konnte uns aber weder das Fabrikat noch das Kennzeichen nennen." Ramsay wandte den Kopf, um Shona anzuschauen. Es war mehr eine Geste der Verlegenheit, denn Cybill betrachtete lieber ihre Fingerspitzen, die aus den Ärmeln des Hoodies lugten. „Nur, dass es rot war", fügte Ramsay nach kurzer Pause hinzu.

„Es war ein Golf", murmelte Cybill.

Maxwell zog sein Notizbuch. „Und das Kennzeichen?" Cybill zuckte die Achseln.

„Versuch dich zu erinnern", bohrte Maxwell weiter. „Es ist wichtig. Nur so können wir verhindern, dass sie anderen Mädchen dasselbe antun."

Bei diesen Worten stieg eine eisige Kälte in Shona auf. Das hörte sich ja beinahe so an, als hätten die Kerle Cybill vergewaltigt. Ihre Kehle wurde plötzlich eng. Daran hatte Shona überhaupt nicht gedacht, beziehungsweise nicht denken wollen. Aber wenn dem so gewesen wäre, dann hätte Doktor Limand doch mit Sicherheit etwas in dieser Richtung erwähnt.

Shona betrachtete ihre Tochter, die sich sichtlich unwohl fühlte. So kindlich sie sich momentan verhalten mochte, Shona musste sich mit dem Gedanken vertraut machen, dass ihr kleines Mädchen zu einer jungen Frau heranwuchs. Und die Vorstellung, dass irgendein

Kerl sie mit Alkohol oder irgendwelchen Medikamenten abfüllte, damit er … ihr drehte sich der Magen um.

„Denk nach Cybill", rief Shona.

„Das tue ich doch. Aber ich kann mich nicht erinnern. Fragen Sie doch Nick!"

Maxwell und Ramsay wechselten einen kurzen Blick. „Wer ist Nick?"

Cybill machte ein Gesicht, als hätte sie schon zu viel verraten. „Nicole Morris oder Norris. Sie geht bei mir auf die Schule. Sie und ihre Freundinnen sind zusammen mit Tony und Bob gefahren. Keine Ahnung, ob sie sie schon länger kennt."

Sergeant Maxwell schrieb eifrig mit.

„Okay", sagte Ramsay. „Das ist doch schon mal etwas. Allerdings würde ich dich noch gerne etwas unter vier Augen fragen." Bei den nächsten Worten schaute sie Shona an. „Sofern das möglich ist, meine ich."

„Kommt gar nicht in Frage. Ich bezweifele, dass Sie das dürfen."

„Nicht, wenn Sie oder Cybill damit nicht einverstanden sind, das ist richtig."

„Ist schon gut, Mum."

Nein, ist es nicht, wollte Shona sagen. Doch sie schluckte ihren Ärger und ihre Furcht hinunter. Ja, sie hatte Angst, Angst, nach ihrer Mutter auch noch ihre Tochter zu verlieren, wenngleich auf gänzlich andere Art und Weise.

„Bitte, Mrs Kincaid", sagte Sergeant Maxwell und deutete auf die Tür.

Zu zweit gingen sie hinaus. „Was will Ihre Kollegin von meiner Tochter, ohne dass ich dabei sein darf?"

„Ich denke, das wissen Sie", erklärte Maxwell. „In Gegenwart ihrer Eltern sind Kinder oft befangen."

„Sie wollen wissen, ob ich ihr den Whisky gegeben habe." Es war eine Feststellung, keine Frage, daher bekam sie auch keine Antwort. Zumindest keine verbale. Brauchte sie auch nicht. Maxwells Schweigen reichte ihr vollkommen. Der Sergeant lehnte am Fenster neben dem Eingangsportal und blätterte gelangweilt in seinen Notizen.

„Glauben Sie, dass ... dass diese Typen ..." Shona traute sich nicht, den Satz zu Ende zu sprechen. Die Angst vor dem, was Maxwell auf ihre Frage antworten könnte, lähmte sie.

Er blickte von dem Notizbuch auf. „Sie meinen, ob sich Keith und seine Freunde an Ihrer Tochter vergangen haben?"

Seine Scharfsinnigkeit verblüffte Shona ein wenig. Nicht besonders taktvoll, aber scharfsinnig. Verflixt, sie konnte nicht mal nicken.

„Wäre das der Fall gewesen, hätte Sie Doktor Limand darüber nicht im Unklaren gelassen. Nichtsdestotrotz gehen wir davon aus, dass sie es zumindest vorgehabt hatten."

„Aber ... sie ist doch noch ein Kind."

„Das ist diesen Typen egal. Im Grunde sind sie selbst noch Kinder. Sehen Sie, es geht ihnen nicht darum, Minderjährige mit Gewalt zu missbrauchen. Eher darum, sie mit Alkohol oder auch Tabletten gefügig zu machen. Kendra hat uns erzählt, dass Cybill sich in diesen Keith Grant verguckt hatte. Das hat er offenbar eiskalt ausgenutzt. Wahrscheinlich wollte er sie einem seiner Freunde ... ähm ... überlassen. Gerade Mädchen mit einem schwachen Selbstwertgefühl sind für solche Typen leicht empfänglich. Als sie das Bewusstsein verlor, sind sie in Panik geraten."

„Mit anderen Worten: Wenn Cybill keine Alkoholvergiftung bekommen hätte, hätte sie mit diesem Kerl …?"

Maxwell hob die Schultern.

Shona knirschte mit den Zähnen und ballte die Hände zu Fäusten. „Vielleicht sollten Sie sich mal mit Annabelle Forbes unterhalten!"

„Den Vorschlag wollte ich auch gerade machen", erklang Ramsays Stimme in ihrem Rücken. Sie hatte die Tür lautlos geöffnet. Cybill stand mit hochrotem Kopf schräg hinter ihr. Vermutlich kam sie sich vor wie eine Verräterin.

„Ich hole sie", sagte Shona und stieg die Treppe hinauf. Wie zu erwarten, befand sich Annabelle bei Rowan. Genauer gesagt auf ihm. Shona hörte die typischen Geräusche schon auf dem Flur und verdrehte die Augen. Was sie in der Stadt oder auf ihren Kreuzfahrten trieben, war eine Sache. Aber hier wohnte ihre minderjährige Tochter!

Wütend hämmerte Shona mit der Faust gegen die Tür. Annabelle kiekste erschrocken.

Shona zählte bis fünf, dann stieß sie die Tür auf. Rowan lag mit entblößtem Oberkörper auf dem Rücken. Annabelle daneben, die Bettdecke vor die Brust gezogen. Ihr Gesicht glühte regelrecht. Shona rümpfte die Nase. Es stank nach kaltem Zigarettenrauch und Sex.

„Die Polizei will mit dir sprechen", sagte sie knapp.

„Mit mir? Aber warum denn?", wimmerte Rowan.

Shona seufzte. „Nicht mit dir." Sie deutete mit dem Kinn auf Annabelle. „Mit ihr. Zieh dich an und komm runter." Sie lächelte kantig. „Oder soll ich sie raufschicken?"

Shona schloss die Tür und wartete, bis Annabelle angezogen das Schlafzimmer verließ. Ohne sie eines Blickes zu würdigen, eilte Rowans Liebchen an ihr vorbei in Richtung Treppe. Shona verzichtete darauf, ihr zu folgen. Ramsay und Maxwell wollten bestimmt allein mit ihr sprechen. Das gab ihr Zeit, ein ernstes Wörtchen mit ihrem Bruder zu wechseln. Er saß auf der Bettkante und war dabei, sich eine Zigarette anzuzünden. Er hatte sich nicht mal angezogen. Sein Körper war blass und mager, scharf zeichneten sich die Rippenbögen unter der dünnen Haut ab.

„Was willst du, Shona?" Er klang erschöpft.

„Du weißt, dass sie dich nur ausnutzt?"

Er sog an der Zigarette und stieß den Rauch durch die Nasenlöcher aus. „Und ich Idiot wollte ihr nicht glauben."

„Was meinst du damit?"

„Sie wusste, dass du das sagen würdest." Er wandte ihr das Gesicht zu und grinste, während die Kippe noch zwischen seinen Lippen klemmte. „Weißt du, sie ist nicht so dumm wie du vielleicht denken magst."

„Das bezweifele ich."

„Gib dir keine Mühe, Shona. Du kannst machen, was du willst, aber du wirst uns nicht entzweien."

„Du hast recht, du bist ein Idiot. Sie war vor einem Jahr Schülerin in Morgans Tanzschule."

„Ja und? Was ist daran so besonders?"

Shona konnte nicht fassen, dass ihr Bruder das Offensichtliche nicht erkannte. Aber vielleicht wollte er es auch gar nicht. „Als Morgan vor über eine Woche Cybill abholte, da haben Annabelle und er so getan, als ob sie sich nicht kennen würden. Warum haben sie das deiner Meinung nach getan?“

„Weil sie nun mal nur eine Schülerin war und sich dein werter Ex eben nicht an jede Kursteilnehmerin erinnert?“

Shona wähnte sich im falschen Film. Oder wie in einer Endlosschleife. Immerhin hatte sie dieses Gespräch erst vor zwei Tagen mit Morgan Baxter auf dem Krankenhausgelände geführt. Ihr Herz wurde schwer, als sie daran dachte, dass ihre Mutter da noch am Leben gewesen war. Niemand von ihnen hatte zu diesem Zeitpunkt geahnt, was nur wenige Stunden später passieren würde.

„Du willst es einfach nicht begreifen!“

„Nein, *du* willst nicht begreifen, Shona!“ Er fuhr herum und drückte die halb aufgerauchte Kippe mit ruckartigen Bewegungen im Ascher aus. „Du hast Annabelle von Anfang an nicht gemocht und keine Gelegenheit ausgelassen, das zu zeigen. Das war ein gefundenes Fressen für dich, nicht wahr?“

„Sie hat Cybill den Whisky gegeben“, rief Shona.

„Und wenn schon. Um einem halbwüchsigen Jungen zu imponieren. Sie hat Cybill den Whisky jedenfalls nicht eingeflößt. Du kannst es ihr nicht zum Vorwurf machen, dass sie versucht, sich zu integrieren, wo du doch jeden ihrer Vorstöße zunichtemachst.“

„Das ist ja wohl die Höhe! Cybill musste ins Krankenhaus und du nimmst Annabelle in Schutz?!“

„Nein, aber ich denke, dass sie sich einfach nichts dabei gedacht hat.“

„Oh ja, davon gehe ich aus.“

„Spar dir deine gehässigen Kommentare, Schwester-herz. Ich werde Annabelle heiraten, ob es dir nun passt oder nicht. Und wir werden hier auf Kincaid Hall woh-nen, also bemühe dich besser um ein gutes Verhältnis zu ihr.“

Shona verengte die Augen. „Oder was?“

„Warten wir es ab.“ Er lächelte süffisant. „Aber vergiss nicht, dass dies mein Haus ist. Ich würde also vorschla-gen, dass du dir in Zukunft einen anderen Ton ange-wöhnst.“

„Verlogener Dreckskerl. Mutter ist noch keine zwei Tage tot!“

„Glaubst du, das wüsste ich nicht?“ Tränen schimmer-ten in seinen Augen. „Ich kann an nichts anderes mehr denken. Du hast dich doch die meiste Zeit nur mit ihr gestritten.“

„Wir haben ein Unternehmen geleitet, während du ir-gendwelchen Weiberröcken hinterhergelaufen bist. Ich rate dir dringend, deinen Arsch hochzukriegen und dich ebenfalls einzuarbeiten.“

„Das wird wohl kaum nötig sein, denn ich denke dar-über nach, meinen Anteil zu verkaufen.“

„Das kann nicht dein Ernst sein!“

„Mein voller.“

„Ist das auch auf Annabelles Mist gewachsen?“

„Sie ist die Einzige, die sich um mich gekümmert hat.“

„Ja, das habe ich gehört“, erwiderte Shona trocken und verließ Rowans Schlafzimmer. Wuchtig warf sie die Tür hinter sich ins Schloss.

Auf der Treppe kam ihr Annabelle entgegen. Sie machte einen fahrigen Eindruck und wich Shonas

Blick aus. Shona verzichtete darauf, sie anzusprechen. Sollte etwas im Gespräch mit den Polizisten herausgekommen sein, würde sie es früh genug erfahren.

Ramsay und Maxwell verließen das Arbeitszimmer, als Shona die Halle erreichte.

„Nun?", fragte sie kurz angebunden.

„Es tut mir leid, Mrs Kincaid, aber Miss Forbes hat lediglich zugegeben, Cybill auf Wunsch ein paar Flaschen gegeben zu haben. Angeblich als Geschenk für die Lachlans."

„Das ist doch Bullshit."

„Mag sein, aber Ihre Tochter hat die Aussage bestätigt."

„Wie bitte?"

„Sie haben richtig verstanden. Natürlich hätte Miss Forbes Ihrer Tochter trotzdem keinen Alkohol besorgen dürfen und Sie könnten natürlich Anzeige erstatten, aber um ehrlich zu sein, wird das nicht viel bringen."

„Meine Tochter hätte umkommen können!"

„Sicher, Mrs Kincaid. Aber Miss Forbes hatte keinerlei Veranlassung, das anzunehmen. Sie wusste nichts von einer Party. Tut uns leid."

„Und was werden Sie jetzt machen?"

„Das, was wir sowieso vorhatten: Keith Grant und seine Freunde ausfindig machen. Wir sind optimistisch, dass uns das mit Hilfe der Aussage Ihrer Tochter gelingt."

Ramsay und Maxwell verabschiedeten sich.

Shona betrat ihr Arbeitszimmer und setzte sich hinter den Schreibtisch. Sie stützte die Ellenbogen auf die Platte und massierte sich die Schläfen. Stechende

Schmerzen zuckten durch ihren Kopf. Das Atmen wurde zur Qual. Sie hatte das Gefühl, die Wände kämen auf sie zu. Kalter Schweiß brach ihr am ganzen Leib aus, ihr Herz raste.

Panik ergriff von Shona Besitz. Sie versuchte verzweifelt, sich zu beruhigen und gegen die wachsende Angst anzukämpfen. Sie atmete tief ein, hielt den Atem zwei Sekunden lang an und ließ ihn dann behutsam durch den Mund entweichen. Sie dachte an Siobhan und Cybill. Langsam ging es ihr wieder besser.

KAPITEL 15

Kaum waren die beiden Polizisten verschwunden, hatte Cybill die Gelegenheit genutzt, um einen Ausritt zu machen und ihren Gedanken freien Lauf zu lassen. Auf Devils Rücken hatte es den Anschein, als seien die Ereignisse des zurückliegenden Wochenendes nie passiert. Sie fühlte sich frei und beschwingt. Erst als Kincaid Hall wieder in Sicht kam, musste sie daran denken, dass Grandma nicht mehr da war.

Keine gemeinsamen Abendessen, keine Zankereien mit Graham, keine Umarmungen mehr. Ihre Großmutter war tot. Obwohl sie das wusste, kam es ihr seltsam unwirklich vor. Als hätte sie das alles bloß geträumt. Sie fühlte sich fast wie ein Androide, der programmiert worden war, damit er funktionierte. Sämtliche Bewegungen, die Befehle, die sie Devil mit den Zügeln oder dem Druck ihrer Schenkel und Fersen übermittelte, geschahen unbewusst.

Der vertraute Stallgeruch weckte Wehmut in ihr. Grandma hatte sich nie groß fürs Reiten interessiert, dennoch schien irgendetwas anders zu sein. Und Cybill begriff, dass sie es selbst war, die sich verändert hatte. Nur ein lächerliches Wochenende, zweieinhalb Tage, und plötzlich stand ihre Welt Kopf. Unvermittelt fing sie an zu weinen. Dieses Mal nicht wegen Grandma. Nicht nur zumindest. Es war ihre verlorene Kindheit, der Cybill hinterhertrauerte.

Mit dem Ärmel wischte sie sich die Tränen aus dem Gesicht. Danach sattelte sie Devil ab, als draußen das Klappern von Hufen erklang. Es war Kendra mit ihrer Stute Swiftwind.

Sie machte ein Gesicht wie sieben Tage Regenwetter. So zumindest hätte Grandma es ausgedrückt. Cybill konnte förmlich ihre Stimme hören und zog die Nase hoch.

Vor dem Stall stieg Kendra aus dem Sattel. Sie trug ihren Rucksack, den sie auch zur Schule mitnahm, und führte Swiftwind am Zügel auf den Stall zu. In der offenen Tür blieb sie stehen.

„Hey", sagte sie leise.

„Hey", erwiderte Cybill. Wenn sie doch bloß mit der Flennerei aufhören könnte.

„Ich hab gehört, was mit deiner Grandma passiert ist. Das ist bestimmt sehr schwer für dich."

Cybill nickte.

„Es ... tut mir sehr leid."

„Schon gut."

Die beiden Mädchen schwiegen. Sie standen knapp fünf Yards voneinander entfernt, doch Cybill kam es vor, als trennten sie Welten.

„Ich ... äh ... habe dir deine Hausaufgaben mitgebracht." Kendra ließ den Rucksack von der Schulter gleiten und kam näher. Cybill tätschelte Devils Hals, bevor sie die Box verschloss und ihrer Freundin entgegentrat.

Sie war in die Knie gegangen und wühlte in dem Rucksack herum, bis sie gefunden hatte, wonach sie suchte. Es waren mehrere Kopien, sorgfältig in eine Klemmmappe eingeheftet, so wie es Kendras Art war.

Auf der obersten Seite klebte eine Notiz, auf dem die Titel dreier Lehrbücher mit den entsprechenden Seitenzahlen notiert waren.

„Bäh, Mathe", murmelte Cybill. „Danke.", fügte sie hinzu.

„Kein Problem." Kendra zögerte und nagte an ihrer Unterlippe. „Wie geht's dir?"

Cybill zuckte mit den Achseln. „Geht so."

„Keith ist weg."

„Mhm, hab ich schon gehört."

Das Gespräch schlief abermals ein. Cybill fühlte sich unwohl, doch sie wusste nicht, was sie sagen sollte. Einerseits war Kendra ihre beste Freundin, andererseits ...

„Ich ... äh ... hab Hausarrest", fuhr Kenny unvermittelt fort. „Außerdem muss ich auf dem Hof mithelfen, so lange, bis Mum und Dad einen neuen Stallburschen gefunden haben. Ich durfte nur kurz los, um dir die Hausaufgaben zu bringen."

„Danke", wiederholte Cybill verlegen.

„Ja ... äh ... also dann. Ich muss wieder los, sonst bringt Dad mich um." Kendra lächelte traurig. Sie winkte Cybill kurz zu, die wie festgewachsen auf der Stelle stand und sich nicht rührte. Tatenlos schaute sie zu, wie Kendra sich zurück in den Sattel schwang und davonritt.

„Mein herzliches Beileid, Mrs Kincaid. Ich bin untröstlich, seit ich von dem tragischen Vorfall erfuhr."

Jedem anderen hätte Shona unterstellt, dass es sich um die üblichen Phrasen handelte, die bei solchen Anlässen gedroschen wurden, nicht so in diesem Fall.

„Danke, Mister Borthwick. Ich weiß Ihre Worte zu schätzen. Sie kannten sich schon lange, habe ich recht?"

Der weißhaarige Mann, der die Siebzig bereits weit überschritten hatte, nickte traurig. „Das kann man wohl sagen. Ein ganzes Leben lang. Da waren Sie und Rowan noch nicht mal geboren. Als junger Anwalt unterstützte ich Ihre Mutter, als Ihr Großvater Horace einen Schlaganfall erlitt."

„Das war kurz nach dem Tod meines Vaters, stimmt's?" Shona erinnerte sich, dass Mum sie häufiger zu Terminen und Besprechungen mitgenommen hatte. In ihrer Erinnerung war Clarence Borthwick deutlich größer gewesen, das Haar jettschwarz. Sein Rücken war unter der Last der Jahre krumm geworden. Trotzdem ließ er es sich nicht nehmen, weiter zu arbeiten. Er betreute die Stammkunden der Kanzlei, die von seinen Söhnen geführt wurde, tat dies aber lediglich in beratender Funktion.

„Das ist richtig. Wenn ich Ihnen in irgendeiner Form behilflich sein kann, scheuen Sie sich nicht, mich zu fragen", fügte er hinzu. Er faltete die Hände auf der Platte des penibel aufgeräumten Schreibtisches.

„Aus diesem Grund bin ich hier, Mister Borthwick", erwiderte Shona. Sie trank einen Schluck von dem ausgezeichneten Espresso, den der Kanzleigehilfe ihr serviert hatte. „Sie kennen sicherlich das Testament meiner Mutter."

Borthwick wich ihrem Blick aus und griff mit zitternden Fingern nach dem Wasserglas. Shona war sich nicht sicher, ob es am Alter lag oder ob sie ihn gerade in Verlegenheit gebracht hatte.

„Ich weiß, dass Sie das Testament meiner Mutter geprüft haben. Sie brauchen Ihre Schweigepflicht nicht zu verletzen. Rowan wird nicht nur das Haus erben, sondern auch das Familienunternehmen. Mutter hat uns kurz vor Ihrem Tod bereits erklärt, dass sie das Unternehmen auf Rowan übertragen wollte."

„Leider hat Ihre Mutter versäumt, im Vorfeld entsprechende Regelungen zu treffen. Obwohl ich sie mehrfach darauf hingewiesen habe, wie wichtig das sei. Nicht nur aufgrund ihres Familienvermögens, sondern auch, was die Erbfolge des Unternehmens betrifft."

„Ja, sie war schon immer sehr eigenwillig. Seit ich denken kann, ist sie nie krank gewesen."

„Die Diagnose muss ein Schock gewesen sein."

„Sie wussten davon", stellte Shona nüchtern fest. Sie konnte Borthwick keinen Vorwurf machen, dass er geschwiegen hatte. Selbst Graham trug keine Schuld. Es war einzig und allein die Entscheidung ihrer Mutter gewesen.

„Ja", erwiderte der Senior-Anwalt. „Sie hat es mir erzählt. Anscheinend hat sie es zunächst nicht wahrhaben wollen, konnte aber die Augen letztendlich nicht vor den Tatsachen verschließen. Eine Schande, dass es so lange unbemerkt geblieben ist."

„Sie war niemand, der bei jedem Zipperlein zum Arzt gerannt ist."

Borthwick nickte und trank einen Schluck Wasser. „Das stimmt. Ich erinnere mich, dass ..."

Shona lehnte sich nach vorne. „Mister Borthwick, seien Sie mir bitte nicht böse, aber ich bin nicht gekommen, um mit Ihnen gemeinsam in Erinnerungen zu schwelgen."

„Natürlich nicht. Verzeihen Sie mir. Haben Sie das zuständige Standesamt bereits informiert?"

„Da komme ich gerade her."

„Nun, dann werde ich vermutlich noch heute einen entsprechenden Bescheid erhalten, sodass wir das Testament in den nächsten Tagen öffnen können."

„Und genau das ist der Grund, weshalb ich mit Ihnen sprechen wollte."

Borthwick hob den Kopf und blickte sie neugierig an. „Ich fürchte, ich verstehe nicht."

Shona trank den letzten Schluck Espresso. Danach starrte sie sekundenlang auf den dunkelbraunen Kaffeesatz. Bedächtig stellte sie die Tasse auf den Rand des Schreibtisches. „Sie kennen meinen Bruder, Mister Borthwick. Und daher wissen Sie auch, dass er sich Zeit seines Lebens für alles Mögliche interessiert hat, gewiss jedoch nicht für das Unternehmen. Vater ist leider zu früh von uns gegangen, woraufhin Mutter ihn nach allen Regeln der Kunst verhätschelt hat."

„Darüber steht mir kein Urteil zu, Mrs Kincaid."

Sie hob die Hand. „Das ist mir bewusst. Darum geht es mir auch gar nicht. Aber Sie wissen genauso gut wie ich, dass die Destillerie vor die Hunde geht, wenn Rowan die Geschäftsführung übernimmt."

„Wie können Sie da so sicher sein? Soviel ich weiß, haben Sie Ihrer Mutter in den letzten Jahren sehr geholfen und ..."

„Ich habe dieses Unternehmen geleitet", zischte Shona. „Und ich werde jetzt gewiss nicht tatenlos zusehen, wie Rowan es zugrunde richtet. Er sprach sogar schon von einem Verkauf. Nein, Mister Borthwick, bei allem gebührenden Respekt, aber Sie kennen Rowan nicht so gut wie ich."

Der alternde Anwalt verknotete die Finger ineinander. Shona konnte sehen, wie unangenehm ihm das Gespräch war.

„Es liegt nicht in meiner Absicht, einen Erbschaftsstreit vom Zaun zu brechen, aber weder Rowan noch seine Verlobte Annabelle besitzen die Kenntnisse und Fähigkeiten, um ein solches Geschäft zu führen."

Die Augen von Mister Borthwick weiteten sich. „Rowan ist verlobt?"

„Eine Urlaubsbekanntschaft." Shona winkte ab.

„Hm, verstehe." Seine Lider verengten sich zu schmalen Schlitzen. „Was haben Sie vor?"

Shona biss die Zähne aufeinander, ihr Herz schlug schnell und heftig. Schließlich gab sie sich einen Ruck und erklärte es Mister Borthwick. Obwohl sie nach außen hin kühl und distanziert wirkte, bebte sie innerlich. Sie kam sich wie eine Verräterin an der eigenen Mutter vor.

Das Blut stieg ihr in den Kopf. Mister Borthwick dagegen wurde kreideweiß.

Zum Mittagessen traf Shona sich mit Siobhan in einem Restaurant in Newhaven mit Blick auf den Firth of Forth, der nördlich gelegenen Bucht, in die der Forth River mündete. Schwacher Wind wehte von Osten über das Meer, das in kleinen Wellen gegen den Kai klatschte.

Sie hatten beide keinen großen Appetit und während sich Siobhan damit begnügte, an einem Salat zu knabbern, entschied sich Shona für die Jakobsmuscheln.

„Wie geht's Cybill?", erkundigte sich Siobhan.

Shona hob die Schultern. „Um ehrlich zu sein: Ich habe keine Ahnung. Ich denke, Sie leidet sehr unter dem Verlust ihrer Großmutter, versucht es aber nicht zu zeigen. Sie verbringt mehr Zeit im Stall oder draußen in den Hügeln als im Haus."

„Das kannst du ihr kaum verdenken. Vergiss nicht, was sie durchgemacht hat. Sie schämt sich und vielleicht gibt sie sich sogar einen Teil der Schuld für den Tod ihrer Großmutter."

„Das ist doch Unsinn!"

„Sag das nicht mir, sag das Cybill."

Shona seufzte und widmete sich wieder ihren Muscheln. „So ein Kind aufzuziehen, ist anspruchsvoller als ein Unternehmen zu leiten."

„Deshalb habe ich ja auch keines", erwiderte Siobhan und grinste flüchtig.

„Dafür machst du das mit Cybill aber sehr gut."

Sekundenlang begegneten sich die Blicke der beiden Frauen. Shonas Puls beschleunigte sich. Siobhan senkte hastig den Kopf. „Wie war dein Termin beim Bestatter?"

„Da muss ich erst heute Nachmittag hin. Nachdem ich dich bei der Galerie abgesetzt habe. Ich war bei unserem Anwalt."

„Wegen des Testaments?"

„Ja, ich werde es anfechten."

„Wie bitte? Weißt du denn, was drinsteht?"

„Das brauche ich nicht. Graham erzählte mir, dass Mutter dabei war, es zu ändern. Kurz bevor sie starb."

„Ja ... und?"

„Warum hätte sie das tun sollen? Ausgerechnet nachdem ich ihr erzählt habe, was die Detektei über Annabelle und Morgan herausgefunden hat."

„Du meinst, ihr wurde klar, dass es keine gute Idee gewesen ist, Rowan das Familienunternehmen zu überschreiben."

„So ist es."

„Aber wie willst du das Testament anfechten? Hat deine Mutter es nicht von eurem Anwalt prüfen lassen?"

„Doch", meinte Shona einsilbig. Es würde Siobhan nicht gefallen, trotzdem musste sie es ihr sagen, auch wenn sie sich davor fürchtete.

„Was hast du vor?" Siobhans Frage klang lauernd, als ahnte sie bereits, was sie gleich zu hören bekommen würde.

„Ich ..." Shona schaute sich um. Erst als sie sicher war, dass sich niemand in der Nähe befand, der zuhörte, fuhr sie fort. „Ich werde Mutter posthum für unzurechnungsfähig erklären lassen."

Die Gabel rutschte Siobhan aus den Fingern, schlug mit einem hellen Klirren gegen den Rand des Tellers und fiel scheppernd zu Boden. Es war mehr der anerzogene Reflex, der sie veranlasste, das Besteckteil aufzuheben. Als sie sich aufrichtete, war ihr Gesicht puterrot angelaufen. „Shona, sag mir bitte, dass das ein Scherz ist."

„Keineswegs." Sie schluckte trocken und griff nach der Wasserflasche, um sich nachzuschenken. Ihre Kehle kratzte. Sie musste erst etwas trinken, bevor sie weitersprechen konnte.

Siobhan nutzte die Pause. „Ich erkenne dich kaum wieder“, murmelte sie und ihre Stimme zitterte leicht. „Seit deine Mutter euch erzählt hat, dass sie Rowan zu ihrem Nachfolger machen will, bist du anders geworden. Du …“

„Weißt du eigentlich, was ich alles für das Geschäft und die Familie geopfert habe?“, rief Shona lauter als beabsichtigt.

„Wer wüsste das besser als ich?“, entgegnete Siobhan ruhig.

„Nein, so nicht. Ich bin schließlich nicht die Einzige, die viel arbeitet.“

„Das stimmt. Aber es gibt einfach Grenzen. Deine Mutter war doch nicht senil.“

„Sie hatte einen Hirntumor! Kannst du mit Sicherheit sagen, dass ihr Entschluss, Rowan die Verantwortung für das Unternehmen zu überlassen, keine Folge ihrer Erkrankung war?“

„Er war ihr Sohn. Sicher, er mag nicht gerade deinen Vorstellungen entsprechen. Aber Mütter sehen ihre Kinder oft mit anderen Augen.“

„Sie hat es nie akzeptieren können, dass ich eine Frau liebe.“

„Also das bezweifele ich. Sie war stets nett zu mir.“

„Sie war höflich. Himmelherrgott Siobhan, sie hat sich von einem Chauffeur durch die Gegend kutschieren lassen, als wäre sie die Herzogin von Kent!“

„Deine Mutter ist erst seit drei Tage tot. Wie kannst du so über sie reden?“

Shona schwieg betroffen.

„Hör zu“, fuhr Siobhan fort. „Ich kann verstehen, dass das alles schwer für dich ist. Der Tod deiner Mutter, die

Sache mit Cybill. Morgan, Annabelle, Rowan ... aber bitte warte bis zur Testamentseröffnung, ehe du etwas tust, was du hinterher bereust."

„Rowan wird das Geschäft ruinieren. Ich weiß es!"

„Woher?"

„Er denkt darüber nach, es zu verkaufen!"

„Warum sollte er das tun?"

„Keine Ahnung. Letzten Donnerstag wollte er sich um den Abtransport des Draffs kümmern, als ihm ein wichtiger Termin dazwischengekommen ist. Angeblich ging es um irgendwelche Hochzeitsvorbereitungen. Seltsam nur, dass Annabelle zu Hause war."

„Vielleicht brauchte er sie nicht. Oder es soll eine Überraschung werden."

„Sie haben ja nicht mal einen Termin!"

„Und was willst du jetzt tun? Willst du deinen Bruder vielleicht auch beschatten lassen?"

„Wäre vielleicht nicht das Verkehrteste."

Siobhan schüttelte den Kopf. „Shona, du ... du bist paranoid. Du verrennst dich da in etwas. Bist du neidisch auf Rowan, weil er Mamas Liebling war?"

„Erzähl keinen Blödsinn!", platzte es aus Shona heraus. „Und verschon mich bitte mit weiteren pseudopsychologischen Exkursen, ja?"

Das Gesicht ihrer Freundin erstarrte zur Maske.

„Das reicht!" Siobhan warf die Serviette auf den Tisch und erhob sich. „Lass uns reden, wenn du wieder zur Vernunft gekommen bist."

„Siobhan, ich ..."

„Vergiss es. Ich bezahle vorne und nehme ein Taxi."

Shona beobachtete, wie ihre Freundin zur Kasse ging und die Kreditkarte zückte. Sie selbst blieb zusammengesunken am Tisch sitzen. Vielleicht hätte sie aufstehen und Siobhan folgen sollen. Andererseits schien diese momentan nicht an einem Gespräch interessiert zu sein. Shona war verunsichert und starrte regungslos auf den Teller vor ihrer Nase.

Sie hatte die Muscheln kaum angerührt.

KAPITEL 16

„Habe ich was verpasst?"

Pia reckte ihren weißen Schwanenhals und deutete mit einem Stift in die Galerie. „Dieser Knabe dort schleicht schon seit einer geschlagenen Stunde hier herum."

Ja und, wollte Siobhan fragen. Das war nichts Ungewöhnliches. Dafür gingen die Leute schließlich in eine Galerie. Einige verloren sich bei der Betrachtung der Kunstwerke und vergaßen darüber gerne die Zeit. Siobhan folgte dem Ende des Kugelschreibers mit den Augen und hatte das Gefühl, einen Tritt in den Magen zu bekommen.

„Ich hab gefragt, ob ich ihm helfen kann", fuhr ihre Gehilfin fort. „Aber er wollte bloß wissen, wann du wieder im Haus seiest."

„Danke, Pia", erwiderte Siobhan mechanisch. „Ich kümmere mich darum."

Sie ging auf den Besucher zu und blieb dicht hinter ihm stehen. Er schien tatsächlich in eines der Bilder vertieft, dessen Preis mit knapp 4800 Pfund nicht eben zu den Schnäppchen zählte.

„Was willst du hier, Morgan?"

Er drehte sich um und schenkte Siobhan ein herzliches Lächeln, mit dem er vermutlich reihenweise die Herzen seiner Schülerinnen zum Schmelzen brachte. Siobhan zeigte sich davon unbeeindruckt, was den Ex-

Mann ihrer Freundin anscheinend aber nicht sonderlich störte.

„Darf ich dich nicht mal besuchen?"

„Du darfst meine Galerie besuchen, sofern du dich benimmst. Darüber hinaus wüsste ich nicht, was wir beide zu besprechen hätten."

„Oh, ich fürchte eine ganze Menge, meine Liebe."

„Ich bin nicht deine Liebe, Morgan. Also, wenn du dich nicht für eines der Kunstwerke interessiert, würde ich dich bitten ..."

Er drehte sich um und deutete auf das Gemälde hinter sich. „Na schön. Warum sollte jemand fünftausend Pfund für so ein Geschmiere ausgeben?"

„Weil es ihm gefällt."

„Nun, über Geschmack lässt sich nicht streiten."

Siobhan wurde wütend. Was bildete sich dieser Lackaffe eigentlich ein?

„War's das?", fragte sie.

„Nein", erwiderte er, ohne den Blick von dem Gemälde abzuwenden. „Das war es noch nicht."

„Ist es wegen Shona?" Sie verschränkte die Arme vor der Brust.

„Es ist wegen Cybill."

Die Antwort überraschte Siobhan. „Was habe ich damit zu tun?"

„Mehr als du denkst, fürchte ich. Die Sache vom Wochenende zeigt doch, wie sehr das Kind leidet. Ihm fehlt die väterliche Strenge. Oder anders herum gesagt, eure ...", er zögerte und wedelte dabei mit der Hand, „... eure Beziehung tut ihr nicht gut."

Siobhan glaubte sich verhört zu haben. „Du bist wohl nicht ganz bei Trost! Erst setzt du Annabelle auf Rowan an und jetzt …"

„Hat sie dir das gesagt?" Ein drohender Unterton schwang in seiner Stimme mit. Er wandte sich Siobhan zu, deren Herz zu klopfen begann. Morgan Baxter war einen Kopf größer als sie, breitschultrig und durchtrainiert. Siobhan war zwar sportlich und hatte als Jugendliche ein paar Jahre Judo gemacht, doch gegen Morgan rechnete sie sich nicht allzu viele Chancen aus.

Ihr schneller Blick ging zu Pia.

Die junge Frau beobachtete sie aufmerksam. Sie hatte anscheinend mitbekommen, dass das kein Freundschaftsbesuch war. In der Hand hielt sie das schnurlose Telefon. Siobhan beruhigte sich ein wenig. Auf Pia war Verlass, sie würde sofort die Polizei rufen, sobald Morgan irgendetwas Dummes täte. Nur würde diese Zeit brauchen, um herzukommen und ob Shonas Ex ihr die lassen würde, war fraglich. Die Angst lastete wie ein Klumpen Blei in ihrer Magengrube.

„Spielt das eine Rolle?" Herausfordernd reckte sie ihm das Kinn entgegen.

„Oh ja, das tut es. Ich habe es nämlich satt, ständig von ihr denunziert zu werden. Schlimm genug, dass sie meiner Tochter irgendwelche Flausen in den Kopf setzt."

„Was für Flausen?"

„Du weißt genau, was ich meine."

„Vielleicht erklärst du es mir."

„Ich will, dass du Shona verlässt."

Siobhan blieb das Lachen im Halse stecken. „Wie bitte?"

„Merkst du nicht, wie sehr Cybill unter eurer Beziehung leidet? Soll sie etwa auch …“ Er verstummte und richtete sich auf.

„Soll sie auch *was*?“ Siobhan raffte all ihren Mut zusammen und trat auf Morgan zu.

„Lesbisch werden“, spie er ihr entgegen. Sei Atem roch nach Pfefferminz.

„Raus!“, sagte sie, verengte die Augen und betonte dabei jeden einzelnen Buchstaben.

„Oder was?“

„Oder meine Mitarbeiterin ruft die Polizei!“

Morgan schnaubte und warf Pia einen geringschätzigen Blick zu. „Die kleine Kampflesbe braucht sich nicht zu bemühen. Ich gehe. Aber denk an meine Worte. Es wäre besser für dich.“

Sekundenlang starrte er sie an, dann wandte er sich ruckartig ab und verließ die Galerie.

Siobhan atmete auf und ließ die Arme sinken. Erst jetzt merkte sie, wie sehr ihre Knie zitterten.

„Darf ich aufstehen?“, fragte Cybill.

Shona sah auf den Teller ihrer Tochter. „Du hast ja kaum einen Bissen angerührt.“

„Ich bin nicht hungrig.“

Shona war zu erschöpft, um mit Cybill zu diskutieren. Außerdem konnte sie es ihr nicht verdenken. Die Stimmung bei Tisch als gedrückt zu bezeichnen, wäre der reinste Euphemismus gewesen.

Selbst Rowan und Annabelle wechselten kaum ein Wort miteinander. Dabei hätte es mehr als genug zu bereden gegeben, doch Shona würde sich hüten, während des Essens Details der Beerdigung anzusprechen.

Sie nickte Cybill zu. „Du kannst gehen.“

„Danke.“

Ihre Tochter schob den Stuhl zurück und verließ den Raum. Annabelle war die Nächste, die verschwand, nur Rowan blieb sitzen. Shona sah es als Zeichen, dass er reden wollte.

„Wie war der Termin beim Bestatter?“

„Wärst du mitgekommen, wüsstest du es“, erwiderte Shona kühl und ärgerte sich im selben Augenblick über ihre unbedachte Äußerung. „Entschuldige, ich wollte nicht unhöflich sein.“ Sie erzählte ihm von den Formalitäten. Den Besuch beim Anwalt verschwieg sie jedoch.

Rowan hörte aufmerksam zu. „Wir müssen ein Inserat in die Zeitung setzen und unsere Geschäftspartner informieren.“

Shona blickte überrascht auf.

Die Mundwinkel ihres Bruders zuckten. „Wenn du willst, übernehme ich das.“

Sie nickte bloß.

Emily betrat den Raum. Sie sah blass aus und unter ihren Augen lagen tiefe Ringe. Der Tod ihrer Dienstherrin hatte sie schwer mitgenommen. „Darf ich abräumen?“

Rowan warf seiner Schwester einen knappen Blick zu. „Ja, Emily.“

Die Geschwister schwiegen, während Emily das Geschirr auf den Wagen lud. Als sie verschwunden war, fragte Shona: „Was machen wir mit Mutters Sachen?“

„Wie meinst du das?“ Rowan hob irritiert die Brauen.

„Nun ja, wir müssen uns einigen, was wir behalten wollen. Ich habe gedacht, dass wir einen Teil ihrer Kleidung der Heilsarmee stiften.“

„Kannst du nicht mal eine Gang runterschalten? Mutter ist nicht mal eine Woche tot, sie …"

„Denkst du, das wüsste ich nicht?", rief Shona aufgebracht.

Rowan starrte sie erschrocken an. Sie biss sich auf die Unterlippe und schluckte. Sie wollte sich abermals entschuldigen, brachte aber keinen Ton über die Lippen. Wütend stand sie auf und eilte aus dem Esszimmer. In der Halle blieb sie stehen, unschlüssig, was sie tun sollte.

Ein Teil von ihr wollte sich eine Whiskyflasche schnappen, sich ins Bett legen und so lange trinken, bis ihr die Augen von selbst zufielen. Das Einzige, was sie davon abhielt, war der Gedanke an ihre Tochter.

Shona setzte sich in Bewegung, ging an der Treppe vorbei in Richtung Bibliothek.

In der offenen Tür blieb sie stehen und starrte mit leerem Blick auf die Stelle, wo ihre Mutter vor wenigen Tagen gelegen hatte. Niemand hatte den Raum seither betreten.

Langsam schob sich Shona hinein. Ihre Beine fühlten sich weich wie Pudding an. Der Geruch nach alten Büchern und gebeiztem Holz drang ihr in die Nase. Vor dem Sekretär blieb sie stehen, strich über die Lehne des Stuhls, auf dem ihre Mutter so gerne gesessen hatte. Die stolze Lady Morag Kincaid.

Shona betrachtete die gerahmte Fotografie, auf der sie zusammen mit Rowan und ihrer Mutter zu sehen war. Daneben stand das Bild ihres Großvaters, der kurz nach ihrer Geburt an einem Schlaganfall gestorben war. Ein verlorenes Lächeln umspielte Shonas Mundwinkel. Sie sah ihr eigenes Spiegelbild im Fenster und zog den Stuhl zurück. Etwas Weißes lag neben dem Stuhlbein. Shona bückte sich und hob es auf. Es war eine durchsichtige Plastikhülle, an deren Ende ein grün bedrucktes Schild hing. Offenbar die Verpackung einer Kanüle, die noch von den Rettungssanitätern oder dem Notarzt stammte.

Shona schluckte und ließ das Stückchen Müll in den Abfallkorb unter dem Sekretär fallen. Erst danach setzte sie sich. Vor ihr auf der Platte lag ein Stapel von dem handgeschöpften blütenweißen Briefpapier, in dessen oberer rechter Ecke ein Wasserzeichen prangte.

Lady Morag hatte nie einen Laptop oder ein Notebook besessen. Sie war froh gewesen, dass Shona diese Dinge übernommen hatte. Ihre Mutter hatte ihre Korrespondenz handschriftlich erledigt oder mit der Maschine getippt, die in einem Koffer neben dem Sekretär stand.

Im Krankenhaus waren Shona die Habseligkeiten ihrer Mutter überreicht worden, die sie am Körper bei sich gehabt hatte. Dazu gehörte außer ihrem Schmuck auch ein kleiner Schlüssel, den sie ständig bei sich getragen hatte. Shona hatte bei seinem Anblick sofort gewusst, in welches Schloss er passte.

Der Sekretär besaß eine große Schublade unter der Platte und drei kleinere Fächer im Aufbau. Shona tat es höchst ungern, doch sie musste nachschauen, was ihre Mutter darin aufbewahrt hatte.

Die breite Lade war nicht verschlossen. In ihr lagen Briefkuverts verschiedener Größen, fein säuberlich hintereinandergestapelt, sowohl hochwertige, handgeschöpfte als auch handelsübliche. Ein Siegel nebst Wachs war ebenso vorhanden wie ein Stempelkissen. Die dazugehörigen Firmen- und Adressstempel hingen in einem drehbaren Ständer, der unter dem Aufbau stand.

Shona legte das Briefpapier zurück in die Lade und schloss sie. Erst danach widmete sie sich den kleinen Fächern. Sie fing ganz links an.

Dort fand sie nicht nur Mutters Reise- und Impfpässe, sondern auch diverse Sparbücher, darunter eines auf Cybills Namen. Shona musste schlucken, als sie die Summe sah, die Lady Morag all die Jahre für ihre Enkelin zur Seite geschafft hatte.

Sie hatte zwar davon gewusst, ebenso, dass ihre Mutter es Cybill aushändigen wollte, sobald diese volljährig war. Doch dass sie so viel Geld gespart hatte, damit hätte Shona im Leben nicht gerechnet. Das reichte für ein eigenes Auto. Oder ein zweites Pferd. Shona tendierte zu Letzterem.

Andererseits war Cybill so vernarrt in Devil, dass sie das Geld vermutlich eher in einen handgefertigten Sattel und seidene Pferdedecken stecken würde.

Shona verstaute Pässe und Sparbücher und fand zwei Umschläge mit Bargeld. Fünftausend Pfund im einen und fünftausend Euro im anderen Kuvert. Shona legte sie rasch wieder zurück in die Schublade, die sie sorgfältig verschloss, ehe sie sich der zweiten zuwandte.

Hier lagen abgelaufene Dokumente, größtenteils noch aus dem Besitz ihres Vaters, wie sein Führerschein, die Jagdlizenz, ein Angelschein und Ähnliches. Dinge, mit denen Shona nichts anfangen konnte, da sie keinerlei Erinnerungen in ihr weckten.

Ihr wurde bewusst, wie wenig sie über ihren Vater eigentlich wusste. Ihre Mutter hatte kaum ein Wort über ihn verloren. Nur, dass er sehr ernst und still gewesen

war und gerne Whisky getrunken und Fasane gejagt
hatte.

Shona verschloss die zweite Schublade und widmete
sich der dritten.

Mehrere in Leder gebundene Kladden lagen darin
und weckten Shonas Neugier. Sie nahm sie heraus und
schlug die oberste auf. Eine Fotografie klebte auf der
ersten Seite. Sie zeigte Lady Morag Kincaid im Kreise
ihrer Familie.

Sie, ganz die Matriarchin, bildete den Mittelpunkt. Sie
wurde von ihren Kindern flankiert, während Cybill neben ihrer Mutter stand und Devils Zügel hielt. Shona
musste unwillkürlich lächeln, als sie an die Diskussion
dachte, die die damals Neunjährige mit ihrer Großmutter geführt – und gewonnen hatte.

Warum Devil nicht mit aufs Bild dürfe, hatte Cybill
gefragt und eine Schnute gezogen, wie es nur kleine
Mädchen konnten.

Weil er ein Pferd ist, mein Schatz, deshalb. Für Lady Morag war die Diskussion damit beendet gewesen, für
Cybill aber keineswegs. Dann wolle sie eben auch nicht
mit aufs Bild, hatte ihre Tochter trotzig zurückgegeben.

Lady Morag hatte einen tiefen Seufzer ausgestoßen
und ihr deutlich gemacht, dass ein Familienfoto ohne
sie nicht vollständig sei. Daraufhin hatte Cybill erklärt,
ihr Pferd gehöre auch mit zur Familie.

Dieser bestechenden Logik eines Kindes hatte sich
selbst Lady Morag nicht entziehen können und klein
beigegeben. Cybill hatte gelacht und dabei ihre Zahnlü-
cke gezeigt, während Graham gemurmelt hatte, er hole

schon mal den Rolls-Royce. Der gehöre dann ja auch irgendwie zur Familie. Daraufhin hatte er sich einen bösen Blick von Lady Morag eingefangen.

Eine Träne rann über Shonas Wange und tropfte auf die Fotografie. Mit dem Handrücken wischte sich Shona über die Augen. Ja, auch Graham war mit auf dem Foto, ebenso wie Emily. Die beiden arbeiteten fast schon ihr gesamtes Berufsleben für die Kincaids, sodass es für Lady Morag selbstverständlich war, dass sie mit aufs Bild gehörten.

Die Familie machte jedes Jahr ein solches Foto und Shona fragte sich, warum ihre Mutter ausgerechnet dieses hier eingeklebt hatte. Die Antwort erfuhr sie, als sie das Büchlein aufschlug. Es war ein Journal, das mit dem Jahr der Fotografie begann.

Lady Morag hatte nicht penibel Tagebuch geführt, sondern nur, wenn sie etwas für besonders erwähnenswert erachtet hatte.

Es bereitete Shona nicht viel Mühe, die akkurate Handschrift ihrer Mutter zu entziffern. Sie überflog die Eintragungen, zwischen denen teilweise erhebliche Lücken klafften.

Sie las von Geschäftsabschlüssen, Ausflügen und Arztbesuchen. Auch Cybills Sturz, bei dem sie sich einen Arm gebrochen hatte, war vermerkt. Devil hatte sie in seinem jugendlichen Leichtsinn abgeworfen. Lady Morag hatte halb gebangt und halb gehofft, dass ihre Enkeltochter nie wieder auf den Rücken eines Pferdes steigen würde. Ironischerweise war Cybills Liebe zu dem Tier dadurch nur noch größer geworden.

Ein Absatz weckte Shonas Aufmerksamkeit besonders.

*Shona sagt, dass wir unser Marketing ausweiten müssen.
Wir dürfen uns nicht mehr allein auf Mund-zu-Mund-
Propaganda und Stammkunden verlassen. Sie zeigte mir
im Internet ein Video mit einer jungen, ausnehmend hübschen Schauspielerin. Mira Kuni. Ich weiß nicht, ob das
das Richtige für die Kincaid-Destillerie ist, aber ich vertraue Shona. Sie ist eine kluge Frau. Das war sie schon immer. Es schmerzt mich zu sehen, wie hart sie tagein tagaus
schuftet. Sie spricht nicht mit mir darüber, aber ich
glaube, sie ist einsam. Es wäre schön, wenn sie jemanden
hätte. Vielleicht nicht gerade Morgan. Der Mann ist ein
Idiot. Das Beste, was er zustande gebracht hat, ist Cybill.*

Shona hörte sich selbst kichern, als sie die Zeilen las.
Sie hatte den Namen von Mila Kunis sogar falsch auf-
geschrieben.

Plötzlich kam ihr eine Idee. Sie blätterte das Buch auf
der Suche nach einer bestimmten Stelle durch. Da gut
die Hälfte der Kladde noch unbeschrieben war, wurde
sie rasch fündig. Es war der Tag, als sie sich Mutter gegenüber geoutet und ihr Siobhan vorgestellt hatte.

*Zunächst hielt ich das Ganze für einen Witz. Gleichwohl
Shona niemand ist, der zu solch unpassenden Scherzen
neigt. Doch ich merkte schnell, dass es Shona bitterernst
damit war. Spätestens als sie mir die andere Frau vorstellte. Ihr Name ist Siobhan. Ein seltener und schöner
Name, der zu ihr passt. Sie ist eine höfliche junge Frau. Ge-*

bildet, eloquent und äußerst attraktiv. Sie wäre die perfekte Frau für meinen Rowan. Sie scheint Shona sehr zu mögen. Ich weiß, dass ich mich als Mutter darüber freuen sollte, doch es fällt mir schwer. Ich habe mich gefragt, ob ich etwas bei ihrer Erziehung falsch gemacht habe. Es ist nicht natürlich, wenn sich zwei Männer oder zwei Frauen lieben. Und was wird aus Cybill? Wie wird sie damit umgehen, dass ihre Mutter lesbisch ist?

Das Lächeln auf Shonas Lippen war schon während des ersten Satzes zerbröselt. Shona spürte einen scharfen Stich auf Höhe des Herzens. Es schmerzte, die Worte ihrer Mutter zu lesen und dabei ihre Stimme im Geiste zu hören. Es half nur wenig, dass es geheime Gedanken waren, geboren aus Sorge, niedergeschrieben von einer Frau, die in einer anderen, konservativeren Zeit aufgewachsen war, dominiert von starren, gesellschaftlichen Konventionen.

Trotzdem hätte sich Shona von ihrer Mutter etwas mehr Toleranz gewünscht. Ein wenig mehr Freude für ihre Tochter, die endlich jemanden gefunden hatte, der sie so akzeptierte, wie sie war und an deren Seite sie sich so verstanden fühlte wie nie zuvor.

Shona blätterte weiter, auf der Suche nach Einträgen, in denen Mum ihre Aussage revidierte. Doch was sie fand, war nur eine Notiz zum letzten Weihnachtsessen.

Die Gans war ausgezeichnet. Emily hat sich mal wieder selbst übertroffen. Belinda ist fleißig und gehorsam und scheint sich gut mit Emily und Graham zu verstehen. Die Familie war vollzählig. Rowan kam dieses Jahr allein. Er will im Frühjahr wieder auf Kreuzfahrt gehen. Ich hoffe,

*er findet bald jemanden, der ihn in den sicheren Hafen der
Ehe geleitet.*
*Shona kam in Begleitung ihrer Freundin. Siobhan hat
kaum etwas gegessen und die Gans nicht einmal angerührt. Shona sagte, sie sei Vegetarierin. Vater hätte das
nicht verstanden. Und ich tue es auch nicht.*
Vielleicht ist es nur eine Phase. Gott gib, dass es so ist.

Shona schlug die Kladde zu. Wut, Trauer und Enttäuschung rangen um die Vorherrschaft. Ihre Gedanken
wanderten zu Siobhan, mit der sie im Streit auseinan-
dergegangen war. Mal wieder.

„Ich hoffe, du bist jetzt glücklich, Mum", murmelte sie
und zog die Nase hoch.

Der Wunsch, sich zu betrinken, wurde drängender.
Shona stand auf und ging zu der als Globus getarnten
Minibar. Ein furchtbar kitschiges Ding, aber Lady Morag hatte ihn chic gefunden. Und Cybill mochte ihn
ebenfalls.

Shona zog eines der Gläser aus der Halterung und genehmigte sich einen Bourbon. Schon allein aus Trotz.

„Auf dich Mum. Und auf Mila Kunis", sagte sie und
stürzte das erste Glas in einem Zug hinunter. Das
zweite nahm sie mit an den Sekretär und griff nach
dem nächsten Journal.

„Schlimmer kann es wohl kaum noch werden", murmelte Shona. Sie ahnte nicht, dass sie sich irrte.

KAPITEL 17

Siobhan McLeary zog das aus metallischen Lamellen bestehende Schutztor vor den Zugang der Galerie und schaltete die Alarmanlage ein. Der gläsernen Eingangstür war ein schmaler Gang vorgelagert, dessen Boden aus schiefergrauen Pflastersteinen bestand.

Im Schaufenster zur Rechten konnte der Besucher zwei moderne Kunstwerke betrachten, bei deren Anblick Shona die Nase gerümpft hätte. Linkerhand bekam man einen Einblick in die Galerie selbst. Hier hatte Siobhan einige der Skulpturen aufgestellt, die auch nach Galerieschluss durch das Schaufenster auf der Vorderseite bewundert werden konnten.

Die Galerie war Siobhans ganzer Stolz. Sie genoss den Kontakt zu den Besuchern und Künstlern, so exzentrisch einige auch sein mochten. Anfangs hatte sie nebenbei vereinzelte Theaterengagements angenommen, allein aus finanziellen Gründen. Bereits wenige Wochen nach der Eröffnung hatte sich jedoch gezeigt, dass sie nur für kurze Zeit doppelgleisig fahren musste.

Siobhan hatte sich gegen die darstellende und für die bildende Kunst entschieden und war seitdem mit sich und der Welt im Reinen. Doch erst nachdem Shona in ihr Leben getreten war, schien ihr Glück vollkommen zu sein. Auch wenn ihre Beziehung zurzeit eher einer

Achterbahnfahrt ähnelte. Den unbeschwerten Momenten folgte viel zu schnell die Talfahrt, auf deren tiefstem Punkt in der Regel ein handfester Streit wartete.

Der wahre Charakter eines Menschen offenbarte sich in Krisen, und was Siobhan gesehen hatte, stimmte sie nachdenklich. Sie versuchte dennoch, kein vorschnelles Urteil zu fällen, schließlich war in den letzten anderthalb Wochen viel auf Shona eingestürmt. Es wäre ihr gegenüber unfair, zumal Siobhan sich nur schwer in die Lage ihrer Freundin hineinversetzen konnte.

Sie war als Einzelkind in einem sehr offenen und behüteten Elternhaus aufgewachsen. Ihre Eltern gehörten zur berühmt-berüchtigten 68'er Generation. Ihr Vater war sein Leben lang Theaterschauspieler gewesen, ihre Mutter Maskenbildnerin. Beide hatten nur wenig für schottische Traditionen und gesellschaftliche Konventionen übrig gehabt.

Shona indes war mit ihnen großgeworden. Als weiblicher Zwilling hatte sie stets versucht, es ihrer Mutter recht zu machen, während die ihren einzigen kränkelnden und hochsensiblen Sohn nach Strich und Faden verhätschelt hatte. War es da ein Wunder, dass Shona derart brüsk reagierte?

Wohl kaum.

Es war leicht, jemanden dafür zu verurteilen, nicht aus seiner Haut zu können, wenn man selbst nicht drinsteckte. Plötzlich fühlte sich Siobhan mies. Fakt war, dass sie Shona liebte, mit all ihren Ecken und Kanten.

„So ist das mit der Liebe. Du kannst dir nicht einfach die Rosinen herauspicken und den Kopf in den Sand stecken, wenn es schwierig wird“, murmelte sie, während sie eine der Skulpturen betrachtete, von denen sie selbst nicht genau wusste, was sie darstellen sollte. Angeblich lag das in der Absicht des Künstlers.

„Shona hat recht, das Ding ist wirklich hässlich wie die Nacht.“ Ein flüchtiges Lächeln spielte um Siobhans Lippen. „Und jetzt führe ich auch schon Selbstgespräche.“ Sie seufzte und verdrehte die Augen. *Ich hätte Pia nicht so früh nach Hause schicken sollen*, dachte sie amüsiert. Die Studentin wollte zu der Hausparty eines Kommilitonen und hatte vorher noch lernen wollen. Solange sie am nächsten Morgen pünktlich um zehn wieder auf der Matte stand, hatte Siobhan damit keine Probleme.

Sie ging zurück in die Galerie und verschloss die Tür von innen. Danach durchquerte sie noch einmal sämtliche Räumlichkeiten und löschte nacheinander die Lichter. Das war längst zu einem liebgewonnenen Ritual geworden. Es war einer der wenigen Momente, in denen sie die Kunstwerke nur für sich alleine hatte. Entsprechend viel Zeit ließ sie sich dabei, umso mehr, wenn sie etwas hatte, über das sie nachdenken musste. So wie über ihre Beziehung zu Shona Kincaid.

Nein, sie würde sie nicht verlassen. Schon gar nicht jetzt, wo Shona sie am meisten brauchte. Sie waren zwar nicht verheiratet, trotzdem besaß der Satz *In guten wie in schlechten Zeiten* für Siobhan Gültigkeit. Sofort meldete sich ihr schlechtes Gewissen, dass sie ihre Freundin im Restaurant hatte sitzen lassen. Und was würde aus Cybill werden? Sie beide hatten sich auf Anhieb verstanden. Nicht, dass der Teenager für sie so etwas wie eine Tochter gewesen wäre. Zumindest aber eine kleine Schwester, die sie sich immer gewünscht hatte.

Sie löschte das letzte Licht und ging durch den schmalen Flur in den Aufenthaltsraum mit der winzigen Küche. Ihr Mantel hing an der Garderobe, die Tasche stand auf dem Tisch.

Siobhan verließ die Galerie durch die Hintertür, wo auch ihr Mini parkte. Sie brauchte nur noch den Code für die Alarmanlage einzugeben. Als sie das erledigt hatte, zog sie die Tür auf und – erschrak.

Drei vermummte Gestalten standen wie aus dem Boden gewachsen vor ihr. Sie hatten sich Sturmhauben über die Gesichter gezogen. Eine der Figuren hielt eine Brechstange in der Faust, eine andere einen Kanister.

Siobhans Magen verkrampfte sich vor Furcht, während es ihr eiskalt den Rücken hinunterlief. Die Haut im Nacken zog sich zusammen, die feinen Härchen richteten sich auf. Sie wollte zurückweichen und die Tür zuschlagen, doch der Kerl mit der Brechstange war schneller. Der Springerstiefel traf den Türrahmen, der Siobhan an der Schulter erwischte. Sie wirbelte herum und ergriff die Flucht. Sie musste zurück in die Galerie, die Polizei rufen, sich verstecken ... ein scharfer Schmerz zuckte durch ihren Schädel, als sie an den Haaren zurückgerissen wurde.

Siobhan schrie und reagierte reflexartig. Sie ließ die Tasche fallen, fixierte die Hände des Angreifers auf dem Kopf, wie sie es im Selbstverteidigungskurs gelernt hatte. Geduckt drehte sie sich um, wollte den Typen mit einem Tritt zwischen die Beine kampfunfähig machen, doch der war schneller.

Das gekrümmte Ende der Brechstange bohrte sich in Siobhans Magengrube. Die Luft wurde ihr aus den Lungen gepresst, Übelkeit wallte in ihr auf, ihre Sicht verschwamm. Ehe sie sich versah, schleuderte sie der Angreifer in die Arme seines Kumpans.

„Kümmere dich um sie", zischte er.

Siobhan wimmerte, als sie sah, wie der dritte Vermummte mit dem Benzinkanister in die Galerie stürmte.

„Nein!", würgte sie hervor. Der fremde Mann umklammerte sie von hinten. Siobhan wehrte sich nach Kräften, warf den Kopf in den Nacken, strampelte mit den Beinen. Sie wollte schreien und auf sich aufmerksam machen, doch die Schmerzen in den Eingeweiden waren zu stark. Ihr Hinterkopf traf das Gesicht unter der Sturmhaube. Sie vernahm ein dumpfes Gurgeln, der Griff um ihre Brust lockerte sich. Siobhan trat auf den Fuß des Angreifers. Ohne Erfolg. Auch dieser Kerl trug Springerstiefel mit Stahlkappe.

Siobhan versuchte, ihm zwischen die Beine zu greifen, als der Typ mit der Brechstange auftauchte. Für einen winzigen Augenblick begegnete sie seinem kalten Blick.

Er hob den Arm mit dem Kuhfuß.

„Nein, bitte nicht!", brachte Siobhan noch hervor, dann traf sie das Eisen seitlich am Kopf.

Eisige Kälte kroch vom feuchten Straßenpflaster ausgehend in ihre Glieder. Stechende Schmerzen zuckten durch ihren Schädel. Beißender Gestank nach Feuer und Rauch reizte ihre Lunge. Siobhans Lider flatterten, als sie mühsam die Augen öffnete. Sie lag noch immer in der Nebenstraße, vor dem Hintereingang der Galerie, aus dem fetter schwarzer Rauch quoll.

Von irgendwoher erklang das Heulen der Sirenen. Es kam rasch näher.

Adrenalin flutete ihren Körper, vertrieb für Sekunden die Kälte und den Schmerz. Sie probierte, sich zu bewegen. Eine warme, klebrige Flüssigkeit rann ihr über die linke Gesichtshälfte. Die Übelkeit kehrte mit solcher Wucht zurück, dass Siobhan gar nicht anders konnte, als sich schwallartig zu übergeben. Krämpfe fuhren wie Messerklingen durch ihren Brustkorb.

Ihre Sicht verschwamm erneut, dunkle Schatten wallten in ihr Sichtfeld und engten es ein.

Schritte erklangen hinter ihr auf dem Pflaster. Sie hörte Stimmen, laute Rufe, ohne auch nur ein Wort zu verstehen. Eine Hand legte sich auf ihre Schulter, drehte sie sanft herum. Noch mehr Schmerzen. Siobhan stöhnte und jammerte. Die Schatten wurden größer, dichter. Bereitwillig ergab sie sich der neuerlichen Ohnmacht.

KAPITEL 18

Auch nach dem dritten Whisky wollte das Zittern ihrer Hände nicht weichen. Shona saß zusammengesunken über den Tagebüchern ihrer Mutter und versuchte verzweifelt, Ordnung in das Gefühlschaos zu bringen.

Erst durch das Klopfen an der Tür wurde sie aus dem Mahlstrom ihrer Gedanken gerissen. Sie fuhr hoch, klappte die Bücher zu und legte sie zurück in die Schublade.

Dann drehte sie sich um. „Herein!"

„Hey, Mum." Cybill stand im Rahmen, den Blick auf die Stelle geheftet, an der ihre Großmutter zusammengebrochen war, um nie mehr aufzustehen. „Ich wollte dir eine gute Nacht wün..."

Cybill stutzte, obwohl Shona sich Mühe gab, sich nichts anmerken zu lassen.

„Alles okay, Mum?"

„Natürlich, mein Schatz. Ich ... musste nur gerade an Grandma denken." Sie schaffte es sogar zu lächeln.

„Ich kann es noch immer nicht glauben, dass sie für immer fort sein soll", kam es schwach über Cybills Lippen.

Shona erhob sich und ging auf ihre Tochter zu, die sich nicht traute, die Bibliothek zu betreten. „Das ist völlig normal." Sie nahm Cybill in die Arme. Das Mädchen sah aus, als wollte es zurückweichen, ließ es dann aber doch zu, dass ihre Mutter sie umarmte. „Es kann eine Weile dauern, bis du … bis wir akzeptieren können, was passiert ist."

„Mum, hast du getrunken?"

Shona versteifte sich und löste die Umarmung. „Ich … äh … nur einen winzigen Schluck."

Cybill runzelte die Stirn und schwieg.

„Es tut mir leid, ich wollte nicht … dass du …"

„Vergiss es, Mum." Cybill schien es unangenehm zu sein, ihre Mutter in Verlegenheit gebracht zu haben. „Ich gehe zu Bett."

„In Ordnung. Schlaf gut, mein Schatz."

„Du auch." Cybill verschwand und Shona drehte sich um, ließ den Blick über den Sekretär schweifen. Sie wollte die Bibliothek bereits verlassen, als ihr einfiel, dass sie die Schublade mit Lady Morags Tagebüchern nicht abgeschlossen hatte. Rasch holte sie das nach und – schrak zusammen, als sie die dunkle Gestalt im Türrahmen stehen sah.

„Graham!", stieß Shona wütend hervor. „Was schleichst du hier herum?"

„Ich habe Licht gesehen", sagte er leise. „Und da …"

„Wusstest du es?", unterbrach Shona ihn.

„Ich fürchte, ich verstehe nicht recht." Er trat näher, seine Miene drückte Betroffenheit aus. Im Gegensatz zu Cybill oder ihr selbst vermied er es, auf den Boden zu schauen.

„Ach nein? Dann will ich deinem Gedächtnis mal auf die Sprünge helfen. Ich habe ihre Tagebücher gefunden."

„Tagebücher?"

Graham klang erstaunt und Shona war geneigt, ihm zu glauben.

„Ja, Tagebücher. Und dreimal darfst du raten, was drin stand. Aber irgendetwas sagt mir, dass ich dir gar nichts sagen musst, da du ohnehin schon alles weißt."

Er schüttelte traurig den Kopf. „Shona, ich weiß nicht, wovon du eigentlich sprichst."

„Hör auf, mich für dumm zu verkaufen!", knurrte sie mit mühsam unterdrücktem Zorn. Am liebsten hätte sie ihm die Worte ins Gesicht gebrüllt, doch sie fürchtete, dass sie jemand hören könnte – Cybill, Annabelle oder womöglich Rowan.

„Willst du mir etwa weismachen, dass du nicht wusstest, was meine Mutter getan hat?"

Graham wurde bleich. Für Shona war dies Beweis genug dafür, dass er zumindest ahnte, worum es ging. Schließlich konnte sie die Tränen nicht länger zurückhalten. „Warum hast du nie etwas gesagt, du verdammter Dreckskerl? Warum hast du all die Jahre geschwiegen?"

Auch in seinen Augen schimmerte es feucht, als er nähertrat und die Arme ausstreckte. Er schluckte und musste sich räuspern, bevor er einen Ton hervorbrachte. „Es war zu eurem eigenen Wohl", wisperte er und wollte Shona in die Arme nehmen.

„Bullshit", schrie Shona, schlug seine Hände zur Seite und stürmte aus der Bibliothek, hinauf in ihr Zimmer. Sie warf die Tür ins Schloss und lehnte sich schwer atmend dagegen. Das Bett, die Einrichtung, alles verschwamm vor ihren Augen. Mit dem Handrücken wischte sie sich die Tränen aus den Augen.

Dann holte sie ihr iPhone hervor und schaute auf das Display. Die schwache Hoffnung, dass sich Siobhan in der Zwischenzeit gemeldet hatte, zerplatzte wie eine

Seifenblase. Ihr Daumen, der über der Tastatur schwebte, zitterte wie der Flügel eines Kolibris. Shona gab sich einen Ruck und schrieb eine hastige Nachricht.

Es tut mir leid. Lass uns reden. Shona.

Mehrere Herzschläge über starrte sie auf die Botschaft, ehe sie sie abschickte. Nach einem kurzen Moment des Nachdenkens schickte sie eine zweite Nachricht hinterher.

Ich hab dich lieb.

Siobhan antwortete nicht.

Am nächsten Morgen saß Shona völlig übermüdet am Frühstückstisch. Allein.

Cybill schlief noch, würde aber sowieso nichts essen. Annabelle und Rowan ließen sich ebenfalls nicht blicken und auch Siobhan hatte sich nicht gemeldet. Anhand der Häkchen unter den gesendeten Nachrichten erkannte Shona, dass ihre Freundin sie nicht einmal gelesen hatte.

Die Zurückweisung schmerzte. Siobhan war niemand, der einen mit Liebesentzug strafte, aber selbst sie war nur ein Mensch. Und wenn sie momentan Abstand brauchte, so musste Shona das akzeptieren, so schwer es ihr auch fallen mochte. Lustlos stocherte sie in den Cornflakes herum. Sie hatte keinen Appetit. Erst als sich die Getreideflocken mit Milch vollgesogen hatten und eine schwammige Masse bildeten, schob sie die

Schale von sich und stürzte stattdessen die dritte Tasse Kaffee hinunter. Eben goss sie sich die vierte Tasse ein, als ihr Handy klingelte.

Shona erschrak so sehr, dass ein Teil der braunen Brühe auf die Untertasse kleckerte. Sie stellte die Kanne ab und ihre Hand schnappte das auf dem Tisch liegende iPhone wie eine vorstoßende Klapperschlange.

Doch es war nicht Siobhan, die sich meldete. Als Shona Pias brüchige Stimme hörte, wurde ihr übel. „Shona … die Galerie … Siobhan … sie wurde überfallen.“

„Was?“ Shona hatte das Gefühl, auf dem Stuhl sitzend zu vereisen. „Wo ist sie jetzt?“

„Im Krankenhaus. Sie ist verletzt. Bitte, Shona … sie braucht dich.“

„Ich bin unterwegs!“

Pia saß mit geröteten, verquollenen Augen auf dem Flur. Sie sprang auf, als sie Shona erblickte, die die Studentin in den Arm nahm. „Gott, ich bin so froh, dass du da bist.“

„Wie geht es ihr?“

„Sie ist bei Bewusstsein, aber noch sehr schwach. Die Polizei ist gerade bei ihr.“

„Was ist passiert?“ Shona musste sich zusammenreißen, um Pia nicht an den Schultern zu packen und durchzuschütteln.

„Ein Feuer. Die Galerie ist ausgebrannt.“ Ihre Stimme kippte. Verzweifelt klammerte sie sich an Shona, die Pia zurück auf den Sitz drückte und ihr ein Taschentuch reichte.

„Du sagtest am Telefon, Siobhan wurde überfallen.“

Pia nickte. „Sie wurde zusammengeschlagen. Man hat sie vor dem Hintereingang gefunden."

„Mein Gott", hauchte Shona. Der Gedanke daran, was Siobhan durchgemacht, welche Ängste sie ausgestanden haben musste, brachte sie fast um den Verstand.

„Sie hat eine Gehirnerschütterung", fuhr Pia fort, nachdem sie sich geschnäuzt hatte. „Polizei und Feuerwehr sagen, dass es Brandstiftung war."

„Wissen ihre Eltern Bescheid?"

Pia zuckte die Achseln. „Weiß nicht. Sie sind verreist. Keine Ahnung wohin."

„Okay, das werden wir schon herausfinden. Oder die Polizei. Wichtig ist jetzt, dass Siobhan wieder gesund wird."

„Natürlich." Pia nickte.

Shona strich der Studentin über den Rücken. „Es wird alles wieder gut", flüsterte sie mit erstickter Stimme. „Die Galerie war versichert. Alles wird gut." Doch tief in ihrem Inneren konnte sie selbst nicht dran glauben.

Knapp fünfzehn Minuten später öffnete sich die Tür. Eine Polizeibeamtin in Zivil trat heraus. Schlank und hochgewachsen. Insgeheim hatte Shona erwartet, Inspektor Ramsay zu erblicken, doch die ermittelte in anderen Fällen. Als die Beamtin Shona und Pia sah, lächelte sie verkrampft und stellte sich vor.

„Sie sind ... Pia? Miss McLearys studentische Aushilfe?"

Pia nickte.

„Ich würde Ihnen gerne einige Fragen stellen."

„Natürlich." Pia schaute Shona hilfesuchend an.

„Unter vier Augen bitte", fügte die Polizistin hinzu.

„Schon in Ordnung." Shona erhob sich. „Darf ich zu Miss McLeary ins Zimmer?"

„Das müssen Sie den zuständigen Arzt fragen. Wer sind Sie eigentlich, wenn ich fragen darf?"

„Mein Name ist Shona Kincaid, ich bin Miss McLearys Lebensgefährtin."

Die Miene der Polizistin verhärtete sich. „In diesem Fall möchte ich mich mit Ihnen ebenfalls unterhalten. Bleiben Sie bitte in der Nähe."

Shona nickte knapp. Da weder Ärzte noch Pflegepersonal in Sicht waren, klopfte sie kurzerhand an die Tür, hinter der Siobhan lag. Sie glaubte, ein schwaches „Herein" zu hören und öffnete.

Der Anblick ihrer Freundin erschütterte Shona bis in die Grundfeste ihrer Seele. Es war nicht der weiße Kopfverband, der sie entsetzte, oder die rotblaue Schwellung, die die gesamte linke Gesichtshälfte einnahm. Es war der Blick, der Shona wie blanker Stahl in die Brust fuhr. Das linke Auge war vollständig hinter der Schwellung verschwunden, das rechte starrte sie ausdruckslos an.

Wer immer Siobhan das angetan hatte, hatte nicht nur ihren Körper versehrt, sondern auch ihre Psyche. Shona kämpfte gegen die Tränen an. Es brach ihr das Herz, die geliebte Frau so zu sehen. Siobhans Unterkiefer ruhte in der Aussparung einer Nackenstütze. Offenbar hatte einer der Treffer die Halswirbelsäule in Mitleidenschaft gezogen.

„Shona ..."

Ihr Name war nur mehr ein Hauch, der über Siobhans spröde Lippen floss. In den Augenwinkeln glitzerte es feucht. Shona trat an das Bett, ergriff

Siobhans Hand, die über der Bettdecke lag und deren Zeigefinger im Pulsoximeter steckte. Die rechte Hand wurde von einem Verband geziert, aus dem die Kanüle einer Infusion ragte. Die Finger ruhten auf der Fernbedienung des Bettes.

Wie bei Cybill, dachte Shona. Das ist nun schon das dritte Mal innerhalb einer Woche, dass ein geliebter Mensch ins Krankenhaus muss.

„Wer war das?"

„Ich weiß nicht." Das Sprechen kostete Siobhan Mühe, in den Mundwinkeln sammelte sich weißer Speichel. „Durst." Mit den Augen deutete sie auf den Nachtschrank, auf dem nicht nur eine Wasserflasche, sondern auch ein Schnabelbecher stand.

„Kannst du selber trinken oder soll ich dir helfen?"
„Geht schon."

Shona drückte ihrer Freundin den Becher zwischen die Finger, während das Kopfende ein Stück nach oben fuhr. Siobhan trank in kleinen Schlucken. Als sie fertig war, nahm Shona ihr den Becher aus der Hand.

„Sie waren vermummt. Meine Galerie ..." Ihre Lippen zitterten.

„Oh Siobhan, es tut mir so leid. Wir werden die Galerie wieder aufbauen. Aber jetzt musst du erst mal wieder gesund werden, hast du gehört?"

„Ich kann nicht", jammerte Siobhan.

„Wie meinst du das?" Shona wurde mulmig zumute. War die Verletzung ihrer Halswirbelsäule gravierender als sie angenommen hatte?

„Er ... er wird es nicht zulassen."

Shona runzelte die Stirn. „Von wem sprichst du?"
„Von Morgan."

„Morgan Baxter?“

Das Zittern der Lippen wurde stärker. Siobhan presste sie fest aufeinander, während sich eine Träne aus dem Augenwinkel löste und über ihre Wange rollte. „Mhm“, wimmerte sie bestätigend.

Shona versteifte sich. Ein ziehender Schmerz bahnte sich von der Lendenwirbelsäule ausgehend einen Weg in Richtung Nacken. Sie musste sich setzen.

„Du sagtest doch, du wüsstest nicht, wer es gewesen ist. Die Typen waren doch vermummt.“

„Er war da. Am Nachmittag.“

„In der Galerie?“

„Ja. Er wollte, dass ich mich von dir fernhalte. Wegen Cybill.“

Shona kochte vor Wut. „Dieses miese Schwein! Ich schwöre dir, dafür wird er bezahlen! Damit wird er nicht durchkommen.“

„Nein, Shona. Bitte nicht. Ich ... ich kann das einfach nicht mehr.“

„Was meinst du damit?“

Statt einer Antwort kullerten weitere Tränen über ihre Wangen, formten sich zu kleinen Rinnsalen, die im gepolsterten Rand des Korsettkragens versickerten.

„Du darfst nicht aufgeben.“ Shona schluckte den Kloß, der sich in ihrer Kehle gebildet hatte, tapfer hinunter. „Hast du der Polizei davon erzählt?“

„Das bringt nichts. Er würde alles abstreiten.“

„Dann hat er genau das erreicht, was er wollte. Willst du das?“

Siobhan schluchzte.

Shona stand auf, strich mit der Hand zärtlich über die Wange ihrer Freundin.

„Bitte geh." Die Worte waren kaum zu verstehen, doch sie trafen Shona wie ein Huftritt. Siobhan musste es bemerkt haben. Eindringlicher fügte sie hinzu: „Bitte!"

„Okay, Siobhan. Aber ich komme wieder."

Shona bekam keine Antwort. Sie verließ das Krankenzimmer. In der offenen Tür drehte sie sich noch einmal um. Siobhan hatte das rechte Auge verdreht und schaute demonstrativ aus dem Fenster. Ihr Körper sah unter der Decke viel zu dünn und zerbrechlich aus.

Behutsam schloss Shona die Tür hinter sich. Aus dem Augenwinkel sah sie, wie die Polizistin und Pia sich erhoben. Die Studentin wollte an Shona vorbei, doch sie legte ihr die Hand auf die Schulter. „Siobhan möchte allein sein, sie braucht jetzt Ruhe. Geh nach Hause."

Pia zögerte, dann nickte sie. „In Ordnung. Ich ... muss sowieso ein paar Sachen aus Siobhans Wohnung holen."

Die Worte, unbedacht ausgesprochen, versetzten Shona einen Stich. Warum hatte Siobhan sie nicht damit beauftragt?

Pia verabschiedete sich und Shona folgte der Polizeibeamtin in eine der Besuchernischen.

„Ich habe Ihren Namen vorhin nicht richtig verstanden", sagte Shona.

„Detective Inspector Colquhoun." Sie wartete, bis Shona sich auf die gepolsterte Bank gesetzt hatte. „Sie sind Miss McLearys ... ähm ... Lebenspartnerin?"

„So ist es." Shona verkniff sich die Frage, ob die Polizistin ein Problem damit hatte. Momentan war kein Platz für irgendwelche Befindlichkeiten.

„Wie lange kennen Sie sich schon?"

„Ungefähr anderthalb Jahre.“

„Ist es in dieser Zeit schon einmal zu Überfällen auf die Galerie gekommen?“

„Nein.“

„Hatte Miss McLeary Geldsorgen?“

„Nicht …“ Shona hielt inne, als ihr bewusst wurde, was die Frage implizierte. „Wollen Sie damit andeuten, dass Siobhan ihre eigene Galerie in Brand gesteckt hat, um die Versicherungssumme zu kassieren?“

Colquhouns Miene blieb ausdruckslos. „Ich tue nur meine Pflicht, Mrs Kincaid.“

„Und wer hat meine Freundin dann so zugerichtet?“

„Sie würden sich wundern, zu was Menschen imstande sind, wenn sie ihre Existenz bedroht sehen.“

„Nicht Siobhan.“

„Wie gut kennt man einen Menschen wirklich, Mrs Kincaid?“

„Nicht Siobhan“, beharrte Shona.

„Wie Sie meinen. Gab es sonst jemanden, der ihr eventuell schaden wollte? Jemanden, der …“

„Ja, den gab es“, rief sie aufgebracht. „Morgan Baxter. Fragen Sie ihn doch mal, was er dazu zu sagen hat.“

Detective Inspector Colquhoun notierte sich den Namen. „Morgan Baxter“, murmelte sie leise vor sich hin. „Wer ist das?“

„Er ist mein … Ex-Mann!“

Colquhoun blickte auf. „Sie sind geschieden?“

Shona bejahte.

„Wie kommen Sie darauf, dass Ihr geschiedener Ex-Mann dafür verantwortlich sein könnte?“

„Er war bei Miss McLeary. Am Tag des Anschlags.“

„Woher wissen Sie das?“

„Sie hat es mir gesagt.“

„Seltsam, dass sie es nicht erwähnt hat, finden Sie nicht?“

„Was soll das werden?“, begehrte Shona auf. „Glauben Sie mir etwa nicht?“

Detective Colquhoun hob die Hand. „Beruhigen Sie sich bitte, Mrs Kincaid. Miss Hamilton, Pia, hat Ihre Aussage bestätigt. Offenbar war Ihr Ex-Mann tatsächlich gestern in der Galerie.“

„Da sehen Sie es.“

„Trotzdem bleibt die Frage bestehen, weshalb Miss McLeary nichts sagte.“

„Sie hat Angst. Ist das nicht offenkundig?“

„Das wäre eine Erklärung. Bislang sind dies jedoch nichts weiter als Spekulationen. Solange Miss McLeary nicht bestätigt, dass sie von Morgan Baxter bedroht wurde, sind mir die Hände gebunden.“

Shona öffnete den Mund, um etwas zu sagen, doch Colquhoun sprach schnell weiter. „Aber selbst wenn sie das täte, ist das noch kein Beweis für seine Mittäterschaft oder dass er gar der Anstifter war.“

„Sie werden doch mit ihm sprechen?“

„Selbstverständlich. Aber erwarten Sie nicht zu viel.“

Shona nagte an ihrer Unterlippe. Sie dachte an das Gespräch mit Morgan, das sie am Samstag auf dem Krankenhausparkplatz geführt hatte. Kurz bevor Cybill entlassen worden war.

„Er war es, da bin ich mir sicher.“

„Mrs Kincaid.“ Colquhoun neigte sich vor und verlieh ihrer Stimme einen eindringlichen Klang. „Ich hoffe, Ihnen ist bewusst, was Sie da behaupten. Das sind schwere Anschuldigungen. Oder haben Sie noch mehr anzubieten, außer Ihrem Groll gegen Ihren Ex-Mann?“

„Das habe ich“, erwiderte Shona nach kurzem Zögern. Dann erzählte sie Detective Inspector Colquhoun alles. Nur reichte das leider nicht.

Kapitel 19

Siobhan McLeary erholte sich schnell.

Sie hatte eine mittelschwere Gehirnerschütterung und einen Haarriss im linken Scheitelbein. Die Schwellung war drei Tage später so weit zurückgegangen, dass das Auge wieder zu erkennen war. Es war durch eine Einblutung rot angelaufen. Die Pupille schimmerte silbrig-grau wie ein blinder Spiegel. Am Freitag sollte sie entlassen werden.

Ihre Eltern, die früher aus dem Urlaub zurückgekehrt waren, holten sie ab. Shona argwöhnte, dass ihre Freundin bewusst diesen Tag für ihre Entlassung ausgehandelt hatte, weil sie wusste, dass Cybill heute zu ihrem Vater fahren würde.

Siobhan konnte schließlich nicht ahnen, dass Shona ihm abgesagt hatte. Cybill würde dieses Wochenende nirgendwohin gehen. Sie hatte die Nachricht von dem Überfall auf Siobhan nicht gut verkraftet. Erst war sie hysterisch geworden, dann hatte sie sich in ihr imaginäres Schneckenhaus zurückgezogen und war in eine regelrechte Depression abgerutscht.

Sie hatte kaum gegessen und sich nur selten blicken lassen. Eigentlich nur, wenn sie auf dem Weg zum Stall oder von dort zurück ins Haus war. Allein Devil vermochte ihr Interesse zu wecken. Shona hatte ein schlechtes Gewissen, dass sie so wenig Zeit für Cybill hatte.

Umso erfreuter war sie gewesen, als Cybill sie nach dem Lunch gefragt hatte, ob sie zu Kendra dürfe. Sie hatte es ihr erlaubt und keinen Hehl aus ihrer Erleichterung gemacht.

Sie selbst versuchte seit Tagen, sich durch Arbeit und Termine so gut es eben ging von ihrem eigenen Dilemma abzulenken. Es galt schließlich, eine Beerdigung vorzubereiten. Obwohl Rowan ihr seine Unterstützung zugesichert hatte, vermied er sämtliche Angelegenheiten, die unmittelbar mit dem Begräbnis zu tun hatten.

Die ursprünglich für heute Vormittag anberaumte Testamentseröffnung war verschoben worden, sehr zur Irritation von Rowan und Annabelle. Doch darum würde sich Shona später kümmern. Sie wollte das Wochenende nutzen, um ihre Beziehung mit Siobhan zu kitten und Zeit mit Cybill zu verbringen.

Es war vierzehn Uhr, als es schellte. Shona klappte ihren Laptop zu, erhob sich und ging auf das Fenster zu, durch das sie einen Blick auf den Eingangsbereich und das ihm vorgelagerte Rondell mit dem Springbrunnen hatte.

Was sie dort zu sehen bekam, trieb ihr den kalten Schweiß aus den Poren. Sie hörte, wie Emily die Tür öffnete und protestierend aufschrie, als sie zur Seite geschoben wurde.

Morgan Baxter fuhr in die Halle wie ein entfesselter Derwisch.

Sein eiskalter Blick fixierte Shona, die aus dem Arbeitszimmer trat und im Türrahmen stehen blieb. Mit geballten Fäusten kam er auf sie zu. Shona musste ihren gesamten Mut zusammennehmen, um nicht zurückzuweichen. Verdammt, das war *ihr* Haus!

„Was willst du hier, Morgan? Du bist hier nicht erwünscht. Verschwinde oder ich ...“

„Oder was?“, bellte er. „Was fällt dir ein, mir meine Tochter vorzuenthalten? Das ist mein Wochenende!“

„Dein Wochenende? Unsere Tochter hatte vor knapp einer Woche erst eine Alkoholvergiftung.“

„Weil du deine Aufsichtspflicht verletzt hast!“

Seine Hand glitt unter das Jackett und kam mit einem länglichen Kuvert wieder zum Vorschein, dass er ihr vor die Brust schlagen wollte. Shona war schneller und riss es ihm aus der Hand. „Was ist das?“

„Ein Brief von meinem Anwalt. Ich habe dir doch gesagt, dass ich nicht tatenlos zusehen werde, wie du meine Tochter zugrunde richtest.“ Er verzog die Lippen zu einem faunischen Grinsen. „Ich werde mir das Sorgerecht meiner Tochter zurückholen.“

„Versuch es!“, zischte Shona. „Wenn die Polizei erst bewiesen hat, dass du hinter dem Anschlag auf die Galerie steckst, dann ...“

„Was für ein Anschlag? Du bist verrückt. Oder willst du mir etwas unterstellen?“

„Leugne so viel du willst, aber ...“

„Wo ist meine Tochter?“, fragte Morgan Baxter mit gefährlich leiser Stimme.

„Nicht hier!“

„Wo?“

„Das geht dich einen feuchten Dreck an.“

Seine Faust zuckte hoch, traf Shona jedoch nicht. Im letzten Moment hatte Morgan sich wieder im Griff.

Shona wich dennoch zurück und wäre dabei fast über ihre eigenen Beine gestolpert."

„Raus hier!", keuchte sie. „Oder ich rufe die Polizei."

„Gib dir keine Mühe und genieße die Zeit, die dir mit Cybill noch bleibt. Schon bald wirst *du* es nämlich sein, die auf Knien vor mir herumrutscht und darum bettelt, sie sehen zu dürfen."

Er wirbelte herum und wäre fast noch gegen Graham gelaufen, der wie aus dem Boden gewachsen vor Morgan stand. Vermutlich hatte Emily ihn gerufen.

„Ma'am, kann ich Ihnen behilflich sein?"

„Brich dir bloß keinen Zacken aus der Krone, alter Mann", erwiderte Morgan grimmig und machte, dass er wegkam.

Shona atmete erleichtert auf, als er die Tür wuchtig hinter sich ins Schloss warf.

Graham schaute sie besorgt an, doch Shona ignorierte seinen Blick. Sie war ihm die letzten Tage aus dem Weg gegangen und vielleicht hegte er Hoffnungen, dass sie die Gelegenheit nutzen würde, um sich mit ihm auszusprechen. Doch diesen Gefallen würde sie ihm nicht erweisen. Zumindest noch nicht.

„Danke, Graham." Mehr sagte sie nicht, als sie sich umdrehte und die Tür schloss. Sie brauchte Zeit für sich. Auf wackeligen Knien wankte sie zurück zum Schreibtisch. Ihre Hände zitterten.

Alles in ihr sträubte sich dagegen, doch sie musste den Brief von Morgans Anwalt zumindest lesen, bevor sie ihn Mister Borthwick übergab.

Auf der Allee Richtung A701 nach Edinburgh begegnete Morgan Baxter einer schlanken Gestalt, die, in eine Daunenjacke gehüllt, am Straßenrand entlangspazierte. Sie wandte ihm den Rücken zu, trotzdem erkannte er sie auf Anhieb. Ihre Bewegungen waren unverkennbar.

Morgan schaute in den Rückspiegel und vergewisserte sich, dass ihm niemand folgte. Er drosselte das Tempo und ließ den BMW langsam neben der Spaziergängerin ausrollen. Surrend glitt die Seitenscheibe hinunter.

„Steig ein!", forderte er.

Die Gestalt eilte um die Kühlerhaube herum, öffnete die Tür und ließ sich auf den Beifahrersitz fallen. Sie schlug die Kapuze zurück und wollte sich Morgan an den Hals werfen, doch der gab ruckartig Gas, sodass Annabelle in die cremefarbenen Polster zurückgeworfen wurde.

In ihrem Gesicht zeichneten sich Enttäuschung und Sorge ab. Das rhythmische Bimmeln einer elektronischen Glocke erklang und forderte Annabelle auf, sich anzuschnallen.

„Ich bin sofort losgegangen, nachdem ich deine Nachricht bekommen habe."

Er nickte nur. Erwartete sie etwa eine Belohnung dafür? Ihre Bedürftigkeit widerte ihn an. Aber er brauchte sie. Noch.

„Was ist denn los, Darling?"

„Wo ist meine Tochter?"

„Ich ... weiß es nicht."

Morgan trat auf die Bremse. Annabelle wurde nach vorne in den Gurt geschleudert. Andernfalls wäre sie womöglich mit dem Gesicht auf das Armaturenbrett geprallt.

„Was soll das heißen, du weißt es nicht?"

„Ich ... ich dachte ..."

Er lachte so laut, dass sie verstummte. „Du dachtest? Meine liebe süße Annabelle. Verschwende deine Energie nicht an Dinge, die von vornherein zum Scheitern verurteilt sind. Was ist mit Rowan? Weißt du wenigstens, wo dein Verlobter ist?"

„I-in Edinburgh."

„In Ordnung. Shona, die Schlampe, denkt, dass sie mich ficken kann. Aber da irrt sie sich. Ich werde sie ficken. Ich werde mir meine Tochter zurückholen, auf die eine oder andere Weise. Der bescheuerte Winkeladvokat meint, dass ich schlechte Karten habe, doch da irrt er sich."

Annabelle hatte die Hände in den Schoß gelegt und starrte verunsichert aus dem Fenster. Sie traute sich nicht, etwas zu sagen. Wahrscheinlich fürchtete sie seinen Jähzorn. Sehr gut, sollte sie ruhig Angst haben, dann spurte sie wenigstens.

Morgan deutete mit dem Kinn auf das Armaturenbrett. „Mach das Handschuhfach auf."

Annabelle gehorchte.

„Nimm die Medikamentenpackung."

Sie drehte die schmale Schachtel zwischen den Fingern und murmelte leise den Namen des Präparates vor sich hin. „Rohypnol ..."

„Ein Schlafmittel. Nicht frei verkäuflich, aber überaus wirksam. Es ist wasserlöslich. In warmen Getränken löst es sich praktisch sofort auf."

„W-was soll ich damit?" Ihre Stimme zitterte leicht.

Morgan verdrehte die Augen. „Frag nicht so blöd. Du sollst es Shona verabreichen."

„Shona? Aber … wieso denn? Soll ich sie etwa … umbringen?“

„Erzähl keinen Blödsinn. Du sollst ihr bloß ein paar Pillen in den Kaffee werfen und wenn sie sabbernd vom Stuhl kippt, wirst du sie finden und den Notarzt informieren. Er wird glauben, dass sie Selbstmord begehen wollte.“

„Und wenn sie sagt, dass sie das gar nicht vorhatte?“

„Dann wird ihr niemand glauben. Die Wenigsten, die mit einer Überdosis Schlaftabletten eingewiesen werden, wollen sich wirklich umbringen. Die Meisten wollen einfach nur einen Moment Ruhe haben.“

„Aber sie wird doch wissen, dass ich ihr …“

„Woher? Wenn du es geschickt anstellst, dann nicht. Es reichen drei Tabletten und sie wird sich hinlegen. Warte einen Moment ab, in dem sie sich ein wenig beruhigt hat. Dann machst du ihr ein Friedensangebot und sobald sie sich ins Bett gelegt hat, vermischt du den Rest mit einem Glas Wasser.“ Er lächelte. „Die Packung lässt du auf dem Nachttisch liegen, damit der Notarzt sie findet, verstanden?“

„Okay“, murmelte Annabelle.

Er strich ihr zärtlich durch das Haar. „Du wirst das schon schaffen. Ich vertraue dir. Kein Gericht der Welt wird ein minderjähriges Kind in der Obhut einer suizidgefährdeten Frau lassen. Einer Frau, die bereits bewiesen hat, dass sie nicht in der Lage ist, ein Kind zu erziehen.“

„Ich … ich weiß nicht.“

„Wenn Shona erst aus dem Weg ist, hält uns nichts mehr auf. Wir werden reich werden, verstehst du das nicht, Annie? Sobald du Rowan geheiratet und die Kincaid-Destillerie geerbt hast, haben wir ausgesorgt.“

Annabelle drehte die Medikamentenschachtel zwischen den Fingern. Morgan beugte sich vor. „Du bekommst doch nicht plötzlich kalte Füße?“, fragte er lauernd.

Annabelle schüttelte den Kopf.

„Gib mir einen Kuss“, forderte er.

Zögernd wandte Annabelle ihm das Gesicht zu. Was war nur los mit ihr? Vor wenigen Wochen noch hatte sie nach seinen Zärtlichkeiten gelechzt wie eine Verdurstende nach einem Schluck Wasser. Womöglich befürchtete sie, dass er es nicht ernst meinte. Er musste ihr Vertrauen wieder stärken. Er legte ihr die Hand in den Nacken und presste seine Lippen auf die ihren. Er konnte förmlich spüren, wie sie unter seinem Kuss dahinschmolz. Nach einer gefühlten Ewigkeit lösten sie sich voneinander.

„Annie, das ist wirklich wichtig, dass du das für mich tust. Ich kann meine Tochter nicht länger in den Fängen dieser Lesbe lassen. Das verstehst du doch, oder?“

Sie nickte.

„Ich habe dich nicht verstanden, Darling“, sagte er sanft.

„Ich … verstehe.“ Sie hob den Kopf und schaute ihn ernst an. „Ich werde es tun. Für uns, Morgan. Weil ich dich liebe.“

„Braves Mädchen.“

KAPITEL 20

Die Idee, Kendra zu besuchen, war Cybill spontan gekommen.

Sie hatte ihre Freundin mit jedem Tag mehr vermisst und umgekehrt war es anscheinend genauso gewesen. Nur so konnte sie es sich erklären, dass ihr Kenny, just in dem Augenblick, als sich Cybill dazu durchgerungen hatte, ihr eine WhatsApp-Nachricht zu schicken, zuvorgekommen war.

Cybills Herz war vor Freude gehüpft, als Mum ihr erlaubt hatte, den Lachlans einen Besuch abzustatten. Zum einen war es der Beweis dafür gewesen, dass sie ihr vertraute und zum anderen hatte sie dieses Wochenende absolut keinen Bock auf Dad und Gloria gehabt. Nicht, solange es Siobhan so mies ging.

Cybill hatte sie nur einmal kurz gesehen und sich furchtbar erschrocken. Später hatten sie ein paarmal miteinander gechattet, doch sie hatte rasch gemerkt, dass Siobhan nicht recht bei der Sache war. Es tat weh.

Innerhalb kürzester Zeit brach Cybills kleine heile Welt Stück für Stück auseinander und sie wusste nicht, wie sie damit umgehen sollte. Mum hatte kaum Zeit für sie und was Annabelle betraf ... nun, die hatte momentan offenbar andere Sorgen, als sich um sie zu kümmern.

Viel gravierender war jedoch die Tatsache, dass sie Sehnsucht nach Kendra hatte. Sie wollte sauer auf sie sein. Sie verfluchen, weil sie mit Keith herumgeknutscht hatte, doch sie konnte nicht.

Zunächst hatte sie die vagen Erinnerungen nur als bösen Traum abgetan. Es war ja nicht so, dass sie sich noch glasklar an jede Einzelheit des Abends hätte erinnern können. Aber allein Kendras zurückhaltendes Verhalten war in Cybills Augen ein Schuldgeständnis.

Andererseits waren sie beide in Keith verknallt gewesen und der Arsch hatte das eiskalt ausgenutzt. Wenn sie also auf jemanden wütend sein sollte, dann doch wohl auf ihn und nicht auf ihre beste Freundin.

Kendra mistete die Pferdeboxen aus, während die Tiere auf der Koppel standen und friedlich vor sich hingrasten. Cybill sah sie, als sie mit Devil dran vorbeiritt. Swiftwind hob den Kopf und schlug mit dem Huf.

Zuletzt hatte Kendra ihr gestern die Hausaufgaben gebracht. Es war das zweite und bislang letzte Mal, dass sie mit Swiftwind hatte ausreiten dürfen und Cybill verspürte Mitleid mit Kenny. Sie wusste, wie es war, wenn man ohne sein geliebtes Pferd auskommen musste. Allein schon die beiden Tage mit Dad waren jedes Mal eine Herausforderung. Von seiner kühlen Distanziertheit und den peinlichen Anbiederungsversuchen Glorias ganz zu schweigen.

Whiskey begrüßte Cybill und Devil überschwänglich und das Bellen des Hundes blieb nicht lange unbemerkt. Kendra erschien mit einer Schubkarre, auf der sich der Pferdemist türmte. Als sie Cybill erblickte, verharrte sie. Ein Lächeln huschte über ihre Lippen.

Wieder standen sie sich gegenüber. Unbeholfen und verlegen. Cybill suchte nach den richtigen Worten. Es war komisch. Zu Hause im Bett, aber auch auf Devils Rücken hatte sie sich ausgemalt, was sie sagen wollte, sobald sie hier war und wie Kendra reagieren würde. Doch jetzt war plötzlich alles ganz anders als in ihrer Vorstellung.

„Es tut mir leid", sagte Kendra unvermittelt. Cybill hob überrascht den Kopf.

„Es ist meine Schuld. Keith hat mich geküsst und du bist völlig ausgerastet."

„Ausgerastet?"

„Na ja, du hast nicht getobt, aber du fingst plötzlich an, einen Whisky-Cola nach dem anderen zu trinken. Dad sagte, es wäre reinste Verschwendung gewesen, den guten Stoff in der zuckerigen Plörre zu ersäufen."

Cybill musste kichern.

„Dann bist du umgekippt und Keith und seine Kumpels sind in Panik geraten. Du hättest mal sehen sollen, wie schnell die verschwunden sind. Dreimal darfst du raten, wer den Notarzt gerufen hat."

Cybill wollte bereits die Schultern heben, als sie Kennys verschmitztes Lächeln sah.

„Du?"

„Falsch. Ich war selbst viel zu fertig. Zweimal hast du noch."

Plötzlich ging Cybill ein Licht von der Größe eines Flutlichtscheinwerfers auf. „Nick?"

„Treffer! Nicole war die erste, die gecheckt hat, was los war. Sie hat die anderen richtig zur Sau gemacht, als alle wie die aufgescheuchten Hühner umherliefen. Ich dachte schon, sie scheuert mir eine, als sie mich am Pullover packte und anschrie, ich solle den Notruf rufen. Dann hat sie dich in die stabile Seitenlage gebracht."

Je länger Kendra sprach, desto betroffener wurde Cybill. Mit einem Mal schämte sie sich, Nick an die Bullen verpfiffen zu haben. Das wusste diese zwar nicht, aber trotzdem kam sie sich vor wie eine Petze.

„Hey, Kendra", schallte es mit einem Mal vom Haus herüber. „Schlaf nicht ein! Wir wollen die Pferde gleich zurück in den Stall bringen."

„Ja, Dad!" Kendra verdrehte die Augen. „So führt er sich schon die ganze Woche auf. Echt ätzend. Sorry, Billie. Ich muss wieder los. Man sieht sich."

„Warte!", rief Cybill.

Kendra blieb stehen und schaute ihre Freundin verwundert an.

„Soll ich dir helfen?"

Kenny lächelte.

„Kann ich mal mit dir reden?"

Shona hob den Kopf und musste an sich halten, um nicht mit den Augen zu rollen. Ausgerechnet Annabelle Forbes suchte das Gespräch. Als ob sie nicht schon genug Probleme am Hacken hätte.

„Annabelle, ich bin gerade echt nicht in der Stimmung für noch mehr Dramen."

„Es dauert nicht lange, wirklich."

„Also schön", seufzte Shona und machte eine einladende Geste.

Annabelle zog eine betretene Miene. „Eigentlich hatte ich gedacht, dass wir zusammen einen Tee trinken könnten. Das hier ist so ... ich weiß nicht, so förmlich."

„Ich habe zu tun."

Die Lüge kam Shona glatt über die Lippen. Es war beinahe siebzehn Uhr und sie wollte ohnehin Feierabend machen. Um diese Zeit hatte sie immer mit ihrer Mutter zusammen Tee getrunken.

Die Beerdigungsformalitäten waren so gut wie erledigt, die Auslieferungspapiere für die nächste Charge Kincaid-Whisky ausgefüllt und der Name ihrer Mutter in den Schmutz gezogen. Keine schlechte Bilanz für einen Tag, dachte Shona in einem Anflug von Galgenhumor.

Das Einzige, womit Shona wirklich beschäftigt war, war, sich Sorgen um Siobhan zu machen und sich den Kopf darüber zu zermartern, wie sie Morgan Baxter das Handwerk legen konnte.

Der Besuch ihres Ex-Mannes lag ihr wie ein Stein im Magen. Borthwicks Beteuerungen, dass sich Morgan die Sache deutlich leichter vorstellte als sie letztendlich war, vermochte sie kaum zu beruhigen.

„Bitte!"

„Von mir aus." Shona seufzte und verstaute die Papiere sorgfältig im Schreibtisch. Sie begaben sich in das kleine Wohnzimmer, wo bereits eingedeckt war.

„Wo steckt eigentlich Rowan?", wollte Shona wissen.

„In der Stadt", erwiderte Annabelle. „Erledigungen." Mehr sagte sie nicht dazu. Sie wartete, bis Shona auf dem Sofa mit dem mintgrünen Polsterbezug Platz genommen hatte, ehe sie sich ebenfalls auf der Chaiselongue niederließ. Direkt neben Shona, die ein wenig abrückte.

Shona beobachtete, wie Annabelle den Tee eingoss. Auch wenn sie es niemals zugegeben hätte, aber sie war neugierig, was Rowans Verlobte mit diesem kleinen Plausch bezweckte. Dass es sich tatsächlich um ein Friedensangebot handelte, glaubte sie keine Sekunde lang.

Der Gedanke war ihr kaum gekommen, da vernahm sie im Geiste bereits Siobhans Stimme, die sie ermahnte, nicht immer und überall das Schlimmste zu erwarten. Shona schluckte und blinzelte gegen die Tränen an. *Bist du jetzt auch noch so optimistisch gestimmt, Darling*, dachte sie traurig.

Annabelle reichte ihr eine Tasse Earl Grey. Shona ließ sie zunächst auf der Untertasse stehen, damit er abkühlen konnte.

„Ich muss dir ein Geständnis machen."

Shona war verblüfft, blieb aber misstrauisch. Sie traute Annabelle ungefähr so weit wie sie werfen konnte. Abwartend schaute sie Rowans Verlobte an, die offenbar darauf wartete, dass Shona etwas sagte. Doch den Gefallen tat sie Annabelle nicht.

„Du hattest recht", fuhr diese fort.

„Womit?"

„Mit Morgan. Wir haben uns vor einem Jahr in seiner Tanzschule kennengelernt und uns ineinander verliebt."

Annabelle machte eine kurze Pause, möglicherweise um Shona die Gelegenheit zu geben, etwas zu erwidern. Sie zog es vor, zu schweigen.

Nein, Shona konnte nicht behaupten, wahnsinnig überrascht zu sein. Sie war lediglich irritiert, dass Annabelle es ihr so freimütig erzählte. Ohne jegliche Häme, eher monoton, vielleicht sogar ein wenig beschämt.

Shona war sich unsicher, wie sie Annabelles Reaktion bewerten sollte und mit einem Mal war sie froh, die Teetasse in der Hand zu halten. Das feine Porzellan klirrte leise, als sich das Zittern ihrer Hände auf das Geschirr übertrug.

Irgendwie schaffte sie es, einen Schluck zu trinken, ohne etwas zu verschütten. Der Tee schmeckte bitter, Annabelle hatte ihn zu lange ziehen lassen. Shona ignorierte die boshafte Stimme in ihrem Unterbewusstsein, die ihr zuraunte, dass das blöde Miststück sogar zu dämlich zum Tee aufgießen war.

Zumindest hatte Annabelle Shonas Aufmerksamkeit erregt.

„Er war wundervoll. So freundlich, zuvorkommend und ein begnadeter Tänzer. Seine Hände sind so groß und zärtlich. Morgan ist ein faszinierender Mann. Auf der einen Seite so stark und selbstbewusst und auf der anderen so verletzlich. Das ist ja auch kein Wunder bei seiner Familiengeschichte.“

Fast hätte Shona abfällig geschnaubt. Sie kannte die Story, hatte sie sich oft genug angehören müssen. Mittlerweile glaubte sie kein einziges Wort mehr davon. Annabelle fuhr ungerührt damit fort, Morgans Vorzüge aufzuzählen. Shona ertappte sich dabei, wie sie sich in Erinnerungen verlor. Es war beinahe so, als würde Annabelle nicht von sich, sondern von ihr sprechen. Shonas Herz schlug schneller.

„Ich fühlte mich in seiner Nähe sicher und geborgen. Wie ...“

„... eine Prinzessin“, flüsterte Shona und erschrak, als sie bemerkte, dass sie die Worte laut ausgesprochen hatte.

Annabelle lächelte traurig und nickte. „Ja, genau. Wie eine Prinzessin. Es gibt nur eine, die er noch mehr liebt." Shona blickte Annabelle erwartungsvoll an. Sie war gespannt, wer das sein sollte.

„Cybill."

Sie musste sich auf die Unterlippe beißen, um nicht schallend loszulachen.

„Shona, du kannst dir nicht vorstellen, wie sehr er unter der Trennung von seiner Tochter gelitten hat. An den Wochenenden, an denen er sie bei sich hatte, durfte ich nicht vorbeikommen. Er wollte die wenige Zeit mit ihr allein verbringen."

Shona konnte sich denken, weshalb. Das Blut stieg ihr zu Kopf. Es war eine Sache, eine naive junge Frau zu belügen, seine vierzehnjährige Tochter zu instrumentalisieren eine ganz andere. Wie auch immer, beides sprach für die Verkommenheit seines Charakters.

„Mein Glück schien vollkommen, als er mich auf diese Kreuzfahrt einlud. Ich war mir sicher, er würde mir einen Heiratsantrag machen."

Shona drehte sich der Magen um. Sie sah sich selbst am Bug der *Aida* stehen, Morgan Baxter vor ihr kniend, in der Hand eine Schatulle, in der ein edler Ring funkelte. Der Diamant hatte das Licht der tiefstehenden Sonne einfangen und so hell gestrahlt, als stammte er nicht von dieser Welt. Und sie hatte, die Hände auf dem gewölbten Bauch, mit Tränen in den Augen genickt, als er um ihre Hand angehalten hatte. Sie hatte damals das Glück gefunden, an das sie schon nicht mehr geglaubt hatte.

Siebenundzwanzig Jahre war sie alt gewesen, als sie sich kennenlernten. Ein halbes Jahr zuvor war sie von ihrem damaligen Freund nach fünfjähriger Beziehung verlassen worden. Nein, nicht verlassen. Davongejagt hatte sie ihn, nachdem sie herausgefunden hatte, dass er sie betrog. Oft und regelmäßig, mit wechselnden Partnerinnen. Die Enttäuschung war so tief gewesen, dass Morgan Baxter ihr beinahe wie ein Erlöser vorgekommen war. Die Erinnerungen überwältigten sie. Hastig nippte Shona am Tee.

„Auf den Heiratsantrag wartete ich vergeblich. Stattdessen sagte er, wie sehr er sich schäme. Er wolle mich wie eine Königin behandeln, aber er könne mir nicht das Leben bieten, das ich verdient habe. Im Gegenteil, er war sogar hoch verschuldet. Doch er hatte einen Plan.“

Oh ja, den hatte er mit Sicherheit gehabt. Morgan Baxter hatte immer einen Plan.

„Einen Plan, wie er seine Tochter zurückbekäme und gleichzeitig seine Geldsorgen loswürde.“

„Und dann stellte er dir Rowan vor, der sich rein zufällig ebenfalls an Bord befand“, schlussfolgerte Shona.

Annabelle nickte.

„Morgan wollte, dass du dich an Rowan heranmachst, dass du dafür sorgst, dass er sich in dich verliebt.“ Shona wurde schwindelig, wenn sie daran dachte, dass Rowan möglicherweise sogar von Anfang an in das Komplott eingeweiht war. Ihr schwirrte der Schädel. Nein, so weit würde Rowan nie gehen. Er mochte ein Tunichtgut sein, aber er war kein Psychopath wie Morgan. Allerdings war er leicht beeinflussbar ... Shona wurde übel.

„Ja", bestätigte Annabelle Shonas Worte. „Es klappte besser als gedacht. Bis ich mich tatsächlich in Rowan verliebte."

Shona kniff die Augen zusammen. War es möglich, dass Morgan Annabelle und Rowan unabhängig voneinander manipuliert hatte? Es fiel ihr zunehmend schwerer, einen klaren Gedanken zu fassen. Ihre Glieder fühlten sich an, als wären sie mit Blei gefüllt.

„Ich konnte einfach nicht begreifen, wie Morgan so etwas von mir verlangen konnte. Rowan war empört, als er das erfuhr. Und da wussten wir, dass wir füreinander bestimmt waren.

„Hältst du mich eigentlich für total bescheuert?", fragte Shona und genoss für einen Moment den Anblick von Annabelles Gesicht, dessen Züge förmlich entgleisten.

„Ich … ich verstehe nicht."

„Oh doch. Ich denke, du verstehst sehr gut. Glaubst du ernsthaft, ich nehme dir diese Story ab?"

„Das ist keine Story. Ich sage die Wahrheit."

„Was dich und Morgan angeht, mag das stimmen. Aber deine Liebe zu Rowan … ich bitte dich."

Shonas Zunge kribbelte. Sie fühlte sich geschwollen an, wie ein Fremdkörper. Ihre Lider wurden schwer und sie musste sogar gähnen. Sie war zum Umfallen müde. Kein Wunder nach einem solchen Tag. Hinzu kamen die beiden zurückliegenden Wochen, in denen sie permanent unter Anspannung gestanden hatte.

Annabelle hatte sich einen denkbar schlechten Zeitpunkt für ihr Friedensangebot ausgesucht. Shona hatte absolut keinen Nerv dazu. Sie stellte die Tasse auf den Tisch und stand auf. Prompt fing sich alles um sie herum an zu drehen. Sie sackte zur Seite und konnte sich gerade noch an der Sofalehne festhalten.

„Shona!“, rief Annabelle entsetzt.

Sie sah, wie Rowans Verlobte aufsprang und nach ihrem Arm griff, um sie zu stützen. Wütend riss sich Shona los. Das Letzte, was sie brauchte, war Hilfe von dieser Person.

„Shona, ist alles in Ordnung?“

„Ja ja“, murmelte sie unwirsch. „Ich brauch nur ein wenig Ruhe.“ Sie wankte aus dem Zimmer. Der Gedanke an ihr Bett war plötzlich mehr als verlockend, doch die Vorstellung, die Treppe hinaufsteigen zu müssen, erfüllte sie mit Grausen. Außerdem war es gerade mal halb sechs. Viel zu früh, um zu Bett zu gehen.

Sie dachte an die Couch im Arbeitszimmer. Ja, das war jetzt genau das Richtige. Sie würde sich bloß ein Stündchen hinlegen, mehr nicht. Dann wäre sie zum Abendessen wieder fit.

Sie vernahm hastige Schritte hinter sich. Annabelle.

Shona seufzte innerlich. Das blöde Stück ließ einfach nicht locker, trottete hinter ihr her wie ein tollpatschiger Welpe. Sie war sich der Ironie durchaus bewusst, schließlich war sie es, die momentan unbeholfen umhertapste.

Sie gähnte ausgiebig und tastete nach dem Schlüssel, der ihr aus der Hand fiel. Sie wollte sich bücken, doch sie merkte schnell, dass das keine gute Idee war. Sofort wurde ihr schwarz vor Augen und mit einem Mal war sie froh, dass Annabelle bei ihr war.

„Warte, Shona. Lass mich dir helfen.“

Annabelle hob den Schlüssel auf und öffnete die Tür zum Arbeitszimmer. Shona kam sich vor wie ein Zombie, als sie hineintorkelte, die Couch fixierte und sich hineinfallen ließ. Sie hatte nicht mal die Kraft, die Schuhe auszuziehen.

„Ich hole eine Decke!", rief Annabelle.

Als sie zurückkehrte, schlief Shona Kincaid tief und fest.

Annabelle nagte an der Unterlippe. Vielleicht waren sechs Tabletten zu viel gewesen. Sie hatte sie bereits in der Kanne aufgelöst. Zum Glück war es Shona nicht aufgefallen, dass sie selbst keinen Schluck getrunken hatte. Es hatte sie enorm viel Kraft gekostet, sich zusammenzureißen, um nicht am ganzen Leib zu zittern.

Tief in ihrem Inneren wusste sie, dass es falsch war, aber sie vertraute Morgan. Er liebte sie, da war sie sich sicher. Und er wäre bestimmt stolz auf sie gewesen, wenn er gesehen hätte, wie souverän sie ihre Rolle gespielt hatte.

Sie zog Shona die Schuhe aus, faltete die Decke auseinander und drapierte sie über ihre zukünftige Schwägerin. Diese merkte es nicht einmal.

Als Annabelle sich umdrehte, sah sie die Wasserflasche auf dem Schreibtisch. Ein Lächeln huschte über ihre Lippen. Sie goss das danebenstehende Glas halb voll und stellte es mit der Flasche auf den Beistelltisch neben dem Sofa. Dann zog sie die Medikamentenschachtel aus der Tasche. Vier Tabletten befanden sich noch in der Packung. Sie drückte sie heraus und ließ sie in das Wasserglas fallen. Es schäumte leicht, während sich die grüne Ummantelung in dünnen Schlieren von den Tabletten löste.

Das ging zu langsam. Im Tee hatte sich das Zeug viel schneller aufgelöst.

Der Tee!

Annabelle eilte aus dem Büro zurück ins Wohnzimmer. Cybill und Rowan waren noch unterwegs, Emily und Belinda vermutlich längst mit den Vorbereitungen des Abendessens beschäftigt. Graham war vorhin weggefahren, um Besorgungen zu machen. Niemand würde sie stören.

Annabelle kippte den Tee aus den Tassen zurück in die Kanne, deren Inhalt sie in das Gäste-WC am Ende des Flurs schüttete. Dann brachte sie das Tablett in die Küche.

Emily und Belinda beachteten sie kaum, als sie das Geschirr auf die Ablage über der Geschirrspülmaschine abstellte. Sie spülte Tassen und Kanne aus und stellte sie in den Korb.

„Nicht doch", rief Emily. „Das Porzellan geht in der Maschine kaputt. Lassen Sie einfach alles obendrauf stehen, ich wasch es nachher ab."

„Okay", erwiderte Annabelle. „Äh … danke."

„Wissen Sie, ob Mister Kincaid rechtzeitig zum Dinner zu Hause sein wird?"

„Ich denke schon."

Emily nickte und fuhr damit fort, Rüben mit der Drahtbürste zu putzen. Annabelle marschierte schnurstracks zurück ins Arbeitszimmer. Shona lag unverändert auf der Couch.

Annabelle lächelte und zog den Löffel aus der Tasche. Viel war von dem Rohypnol nicht übrig geblieben. Den

Rest verrührte sie mit dem Löffel und steckte diesen wieder ein.

Morgan würde stolz auf sie sein.

„Was machen Sie da?“

Annabelle erschrak so heftig, dass sie aufschrie und sich die Hand auf die Brust presste.

Graham war wie aus dem Nichts erschienen und starrte sie finster an. Für ihn musste es so aussehen, als hätte sie herumspioniert oder gar geklaut. Annabelle überlegte fieberhaft.

„Es geht um Shona. Ich mache mir Sorgen“, rief sie aufgebracht und hoffte, dass Graham ihr die Ausrede abkaufte. Anhand seines besorgten Gesichtsausdrucks war sie sich ziemlich sicher, dass er es tat.

„Was ist mit ihr?“

Er schob sie zur Seite und stieß die Tür auf. Annabelle folgte ihm.

„Sie war müde und wollte sich bloß hinlegen und dann ...“ Sie verstummte. Bloß nicht zu viel erzählen und so nah wie möglich bei der Wahrheit bleiben.

Grahams Augen weiteten sich, als er die Medikamentenschachtel sah. Einer von Shonas Armen hing herab und lugte unter der Bettdecke hervor. Ihr Kopf war zur Seite gefallen. Graham beugte sich nach vorne. Sein Gesicht war bleich.

„Ich glaube, Sie atmet nicht mehr!“

Annabelle hatte das Gefühl, in einen bodenlosen Schacht zu stürzen. Nein, das konnte nicht sein. So viel hatte Shona doch gar nicht von dem Tee getrunken. Annabelle stand wie angewurzelt auf der Stelle und wusste weder was sie tun, noch was sie sagen sollte.

„Rufen Sie den Notarzt!", brüllte Graham und zog Shona vom Sofa.

Annabelle reagierte automatisch und schnappte sich das schnurlose Telefon von der Station. Aus dem Augenwinkel heraus bekam sie mit, wie Graham nach dem Puls tastete und irgendetwas vor sich hinmurmelte. Anschließend drehte er sie auf die Seite, presste ihren Kiefer auseinander und schob ihr den Finger in den Hals. Shonas Oberkörper begann zu zucken, ihre Lider flatterten. Dann erbrach sie sich endlich.

„Notrufzentrale, wie kann ich helfen?"

„Wir brauchen einen Arzt. Auf Kincaid Hall. Meine ... Schwägerin hat Schlaftabletten genommen."

Annabelle erlebte die folgenden Minuten wie in Trance. Automatenhaft beantwortete sie die Fragen des Mitarbeiters von der Leitstelle, der ihr versicherte, dass der Rettungshubschrauber bald da sein würde.

Rowan war mittlerweile erschienen und war so am Ende, dass er beinahe zusammenbrach.

Zwanzig Minuten später landete der Hubschrauber und nahm Shona mit. Rowan wurde in sein Zimmer gebracht und bekam eine Beruhigungsspritze. Der Notarzt befragte Annabelle, wie sie Shona vorgefunden und was für einen Eindruck sie auf sie gemacht habe.

Als der Notarzt fort war, kam Graham auf sie zu. Annabelle wich zurück.

„Ich hole jetzt Cybill von ihrer Freundin ab und fahre mit ihr ins Krankenhaus. Sie bleiben bei Rowan, haben Sie das verstanden?"

Sie nickte hastig und rannte hinauf in ihr gemeinsames Schlafzimmer. Rowan schlief bereits tief und fest. Annabelle trat an das Fenster und beobachtete, wie

Graham in den Wagen stieg und davonfuhr. Sie eilte ins Badezimmer, fiel vor der Toilettenschüssel auf die Knie und erbrach sich schwallartig in die Keramik. Danach holte sie ihr Handy hervor und rief Morgan an.

„Was gibt's?"

„Ich hätte sie beinahe umgebracht!", keuchte Annabelle. Sie wollte es ihm ins Ohr brüllen, doch das traute sie sich nicht.

„Reg dich nicht auf. Was ist passiert?"

Annabelle erzählte es ihm.

„Was willst du denn?", fragte Morgan unschuldig, als sie geendet hatte. „Ist doch alles genauso gelaufen, wie wir es besprochen hatten. Shona hat nie viel vertragen, vermutlich hat sie in ihrem ganzen Leben noch keine Schlaftablette genommen."

„Und was, wenn sie stirbt?"

„Dann brauchst du dir keine Sorgen mehr zu machen. Hast du die Medikamentenschachtel noch?"

„Was? Nein, die sollte ich doch danebenlegen, damit der Arzt sie findet."

„Ja, nur sind da wahrscheinlich deine Fingerabdrücke drauf. Wenn Shona tatsächlich stirbt, wird die Polizei auftauchen und Fragen stellen. Hol die Schachtel und vernichte sie."

„Aber Shona wird doch sofort wissen, wer ihr das Rohypnol gegeben hat."

„Na und? Dann steht immer noch Aussage gegen Aussage. Du musst nur weiter deine Rolle spielen, Babe. Komm schon, du schaffst das. Außerdem wird Rowan bestätigen, dass Shona von Anfang an etwas gegen dich hatte. Wenn sie das Sorgerecht für Cybill verliert, wird sie durchdrehen. Jeder wird glauben, dass sie dich in die Pfanne hauen will, um ihre Tochter zu behalten.“

„Ich weiß nicht.“

„Aber ich! Willst du nun das Erbe oder lieber ins Gefängnis?“

„Schon gut. Ich ... ich tu es.“

„Ich wusste doch, dass ich mich auf dich verlassen kann. Und denk dran: immer schön in der Rolle bleiben.“

Morgan legte auf und Annabelle wischte sich die Tränen aus den Augen. Das alles wuchs ihr langsam aber sicher über den Kopf. Sie vergewisserte sich, dass Rowan weiterhin schlief und schlich dann nach unten.

Fast wäre sie mit Belinda zusammengestoßen. Sie trug einen Eimer mit schaumigem Wasser, über dessen Rand ein grauer Lappen hing. In der anderen Hand hielt sie einen dunkelbraunen Müllbeutel.

„Oh, Miss Annabelle. Entschuldigen Sie, ich habe Sie gar nicht kommen hören. Kann ich irgendetwas für Sie tun?“

„Nein nein. Ich wollte bloß ... Rowan, also Mister Kincaid schläft und da dachte ich, ich könnte Ihnen ein wenig beim Saubermachen helfen.“

Belinda lächelte schüchtern. „Das ist sehr freundlich von Ihnen, Miss Annabelle, aber ich bin schon fertig.“

„Tatsächlich?“ Annabelle trat auf Belinda zu und tat so, als wolle sie sich selbst davon überzeugen. Ihr Blick fiel auf den Beistelltisch. Ein Hitzeschwall brachte ihr Blut in Wallung, gleich darauf wurde ihr eiskalt. Die Medikamentenschachtel war fort!

KAPITEL 21

Besorgt blickte Graham Johnston immer wieder nach links, wo Cybill auf dem Beifahrersitz saß und wie besessen auf ihrem iPhone herumtippte. Sie hatte die Nachricht, dass ihre Mutter ins Krankenhaus gebracht worden war, mit Fassung getragen.

Soweit man das von einem Teenager behaupten konnte. Devil war bei den Lachlans geblieben. Kendra hatte versprochen, sich um ihn zu kümmern.

Während der Fahrt versuchte Graham, Shonas Tochter in ein Gespräch zu verwickeln. Doch genauso gut hätte er sich mit dem Wagen unterhalten können. Das Schnurren des Motors und das Knacken des Getriebes waren um einiges aussagekräftiger als Cybills einsilbige Antworten.

„Möchtest du Musik hören?", fragte er irgendwann, mehr um die eigene Verlegenheit zu kaschieren. Die angespannte Stille war für ihn unerträglich. Cybill zuckte mit den Achseln.

„Ich werte das mal als Ja", murmelte Graham und schaltete das Radio ein. Es wurmte ihn, dass er überhaupt nicht wusste, welche Musik Cybill eigentlich mochte und suchte irgendeinen Sender, der aktuelle Charts spielte.

Es würde eine verdammt lange Fahrt werden.

Shona wälzte sich unruhig in ihrem Bett hin und her.

„Sie gehört zur Familie, also kommt sie auch mit auf das Foto!", sagte Lady Morag Kincaid in einem Ton, der keinen Widerspruch duldete. „Und damit Schluss!"

Doch so leicht ließ sie sich nicht einschüchtern. „Ich werde mich nicht mit dieser falschen Schlange fotografieren lassen!"

„Dann verschwinde und lass dich hier nie wieder blicken!"

Lady Morag wandte sich ab und ging auf Rowan und Annabelle zu, die Shona voller Schadenfreude angrinste. Cybill interessierte der Streit nicht, sie hielt Devils Zügel und streichelte gedankenverloren seinen kräftigen Hals.

„Kommst du bitte, Morgan?"

Eine Gestalt trat auf Lady Morag zu, verbeugte sich, nahm ihre Hand und hauchte einen Kuss darauf. Das war zu viel für Shona. Sie wollte auf ihren Ex-Mann losgehen, doch sie kam nicht von der Stelle. Eine Hand legte sich schwer auf ihre Schulter und zog sie zurück.

Shona drehte sich um und schaute Chester Kincaid ins Gesicht. „Lass es gut sein, mein Kind!" Er ragte vor ihr auf wie ein Riese. Bis Shona merkte, dass sie es war, die kleiner wurde. Sie steckte im Körper eines Kindes. Tatenlos musste sie mit ansehen, wie ihr Vater sich umdrehte und davonging.

„Nein, warte!"

Er hörte nicht auf sie und war kurz darauf in den dichten Nebelschleiern verschwunden, die von den Pentland Hills hinab ins Tal krochen. Shona wollte die Verfolgung aufnehmen, doch ihre Füße steckten plötzlich im schlammigen Morast.

„Willst du es dir nicht noch einmal überlegen?", fragte Lady Morag und schwebte wie ein Gespenst auf sie zu. Das Gesicht bleich und eingefallen, die Haut runzelig.

„Du hast ihn umgebracht!", brüllte Shona verzweifelt.

Lady Morag lachte und ging zurück zu Rowan, Annabelle und Morgan, während Shona tiefer sank. Sie fuchtelte mit den Armen, fand aber nirgendwo Halt. Der stinkende Morast stieg höher, klatschte gegen ihre Brust.

Eine Hand reckte sich ihr entgegen. Schlank und feingliedrig. Shona hob den Kopf und schaute in Siobhans lächelndes Gesicht.

„Wach auf!"

„Mum!" Cybill sprang von ihrem Stuhl auf und warf sich Shona an den Hals, die nicht wusste, wie ihr geschah.

Siobhan trat von der Seite in ihr Sichtfeld. Sie trug eine Halskrause aus Schaumstoff, die Einblutung im linken Auge war noch vorhanden, ebenso wie die bläulich-gelbe Verfärbung ihres Gesichts.

„Du hast uns einen ganz schönen Schrecken eingejagt, Shoni!"

„Was ist geschehen?", murmelte Shona mit brüchiger Stimme. Ihr Hals schmerzte, als hätte ihn jemand mit einer Drahtbürste behandelt.

Siobhan warf Graham, der neben ihr stand, einen verunsicherten Blick zu. „Ich hole einen Arzt", sagte er und verließ das Zimmer.

„Cybill, lass deine Mutter los. Sonst erstickt sie noch."

Widerwillig löste sich der Teenager von Shona und trat zurück. Ihr rechter Arm war bandagiert, im Unterarm steckte eine Kanüle, die an eine Infusion angeschlossen war. Wie bei Cybill, dachte Shona und suchte in ihren Erinnerungen verzweifelt nach einer Antwort. Doch da war nichts weiter als eine verschwommene, diffuse Leere und das machte ihr Angst.

„Ich habe Durst.“

Siobhan lächelte und griff nach dem Schnabelbecher. „So schnell kann sich das Blatt wenden, nicht wahr?“ Sie beugte sich vor und legte die Tülle des Kunststoffbechers vorsichtig auf ihre Unterlippe. Das stille lauwarme Wasser war der reinste Balsam für Shonas wunde Kehle. Bis sie es buchstäblich in den falschen Hals bekam. Prompt erlitt sie einen Hustenanfall. Mit Siobhans Hilfe beugte sie sich nach vorne. Ihre Freundin streichelte sanft ihren Rücken und bat Cybill darum, ihr die Nierenschale mit dem Zellstoff zu reichen. Der Brechreiz wurde stärker und schließlich konnte Shona ihn nicht länger zurückhalten. Mehr als einen gelblich schimmernden, blasigen Schleim hatte ihr Magen jedoch nicht herzugeben.

„Das war wohl doch ein wenig zu viel auf einmal“, murmelte Siobhan.

Die Tür öffnete sich und Graham kehrte in Begleitung eines alten Bekannten zurück. Es war Doktor Limand, der Shona anlächelte. „Eigentlich hatte ich gehofft, Sie nicht so bald wiederzusehen.“

„Nehmen Sie es mir nicht übel, Doktor, aber mir geht es umgekehrt genauso.“ Sie wischte sich mit dem Zellstoff die Lippen ab. Siobhan nahm die Nierenschüssel an sich und Shona ließ sich langsam zurück in die Kissen sinken. „Was ist geschehen?", wiederholte sie ihre Frage.

Doktor Limands Lächeln erlosch und wich purer Besorgnis. „Das würde ich gerne unter vier Augen mit Ihnen besprechen." Shona war irritiert, doch als sie Betroffenheit in den Gesichtern von Graham und Siobhan bemerkte, nickte sie. „In Ordnung."

„Was?", rief Cybill. „Nein, ich will auch wissen, was los war!"

„Später, mein Schatz", sagte Siobhan. „Komm, wir gehen in die Kantine." Sie gab Graham einen Wink, der sich wortlos anschloss, nicht ohne Shona zuvor noch einen langen Blick zugeworfen zu haben. Sie ignorierte ihn.

Als sie allein waren, zog sich Doktor Limand einen Stuhl heran. Er hielt ein Klemmbrett in den Händen, an dem mehrere Formulare befestigt waren, in denen er herumblätterte. Das Rascheln des dünnen Papiers ging Shona auf die Nerven.

„Sie wurden bewusstlos in Ihrem Arbeitszimmer gefunden", begann Doktor Limand schließlich. „Sie ... äh ... haben eine Überdosis Schlaftabletten genommen — eines äußerst umstrittenen Medikamentes, das nicht frei verkäuflich ist, wie ich anmerken möchte."

„Was wollen Sie damit sagen, Doktor? Glauben Sie, dass ich mich umbringen wollte?"

„Genau das ist die Frage, die Sie mir beantworten sollen."

„Ich ... kann mich kaum noch an etwas erinnern. Aber ich weiß, dass ich mich nicht umbringen wollte. Warum sollte ich das tun?"

„Nun, da fielen mir spontan einige Gründe ein, Mrs Kincaid. Sie haben in den letzten Wochen viel durchgemacht. Möglicherweise lag es gar nicht in Ihrer Absicht, sich etwas anzutun. Viele Menschen, die unter erheblichem emotionalem Stress stehen und an Schlafstörungen leiden, greifen nach Medikamenten, um abzuschalten und wenigstens für ein paar Stunden Frieden zu finden.“

„Mag sein, ich aber nicht.“

„Wie haben Sie in letzter Zeit geschlafen?“

„Soll das ein Witz sein?“

„Keineswegs. Der Notarzt sagte, sie hätten Rohypnol genommen. Wissen Sie, was das ist?“

„Ein Schlafmittel. Das sagten Sie ja gerade.“

„Es ist ein Benzodiazepin. Ein Stoff, der gegen Erregungs- und Angstzustände verabreicht wird. Oder eben zur kurzfristigen Behandlung erheblicher Schlafstörungen.“

„Benzo, sagten Sie?“ Shona grübelte darüber nach. „Das kann unmöglich sein. Ich habe eine Überempfindlichkeit dagegen. Ich wäre beinahe gestorben, als ich es einmal genommen habe.“

„Eine Nebenwirkung ist eine Atemdepression, die bis zur Atemlähmung führen kann. Ihr …“ Doktor Limand zögerte. „Mister Graham hat sie zum Erbrechen gebracht. Wer weiß, ob Sie es sonst geschafft hätten.“

„Warum sollte ich mich umbringen wollen?“, fragte Shona. „Ich habe ein …“ Bei dem Gedanken an Cybill verstummte sie abrupt.

„Mrs Kincaid, ist alles in Ordnung?“, erkundigte sich Doktor Limand vorsichtig.

„Wie? Ja ja. Entschuldigen Sie bitte, Doktor. Aber ich möchte mich ein wenig ausruhen.“

„Na schön. Aber wir werden Sie noch ein paar Tage hierbehalten müssen.“

Shona nickte. „Könnten Sie bitte Miss McLeary Bescheid geben? Ich muss mit ihr sprechen. Es ist dringend.“

„Selbstverständlich.“

Siobhan kam allein.

„Cybill ist mit Graham in der Kantine. Irgendwie hat er es geschafft, sie zu überreden, etwas zu essen. Sie verdrückt gerade eine riesige Portion Fish and Chips.“

„Ich glaube, mir wird schon wieder schlecht …“ Shona lächelte verkrampft. „Danke, dass du gekommen bist.“

„Das hast du Cybill zu verdanken. Sie hat mir auf dem Weg ins Krankenhaus eine WhatsApp geschickt. Glaubst du, ich bleibe friedlich bei meinen Eltern sitzen, wenn du im Krankenhaus liegst?“

Shona verzog das Gesicht. „Wir sollten aufhören, uns hier zu treffen.“

„Von mir aus spricht nichts dagegen.“ Siobhans Miene wurde ernst. „Ist es wahr?“

„Was? Dass ich mich umbringen wollte? Siobhan, du kennst mich. So etwas würde ich nicht tun.“

Siobhan lächelte. „Woher hattest du überhaupt die Tabletten? Du bist doch allergisch dagegen.“

„Überempfindlich, nicht allergisch. Aber genau das ist der Punkt. Ich erinnere mich wieder! Annabelle hat mich zuvor in ein Gespräch verwickelt. Sie wollte unbedingt mit mir Tee trinken. Ich kann mir lebhaft vorstellen, warum!“

„Aber sie wusste nicht, dass du überempfindlich darauf reagierst."

„Sie nicht, aber ein anderer."

„Morgan Baxter!" Siobhan wurde bleich wie ein Laken.

Der Regen fiel in dichten Schleiern vom nachtschwarzen Himmel und peitschte wütend gegen die Fenster, als wolle er sich mit Gewalt Einlass verschaffen.

Rowan wälzte sich unruhig im Bett hin und her, sein Gesicht glänzte vor Schweiß.

Annabelle saß neben ihm und starrte seit Stunden auf ihr Tablet. Ihre Augen schmerzten ebenso wie ihr Schädel. Sie wusste nicht, wie viele Whiskys sie mittlerweile hinuntergestürzt hatte, doch es waren eindeutig zu viele gewesen. Ihr Kopf fühlte sich schwer wie Blei an. Sie konnte der Handlung der Serie, mit der sie sich versuchte abzulenken, kaum richtig folgen. Sie wusste nicht einmal, ob sie drei, vier oder fünf Episoden angesehen hatte. Zwischendurch warf sie immer wieder einen Blick auf ihr Handy, in der Hoffnung, dass sich Morgan bei ihr melden würde, doch den Gefallen tat er ihr leider nicht.

„Annie!"

Sie erschrak, als Rowan sie unerwartet ansprach. Sie legte das Tablet zur Seite und strich ihm über das schweißnasse Haar. Wie hatte Morgan vorhin erst gesagt? Immer schön in der Rolle bleiben.

„Was ist los, Darling? Geht's dir wieder besser?"

„Was ist mit Shona?"

Die Frage traf Annabelle nicht unvorbereitet, trotzdem hatte sie sich davor gefürchtet. „Sie haben Sie ins Krankenhaus gebracht. Aber soviel ich weiß, wird sie durchkommen."

Rowan murmelte etwas Unverständliches und schlief wieder ein. Das Beruhigungsmittel, das der Arzt ihm gespritzt hatte, war sehr wirkungsvoll. Fast so sehr wie das Schlafmittel, das sie Shona verabreichte hatte. Siedend heiß fiel Annabelle die Medikamentenschachtel ein, die sie im Müll gefunden hatte und die jetzt in ihrer Gesäßtasche steckte. Als Emily und Belinda noch hier gewesen waren, hatte sie sich nicht getraut, sie zu entsorgen und danach schlichtweg vergessen. Sie musste sie unbedingt loswerden! Wenn sie Glück hatte, befand sich im Ofen in der Küche noch genügend Restglut, um die Pappe zu verbrennen.

Sie legte das Tablet beiseite. Das Whisky-Glas stellte sie auf den Nachtschrank, schwang die Beine vom Bett und stand auf. Ein wenig zu hastig, wie sie feststellte, als ihr das Blut aus dem Kopf sackte.

Annabelle wartete, bis es ihr besser ging, ehe sie in Strümpfen das Zimmer verließ und hinunter ins Erdgeschoss schlich. Bis auf das Ticken der Standuhr war es totenstill. Die an den Wänden hängenden Lampen verbreiteten weiches Licht. Unter anderen Umständen hätte es Annabelle als gemütlich empfunden, jetzt aber trug der gedämpfte Schein dazu bei, dass es ihr kalt den Rücken hinunterlief.

Sie wandte sich nach rechts, huschte am Eingangsportal vorbei und schlich durch den Flur in Richtung Küche. Als sie auf Höhe der Speisezimmertür war, hielt sie plötzlich inne. Aus dem Augenwinkel sah sie die Scheinwerfer eines Autos näherkommen.

Es war der Rolls-Royce von Lady Morag. Graham kam zurück, vermutlich mit Cybill. Sie musste sich also beeilen.

Annabelle eilte in die Küche. Der Ofen vor dem Fenster war tatsächlich noch warm. Es gab zwar auch einen Gas- und Elektroherd, doch Emily kochte lieber auf altmodische Weise.

Das kam Annabelle jetzt zupass. Sie zog die Medikamentenschachtel aus der Hose und öffnete die Ofenklappe, deren Griff noch warm war. Ein Schwall heißer Luft fuhr ihr ins Gesicht. Sie faltete die zusammengepresste Packung auf und riss sie in der Mitte auseinander, bevor sie beide Hälften in die Glut warf. Die Beschichtung schmolz und wenig später fing die Pappe Feuer.

Zufrieden schloss Annabelle die Ofenklappe und sah sich um. Ihr Magen knurrte. Wenn sie schon mal hier war, konnte sie sich genauso gut etwas zu essen machen. Sollte sie hier irgendjemand aufspüren, hatte sie so außerdem gleich eine passende Ausrede zur Hand.

Sie kannte sich in der Küche zwar nicht aus, fand sich aber dennoch zurecht. Als sie den kalten Bratenaufschnitt und den Käse aus dem Kühlschrank holte, lief ihr das Wasser im Munde zusammen. Erst da fiel ihr auf, dass sie seit dem Mittag nichts mehr gegessen hatte. Kein Wunder, dass ihr der genossene Whisky so zu Kopf gestiegen war.

Hastig legte sie mehrere Scheiben Weißbrot auf die Arbeitsplatte, bestrich sie dick mit Remoulade und belegte sie abwechselnd mit Braten und Käse. In einer durchsichtigen Plastikbox fand sie noch ein paar Salatblätter. Vier Sandwiches sollten reichen, vielleicht war Rowan ebenfalls hungrig, wenn er aufwachte.

Sie befand sich kaum auf dem Rückweg, als das Licht im Flur schlagartig erlosch. Annabelle erschrak. Fast wäre ihr der Teller mit den Sandwiches aus der Hand gerutscht. Ihr Blick glitt durch die hohen Fensterscheiben, über die in zittrigen Bahnen der Regen rann. Ihre Kehle zog sich zusammen. Sie konnte den Rolls-Royce nirgends entdecken! Was ging hier vor?

Annabelle tastete nach dem Handy, als ihr mit Schrecken einfiel, dass sie es oben bei Rowan liegen gelassen hatte.

„Nein nein nein", jammerte sie. Mit der Taschenlampenfunktion hätte sie wenigstens nicht im Dunkeln herumirren müssen. Annabelle drehte sich um. Die Tür zum Speisezimmer hob sich dunkel von der helleren Vertäfelung ab. Daneben gab es einen Lichtschalter. Sie tastete danach und hielt den Atem an, als sie ihn betätigte. Nichts geschah.

Ein Stromausfall. Auch das noch! Aber so plötzlich?

Andererseits konnte man bei diesen alten Kästen ja nie sicher sein. Gut möglich, dass irgendwelches Viehzeug die Kabel durchgenagt hatte. Annabelle erschauerte und ging weiter. Scheppernd schlug die Standuhr an.

Dieses Mal konnte sie den Schrei nicht unterdrücken. Der Teller rutschte ihr aus den Händen und zersprang zu ihren Füßen auf den Fliesen der Eingangshalle. Für mehrere Sekunden blieb sie wie angewurzelt stehen, wartete jedoch vergeblich darauf, dass sich ihr Herzschlag wieder beruhigte.

Im Gegenteil, die Stille zerrte zunehmend an ihren Nerven.

Ihre Augen hatten sich mittlerweile an die Dunkelheit gewöhnt. Die hohen Rechtecke der Fenster hoben sich heller von der Umgebung ab. Neben sich erkannte Annabelle die Umrisse der Standuhr. Dahinter ballten sich die Schatten und bildeten eine undurchdringliche Wand. Auch die nach oben führende Treppe lag im Dunkeln.

Langsam umrundete Annabelle die auf den Boden gefallenen Sandwiches. Sie hob die Füße nicht an, sondern schob sich auf Strümpfen daran vorbei, um nicht in die Scherben zu treten. Sie huschte auf die Treppe zu und griff nach dem Geländer. Schritt für Schritt tauchte sie tiefer in die Finsternis ein. Oben angekommen, blieb sie stehen.

„Rowan?"

Keine Antwort. Vermutlich schlief er noch immer.

An der Brüstung der Galerie tastete sich Annabelle weiter und erreichte schließlich die Tür zu Rowans Zimmer. Vorsichtig drückte sie sie auf. Sie wollte erneut seinen Namen rufen, doch er blieb ihr förmlich im Halse stecken. Viel konnte Annabelle im schummerigen Zwielicht nicht erkennen, allerdings genug, um die zerwühlten Laken zu sehen. Ihr Magen zog sich schmerzhaft zusammen.

Das Bett war leer! Rowan war verschwunden!

„Rowan", wisperte Annabelle erstickt. Sie rannte auf das Bett zu, strich fahrig mit beiden Händen darüber. Ihr Handy, es musste doch hier irgendwo liegen!

Sie drehte sich um. Ihre Augen weiteten sich. Das Tablet war weg!

Hatte Rowan es zusammen mit dem iPhone mitgenommen? Wozu? Und wo war er überhaupt hingegangen? Auf die Toilette?

Annabelle hätte sich fast mit der Hand vor die Stirn geschlagen. Sie lief auf die Tür zum Badezimmer zu und riss sie auf. Doch es war ebenfalls leer.

Sie würgte und wankte rückwärts. Panik drohte sie zu übermannen. Schließlich hielt sie es nicht mehr aus. Sie rannte zurück in den Flur und rief so laut sie konnte: „Hallo? Ist da jemand?"

Den Atem anhaltend lauschte sie dem Echo ihrer eigenen Stimme. Sie wollte bereits ein zweites Mal rufen, als sie eine Antwort erhielt. Nur sehr leise, nicht mehr als ein Hauch, der über das Hämmern ihres Herzens hinweg kaum zu hören war.

„Annabelle ..."

Die Furcht wühlte sich in ihre Eingeweide, ein Kloß wanderte vom Magen ausgehend bis in ihre Kehle, wo er sich festsetzte. Ihre Unterlippe begann zu beben.

„Annabelle ..."

Dieses Mal war die Stimme zwar lauter und drängender, aber dennoch nicht mehr als ein Flüstern. Trotzdem erkannte sie, dass es aus Richtung Treppe an ihre Ohren drang. Sie trat einen Schritt darauf zu. Bewegte sich dort nicht etwas in den Schatten? Eine bleiche Gestalt in einem schwarzen Kleid?

„Wer ist da?" Ihre Stimme klang weinerlich.

„Annabelle ..."

Sie wich Schritt für Schritt zurück. „W-wer sind Sie?"

Schritte erklangen auf dem Parkett. Langsam und bedächtig kamen sie näher. Der Stoff des Kleides raschelte.

„Emily, sind Sie das?“

„Aber Annabelle. Erkennst du mich denn nicht?“

„Nein! Wer ... wer sind Sie?“

Die Schritte wurden schneller, ein fahles Gesicht löste sich aus der Finsternis, schwebte auf Annabelle zu.

„Nein“, würgte diese hervor. „Das ... kann nicht sein.“

Die Augen in dem maskenhaften Antlitz waren tiefschwarz.

Die Panik sprang Annabelle an wie ein wildes Tier. Auf dem Absatz machte sie kehrt, stürmte zurück in das Zimmer, aus dem sie eben gekommen war, und warf die Tür ins Schloss.

Sie zitterte am ganzen Leib, als sie nach dem Schlüssel tastete. Er war verschwunden! Ebenso wie ihr Handy und das Tablet. Und Rowan.

„Annabelle“, erklang es von der anderen Seite der Tür. „Du wolltest meine Tochter ermorden.“

„Was?“ Annabelle glaubte, den Verstand zu verlieren. „Das ist nicht wahr!“

Mit dem Rücken presste sie sich an die Tür. Leise quietschend bewegte sich die Klinke. Annabelle wollte sie festhalten, doch die Kraft der draußen lauernden Gestalt war zu groß.

Die Tür wurde mit einem solchen Ruck aufgestoßen, dass Annabelle den Halt verlor und in das Zimmer zurücktaumelte. Sie fing sich und fuhr herum.

Und dort stand sie, hocherhobenen Hauptes im Türrahmen:

Lady Morag Kincaid!

„Neiiiin!“, kreischte Annabelle, rannte am Bett vorbei und stolperte über die Kante, sodass sie der Länge nach auf den Boden schlug. Zwei Fingernägel brachen ab.

Auf allen Vieren kroch sie auf das Badezimmer zu, warf die Tür ins Schloss und wimmerte erleichtert, als sie den Schlüssel zwischen den Fingern ertastete.

Sie hatte ihn kaum herumgedreht, als ein wuchtiger Schlag das Türblatt im Rahmen erzittern ließ. Mit angezogenen Beinen rutschte Annabelle zurück. So weit wie möglich weg von der Tür.

„Annabelle!", rief Lady Morag. Der nächste Schlag. „Ich werde dich holen, Annabelle!"

Sie grub die Finger in die Haare und schrie sich die Seele aus dem Leib. Allein, um nicht länger diese geisterhafte Stimme hören zu müssen, die aus dem Grab heraus ihren Namen rief.

„Annabelle!"

Kapitel 22

„Annabelle war so hysterisch, dass sie kaum ansprechbar war, als Ramsay und Maxwell sie aus dem Bad holten. Auf dem Polizeirevier hat sie dann ausgepackt. Morgan Baxter wurde bereits zur Vernehmung abgeholt."

Siobhan saß neben Shonas Bett und lächelte verschmitzt. Irgendwie hatte Shona das Gefühl, als würde ihre Freundin ihr etwas verschweigen, beschloss aber vorerst, nicht nachzuhaken. Zunächst zählte nur, dass Annabelle aussagte, das Rohypnol ihrer Schwägerin auf Morgans Geheiß hin gegeben zu haben. Wie Siobhan und Graham das bewerkstelligt hatten, war zweitrangig.

„Morgan wird alles abstreiten."

„Kann sein. Aber Rowan braucht nur zu bestätigen, dass Morgan ihm Annabelle vorgestellt hat, um zumindest beweisen zu können, dass sie sich kennen. Morgan hatte das Motiv und die Gelegenheit, dich zu beseitigen – auf die eine oder andere Weise."

„Und selbst wenn ... es war Annabelle, die mir die Schlaftabletten untergejubelt hat, nicht Morgan."

„Aber auf seinen Befehl hin." Siobhan zog ein zusammengefaltetes Blatt Papier aus ihrer Handtasche. „Mister Borthwick war so freundlich, mich heute zu empfangen. Wir sind gemeinsam den Sachverhalt durchgegangen. Rein theoretisch natürlich."

„Mister Borthwick hat dich am Sonntag zum Tee eingeladen?", erkundigte sich Shona verblüfft. „Donnerwetter, du musst ja einen schweren Stein bei ihm im Brett haben."

„Ich denke, den Stein hast eher du im Brett. Ich habe das Glück, deine Freundin zu sein." Siobhan Wangen röteten sich. Sie senkte den Blick und faltete das Blatt auseinander. „Kennst du den Fall des Katzenkönigs?"

„Katzenkönig? Ist das nicht von Carroll? Alice im Wunderland? Willst du mir eine Gutenachtgeschichte vorlesen?"

„Das ist die Grinsekatze. Nein, der Katzenkönig ist ein Präzedenzfall, um Jurastudenten den Unterschied zwischen mittelbarer und unmittelbarer Täterschaft zu veranschaulichen. Es geht dabei um ein neurotisches Beziehungsgeflecht zwischen zwei oder mehreren Personen, von denen eine leicht manipulierbar und höchst suggestibel ist."

„In unserem Fall also Annabelle."

„Ganz recht. Morgan ist ein Psychopath, der ein Gespür dafür entwickelt hat, welche Frauen er um den Finger wickeln kann. In der Regel deutlich jüngere, naive Mädchen."

„Danke für die Blumen", murmelte Shona.

„Du hast ihn wenigstens durchschaut."

„Ja, nur leider zu spät."

„Wie auch immer. Bei dem Katzenkönig geht es darum, dass eine Frau ihren leicht beeinflussbaren

Freund von der Existenz eines grausamen Katzenkönigs überzeugt. Sie macht ihm weis, dass der Katzenkönig von ihm ein Menschenopfer verlangt. Ansonsten
müssten Millionen Menschen sterben. Das Opfer soll
die neue Verlobte des Ex-Freundes der manipulierenden Frau werden. Ihr Freund begeht den Mord, handelt
also unmittelbar. Doch die mittelbare Täterschaft liegt
bei der Frau." Siobhans Finger glitt über den Ausdruck.
„Ausübung der Tatherrschaft ist die korrekte Bezeichnung."

„Es sollte nicht schwer sein herauszufinden, wie
leicht Annabelle zu beeinflussen ist", murmelte Shona.

Ein Gefühl der Schwerelosigkeit ergriff von ihr Besitz.
Ihr schien eine Zentnerlast von den Schultern genommen worden zu sein. Das Empfinden dauerte nicht
lange, höchstens eine Sekunde. Es war zu früh, um sich
zu freuen, doch zumindest gab es einen Silberstreif am
Horizont.

„Wie hat Rowan es aufgenommen?"

„Der steht total neben sich. Er war gestern Abend
noch ziemlich zugedröhnt von der Beruhigungsspritze.
Graham konnte ihn wie ein kleines Kind aus dem
Schlafzimmer führen."

„Warum hat er das getan?"

Siobhan lief rot an. „Wir ... äh ... mussten Annabelle
das Gefühl geben, vollkommen allein zu sein. Die Einzelheiten sind nicht wichtig. Fakt ist jedoch, dass ich es
ohne Graham nie geschafft hätte."

Shona nickte bloß.

Am Montag darauf wurde Shona entlassen. Graham
holte sie ab und fuhr mit ihr zur Testamentseröffnung.

„Ist mit Cybill alles glattgegangen?“

Graham schmunzelte. „Ja, ich habe sie selbst zur Schule gefahren. Sie wollte erst nicht und klagte über Bauchschmerzen. Zunächst dachte ich, dass es wegen des Rolls ist und sie sich schäme, von mir zur Schule gebracht zu werden. Dabei wollte sie nur bei dir sein.“

„Warum hast du all die Jahre nie etwas gesagt?“

Graham stoppte vor einer Ampel. „Weil ich nur so in eurer Nähe bleiben konnte. Selbst nachdem Chester gestorben war, mussten Mori, deine Mutter, und ich schweigen. Es wurde sogar noch komplizierter. Auf der einen Seite waren wir frei, aber auf der anderen hätte es einen Skandal gegeben, wenn Lady Morag sich als Witwe und Alleinerbin der Liebschaft zu einem Bediensteten bekannt hätte.“

„Und dazu noch Kinder mit ihm gehabt hatte.“

In seinen Augen glitzerte es. „So ist es. Glaub mir, Shona. Es fiel mir unendlich schwer, doch andererseits war ich auch froh und dankbar, dass ich bei euch sein konnte. Gleichwohl es mir manches Mal schwerfiel, so tun zu müssen, als wäre ich bloß der Diener eurer Mutter.“

„Ich nehme an, sie hat es auf ihre Weise sogar irgendwie genossen.“

„Ja, sie konnte sehr dominant sein.“ Er sagte es auf eine Weise, die den Worten ihre Schärfe nahm.

„Wir müssen es Rowan erzählen“, meinte Shona, nachdem Graham wieder angefahren war.

„Er wird damit überfordert sein.“

„Er wird es überleben“, erwiderte Shona. „Du brauchst ihn nicht auch noch zu verhätscheln.“

„Sehr wohl, Ma’am!“, entgegnete er und lächelte.

Cybill wurde in der Klasse stürmisch begrüßt.

Sie wusste nicht, wie sie damit umgehen sollte und rechnete sekündlich damit, dass ihr der Schädel explodierte.

„Genieß es einfach", riet ihr Kendra und strich ihrer Freundin zärtlich durch die Haare.

Es war nicht der schlechteste Rat und Cybill beschloss, ihn zu befolgen. In der ersten großen Pause ging sie zu Nick, die mit ihren Freundinnen in einem der Bushäuschen saß und rauchte.

„Hältst du das für eine gute Idee?", fragte Kendra.

Cybill zögerte und hob die Schultern. „Keine Ahnung. Aber nach dem, was du mir erzählt hast, kann ich nicht so tun, als wäre nichts passiert. Verstehst du?"

„Vollkommen."

Als Nicole Cybill sah, weiteten sich ihre Augen. Sie trug einen abgewetzten Parka und auch die Doc Martens hatten schon bessere Zeiten erlebt. „Hey, Kincaid!"

„Hey … äh … Nick. Ich … wollte mich bei dir bedanken. Kenny hat mir erzählt, was du getan hast."

„Schon gut." Sie drückte die Kippe am Pfosten des Häuschens aus und stand auf. Cybill trat einen Schritt zurück, doch Nick tat so, als hätte sie es nicht bemerkt. „Ich hab das von deiner Grandma gehört. Es … tut mir leid."

„Danke." Cybill senkte den Blick. „Ja, also dann … man sieht sich."

Sie drehte sich um, als Nicks Stimme sie zurückhielt. „He, Kincaid! Die Bullen waren bei mir, haben mich wegen Keith und seiner Kollegen befragt."

Wieder bekam Cybill eine Bombe. Sie hasste es, wenn das passierte, doch sie konnte einfach nichts dagegen tun. Langsam drehte sie sich um. „Ich wollte nicht, dass du Probleme bekommst."

Nick schüttelte den Kopf. „Alles cool. Es sind Arschlöcher." Sie zuckte die Achseln. „Leider konnte ich den Bullen nicht sagen, wo sie stecken. Aber ich bin sicher, dass sie sie finden."

Cybill nickte. „Ich hoffe es."

Drei Tage später klopfte es an Cybills Zimmertür.

Sie hörte es nicht, weil sie Kopfhörer in den Ohren hatte und über ihren Hausaufgaben brütete. Erst als sich Belinda in ihr Sichtfeld schob, hob sie den Kopf und zog sich die Stöpsel heraus.

„Was gibt's?"

„Deine Mutter bat mich, dich zu holen. Die Polizei ist da und möchte mit dir sprechen."

Cybill wurde ein wenig mulmig zumute.

„Ich komme", murmelte sie.

Sie folgte Belinda die Treppe hinunter. Seit dem letzten Wochenende hatte sich die Atmosphäre im Haus verändert. Irgendwie wirkte der Kasten etwas freundlicher. Onkel Rowan war in einem Sanatorium. Siobhan hatte ihr erzählt, dass er von Annabelle nur benutzt worden war. Auf eine seltsame Art und Weise fühlte sich Cybill ihrem Onkel dadurch näher. Sie war schließlich auch benutzt worden. Nur eben von Keith. Sie konnte nachempfinden, wie sehr Onkel Rowan enttäuscht sein musste.

Belinda führte Cybill ins Arbeitszimmer ihrer Mutter. Inspector Ramsay saß ihr gegenüber. Mum stand auf und lächelte. „Komm rein und setz dich. Inspector Ramsay hat gute Neuigkeiten für uns."

Die blonde Polizistin nickte. Sie wartete, bis Cybill sich auf die Couch gesetzt hatte, die Beine angezogen, die Hände auf den Knien.

„Wir haben Robert Dunn und Anthony Craig gefunden."

Cybill schaute ihre Mutter verwundert an. Warum erzählte Inspector Ramsay ihr das?

„Bobby und Tony", sagte Shona und plötzlich ging Cybill ein Licht auf. Ihr Herz schlug schneller. „Nach Keith Grant wird noch gefahndet. Aber seine beiden Kumpane haben bereits gestanden, dass sie dir den Alkohol absichtlich eingeflößt haben."

Cybills Magen zog sich zusammen. „Warum?"

Shona warf Inspector Ramsay einen hilfesuchenden Blick zu. Die Polizistin nickte aufmunternd.

„Sie wurden von deinem Vater dazu angestiftet", sagte ihre Mum langsam. Cybills Gedanken begannen zu rotieren. Ihr wurde übel. „Dad? Aber ... warum?"

„Er wollte das Sorgerecht für dich und dachte, wenn du unter meiner Obhut sturzbetrunken bist, könne er dich mir wegnehmen."

„Dein Vater bestreitet, dass er dir ernsthaft schaden wollte", warf Ramsay ein.

„Er hat diese Leute angestiftet, meiner Tochter hochprozentigen Alkohol zu verabreichen!" Mum war zornig, das konnte Cybill deutlich sehen und hören.

„Das steht außer Zweifel“, erklärte Ramsay. „Aber es lag wohl kaum in seiner Absicht, dass du eine Alkoholvergiftung bekommst.“

„Vielleicht bin ich ja auch überempfindlich“, antwortete Cybill, nur um überhaupt etwas zu sagen. Was sie gerade erfahren hatte, war nicht leicht zu verkraften. Dad war zwar nie sehr fürsorglich gewesen, aber dass er ihr willentlich hatte schaden wollen, nur um Mum eins reinzuwürgen, das war schon ziemlich … abgefuckt.

„Das ist aber noch nicht alles“, fuhr Shona fort, ohne auf Cybills Kommentar einzugehen und schaute Ramsay dabei auffordernd an.

„Richtig. Robert Dunn hat überdies ausgesagt, dass sie von Morgan Baxter dafür bezahlt wurden, Siobhan McLearys Galerie anzuzünden und ihr einen Denkzettel zu verpassen.“

Cybill schnappte nach Luft und plötzlich war sie bloß noch wütend auf diesen Mann, der sich ihr Vater schimpfte.

„Diesen Vorwurf wird er nicht so einfach entkräften können.“ Inspector Ramsay trank ihren Kaffee aus und verabschiedete sich.

„Ich bringe Sie zur Tür“, bot Shona an. „Bleib bitte noch sitzen, Cybill. Ich möchte noch kurz mit dir reden.“

Cybill runzelte die Stirn. Was kam denn jetzt noch?

Mum kehrte kurze Zeit später zurück und schloss die Tür hinter sich. Ein Zeichen dafür, dass es nicht weniger ernst werden würde als das Gespräch mit der Polizeibeamtin.

„Es … geht um deine Grandma“, begann Mum.

Cybill musste schlucken. Morgen war die Beerdigung und allein der Gedanke ängstigte sie.

„Ich möchte, dass du weißt, dass Grandma vorhatte, deinen Onkel Rowan zum Geschäftsführer des Unternehmens zu machen. Das bedeutet nichts anderes ..."

„Ich weiß, was das bedeutet, Mum", sagte Cybill erleichtert. „Ich bin kein Kind mehr. Außerdem hat mir Siobhan schon alles erzählt."

Ihre Mutter zog die Augenbrauen hoch. „So, hat sie das? Interessant. Und was alles?"

„Dass du Grandma für verrückt erklärt hast."

„Moment mal, ganz so war es nicht!"

„Schon gut, Mum. Siobhan hat es mir erklärt. Sie ist wirklich cool."

Shona lächelte. „Ja, das ist sie." Ihre Miene wurde schnell wieder ernst. „Was sagst du dazu?"

Cybill war überrascht, dass Mum sie nach ihrer Meinung fragte. Ihr fehlten die Worte und so blieb ihr nichts anderes übrig, als mal wieder mit den Achseln zu zucken.

„Bist du wütend?"

„Vielleicht. Ein wenig. Sie ist doch deine Mutter gewesen."

„Ja, und das wird sie immer bleiben. Aber in diesem Fall hatte sie Unrecht. Und wir können nicht genau sagen, inwieweit ihre Entscheidung bereits von dem Hirntumor beeinflusst wurde. Wenn der Plan deines Vaters aufgegangen wäre, hätten wir alles verloren. Morgan hatte deinen Onkel genauso in der Hand wie Annabelle. Er hat ihm Geld gegeben, damit er seine Spielschulden begleichen konnte. Zumindest einen Teil davon."

„Aber Dad wusste doch gar nichts von Grandmas Tumor."

„Nein, das war tatsächlich nur ein dummer Zufall, der ihm in die Hände gespielt hat."

„Und Onkel Rowan hat wirklich das gesamte Geld verzockt?", Cybill klang schockiert.

„Nicht das gesamte, aber eine Menge."

Mum verstummte und spielte nervös mit einem Kugelschreiber. Irgendetwas lag ihr auf dem Herzen, das spürte Cybill. „Das ist aber noch nicht alles. Oder nicht das, worüber ich eigentlich mit dir sprechen wollte."

„Sondern?" Cybill Herz klopfte schneller.

„Ich habe im Nachlass deiner Großmutter etwas gefunden. Es waren mehrere Tagebücher. Darin ging es auch um deinen Großvater. Er war offenbar ..." Mum wurde rot. „Er war zeugungsunfähig."

Cybill starrte ihre Mutter stumm an. Sie kam sich vor wie ein Reh im Scheinwerferlicht. Tausend Gedanken schwirrten durch ihren Kopf, die sich wie von selbst zusammenfügten.

„Aber er war doch dein Vater!"

Ihre Mutter stand auf und setzte sich neben ihre Tochter auf das Sofa. „Eben nicht", sagte sie sanft.

Cybill wandte den Blick ab. Sie hatte ihren Großvater nie kennengelernt. Trotzdem war es ein seltsames Gefühl, zu erfahren, dass Grandma sie alle über Jahre hinweg belogen hatte. Sie traute sich fast nicht, die Frage auszusprechen, die sich wie von selbst aufdrängte.

„In dem Tagebuch stand außerdem, dass deine Grandma ein Verhältnis mit einem Angestellten hatte."

„Was?" Cybill riss die Augen auf. „Mit wem?"

Doch ein Blick in die Augen ihrer Mutter genügte, um zu wissen, wer es war. Es war ja nicht so, dass die Dienstboten hier ein- und ausgingen. Andererseits wusste sie natürlich nicht, wer vor ihrer Zeit noch alles für die Familie gearbeitet hatte.

„Es ist ... Graham", sagte Shona schließlich und eine Träne rollte aus ihrem Auge. „Graham ist dein Großvater, Cybill."

„Was???"

Ihre Mutter schluckte und nickte. Sie wollte ihre Tochter in den Arm nehmen, die wie von der Feder geschnellt aufsprang und herumwirbelte. „Sie haben gelogen!", rief sie außer sich vor Wut. Erfüllt mit ohnmächtigem Zorn rannte sie aus dem Zimmer.

Shona sah zu, wie Cybill die Tür aufriss und sie hinter sich ins Schloss warf. Sie konnte es ihr nicht mal verdenken. Sie hätte an ihrer Stelle nicht anders reagiert. Cybill würde darüber hinwegkommen. Sie würde es verstehen. Vielleicht sogar schneller als sie selbst. Oder Rowan.

Irgendwann stand sie auf und setzte sich an den Schreibtisch.

Sie schaute auf das gerahmte Hochzeitsfoto ihrer Eltern und strich mit dem Daumen über das Gesicht jenes Mannes, den sie bis vor kurzem für ihren Vater gehalten hatte.

„Ist es das wirklich wert gewesen, Mutter?"

KAPITEL 23

„Wir stehen hier, in Trauer vereint, am Grab von Morag Kincaid; liebende Mutter, Ehefrau und Großmutter. Viele Jahre über war sie die alleinige Geschäftsführerin der Kincaid-Destillerie, nachdem ihr Gatte viel zu früh von uns gegangen ist. Nun hat auch sie den Weg alles Irdischen angetreten. Unsere Herzen sind schwer vor Trauer und Unverständnis über diesen, in unseren Augen viel zu frühen und sinnlosen Tod, der sie aus unserer Mitte gerissen hat. Doch wo Schmerz ist, da ist auch Hoffnung, denn jedes Leben, das genommen wird, ist auch der Anfang von etwas Neuem. Morag Kincaid wird in unseren Erinnerungen, in unseren Herzen, fortbestehen. Sie selbst aber ist jetzt frei von Schmerz und Trauer, reingewaschen von jeglicher Schuld. Und so frage ich: Tod, wo ist dein Stachel? Tod, wo ist dein Sieg?" Der Pater senkte den Kopf und faltete die Hände. „Lasset uns beten."

Shona Kincaid stand vor dem Grab ihrer Mutter, zwischen Cybill und Rowan. Graham Johnston, Emily und Siobhan standen dicht hinter ihnen. Cybill würdigte Graham keines Blickes, ihre Miene war ernst und verschlossen. In ihren Augen glitzerten Tränen.

Rowans Blick war teilnahmslos und leer. Er würde vermutlich am längsten brauchen, um darüber hinwegzukommen.

Es hatte den Anschein, als wäre fast ganz Penicuik gekommen, um Lady Morag Kincaid die letzte Ehre zu erweisen. Selbst aus Edinburgh und Glasgow waren entfernte Verwandte, Freunde und Geschäftspartner erschienen, darunter auch Mister Borthwick mit seinen Söhnen.

Ein schwacher Wind fegte zwischen den Grabsteinen hindurch und rüttelte an den Ästen und Zweigen der Bäume und Sträucher, deren Laub sich bereits verfärbt hatte. Eine bleigraue Wolkendecke hing über dem Friedhof und spie von Zeit zu Zeit ein paar Regentropfen aus.

Nachdem der Pater geendet hatte, trat Shona mit Cybill an das Grab. Ihre Tochter nahm eine Rose aus dem bereitstehenden Korb und ließ sie auf den schwarzlackierten Sarg fallen. Sie hatte die Unterlippe zwischen die Zähne gezogen, damit niemand sah, wie sehr sie litt. Sie mochte wütend auf ihre Großmutter sein, doch das änderte leider nichts an dem Schmerz, der ihr junges Herz erfüllte.

Dabei sah sie in ihrem schwarzen Hosenanzug so reif und erwachsen aus wie nie zuvor. Bei diesem Anblick konnte auch Shona ihre Tränen nicht länger zurückhalten. Sie nahm die Schaufel aus der Erde, die neben dem Grab angehäuft worden war, und lauschte dem Prasseln der Krumen auf das harte Holz.

Danach traten sie zur Seite, um die Beileidsbekundungen entgegenzunehmen. Rowan gesellte sich kurz darauf zu ihnen. Für Shona wurde es zu einem mentalen Spießrutenlauf. Immer wieder ertappte sie sich dabei, wie sie dachte: Wenn ihr wüsstet!

Die Prozession schien kein Ende nehmen zu wollen und der Drang, sich die Hände zu waschen, wurde von Mal zu Mal stärker. Dann hatten sie es endlich geschafft.

Beim anschließenden Leichenschmaus nahm niemand Anstoß daran, dass Siobhan, Graham und Emily am Tisch der Kincaids saßen. Sie gehörten schließlich zur Familie.

„Störe ich?“

Shona blickte auf. Siobhan stand in der Tür des Kaminzimmers, in der Hand eine Flasche Wein und zwei Gläser. „Ist das eine Fangfrage?“ Shona lächelte. „Du störst nie, das solltest du wissen.“

„Selbst an einem solchen Tag nicht?“

„Gerade an einem solchen Tag nicht.“

Siobhan trat näher und stellte die Gläser auf den Tisch. Den Wein hatte sie in der Küche bereits entkorkt, damit er atmen konnte. „Ich dachte mir, dass dir heute vielleicht nicht nach Whisky zumute ist.“

„Ich verrate dir ein Geheimnis.“ Shona beobachtete, wie der Wein in die Gläser gluckerte. „Mir ist eigentlich nie nach Whisky zumute. Dahingehend war Rowan immer der bessere Connaisseur.“

„Wie geht es jetzt weiter?“ Siobhan reichte Shona ein Glas und setzte sich zu ihr an den Kamin.

Shona zuckte mit den Achseln. „Es wird eine Weile dauern, doch ich denke, dass ich die Geschäftsführung übernehmen werde.“

„Und Rowan?“

„Ich glaube, insgeheim ist er ganz froh darüber.“

„Cybill sah heute entzückend aus.“

Shona lächelte und roch an dem Wein. „Lass sie das bloß nicht hören. Sie will alles Mögliche, aber bestimmt nicht entzückend aussehen."

„Das stimmt."

„Sie wird erwachsen."

„Unverkennbar."

„Ich ... möchte dir danken."

Siobhan hob den Kopf. „Wofür?"

„Für alles. Aber am meisten dafür, dass du für Cybill da warst, als ich es nicht konnte."

„Sag sowas nicht. Du hast das fantastisch gemacht. Besser als ich es vermutlich gekonnt hätte, wenn Cybill meine Tochter wäre."

„Ist sie das nicht schon fast?"

Siobhan grinste. „Lass sie das bloß nicht hören. Ich glaube, was sie gerade am wenigsten braucht, ist noch eine Mutter."

Sie stießen einander an und hauchten sich einen Kuss auf die Lippen. Stumm tranken sie die ersten Schlucke, während sie gemeinsam den Tanz der Flammen im offenen Kamin betrachteten.

Nach einer kleinen Ewigkeit unterbrach Shona das Schweigen. „Ich muss dir etwas sagen."

Siobhans Augen weiteten sich erschrocken. Fasziniert beobachtete Shona die Reflexionen des Feuers in ihren Pupillen. „Shona, ich ... glaube nicht, dass heute der richtige Tag dafür ist."

„Wie?", fragte Shona verdutzt. Dann musste sie leise kichern. „Oh Gott, nein. Es tut mir leid, Siobhan. Aber darum geht es nicht." Sie zögerte und wurde schlagartig ernst. „Noch nicht. Aber es gibt da etwas, das du wissen musst."

Shona stellte das Weinglas zur Seite und griff nach dem Tagebuch ihrer Mutter.

„Du weißt, dass Chester Kincaid zeugungsunfähig war und Graham mein Vater ist."

Siobhan nickte. „Ja", erwiderte sie zögernd.

„Leider ist das noch nicht das Ende der Geschichte. Als Mutter nämlich schwanger wurde, wusste Dad, also Chester, dass er nicht der Vater sein konnte. In seinem Zorn drohte er damit, sie vor aller Welt bloßzustellen. Mutter geriet in Panik. Sie tauschte sein Herzmedikament aus."

Shona strich mit beiden Händen über den ledernen Einband und schwieg. Siobhan trank einen Schluck Wein und starrte in die zuckenden Flammen. „Wer weiß davon?"

„Keine Ahnung. Die Tagebücher waren gut verschlossen. Vielleicht hat meine Mutter mal die Beichte abgelegt, aber hier im Haus sind wir wohl die Einzigen."

„Was ist mit Graham?"

„Vielleicht ahnt er etwas. Aber ich denke nicht, dass er sonderlich erpicht darauf ist, die Wahrheit zu erfahren. Was ihn angeht, möchte er so schnell wie möglich mit der Vergangenheit abschließen."

„Und was ist mit dir? Was willst du jetzt tun?"

Shona senkte den Blick und betrachtete das Tagebuch. Schließlich stand sie auf und legte es aufgeschlagen in die Flammen, die begierig nach dem trockenen Papier griffen, um es zu verzehren. Mit Tränen in den Augen beobachtete sie, wie sich die Seiten wellten. Ein schwarzer Rand fraß sich durch das Papier und verschlang Zeile für Zeile.

Als Shona sich erhob, spürte sie Siobhans Nähe. Die
Arme ihrer Freundin schlangen sich um ihren Bauch.
Ihre Lippen berührten Shonas Nacken.

Gemeinsam beobachteten sie das Ende der Vergangenheit.

EPILOG

„*Du sollst nicht stehlen, betrügen oder trinken. Aber wenn du stehlen musst, stiehl Küsse. Wenn du betrügen musst, betrüg den Tod. Und wenn du trinken musst, in Gottes Namen, dann trink Whisky.*“

So lautet ein altes schottisches Sprichwort, das ich mir stets zu Herzen genommen habe.

Ich stamme aus einer Familie von Whisky-Trinkern und habe mir nichts sehnlicher gewünscht, als dass meine Ur-Ur-Ur-Enkel ebenfalls Whisky-Trinker sein und die Kincaid-Destillerie in eine glorreiche Zukunft führen werden.

Der Gedanke, dass der Traum meines Vaters mit meiner Generation ein Ende finden soll, bricht mir das Herz. Es sind ja nicht allein die Schulden, die mir den Schlaf rauben. Was nützt es mir, die Schuldner zu besänftigen, wenn es keinen Stammhalter gibt, der das Erbe antreten kann?

Gewiss, Morag ist ein prächtiges und gescheites Mädchen, aber sie ist nun mal kein Mann. Undenkbar, dass sie ein solches Geschäft führt, selbst wenn sie sich mit der Herstellung von Whisky besser auskennt als so mancher Kerl.

Mein Herz ist schwer und voller Wehmut. Daher habe ich beschlossen, das Angebot meines Bruders anzunehmen. Sein Sohn Chester wird Morag heiraten und die Kincaid-Destillerie in eine glorreiche Zukunft führen.

Sie wird mich dafür verachten, ich weiß es. Doch eines Tages wird sie es verstehen. Und mir verzeihen.

Horace Kincaid